ANNI BÜRKL

Göttinnensturz

DIRNDLFLUGTAG Frühling im Ausseerland: In Berenikes Teesalon herrscht Hochbetrieb. Bei einem Spaziergang mit ihrer Freundin Ellen am Wolfgangsee findet sie eine Leiche im Wasser. Eine Dirndlschürze hat sich verdächtig um ihren Hals geschlungen. Die Tote ist ausgerechnet eine junge Frau, deren Ansichten denen Berenikes diametral entgegenstehen.

Dorfpolizist Kain will die Sache als Unfall nach einer Zeltfest-Dummheit abtun, doch der Teelady kommt das verdächtig vor. Sie informiert aus ihrem Gerechtigkeitssinn heraus ihren Liebsten, den Kriminalpolizisten Jonas Lichtenegger, auch wenn sie sich selbst damit in Schwierigkeiten bringt. Gemeinsam mit dem Gerichtsmediziner stellt Jonas fest, dass die Frau keines natürlichen Todes gestorben ist – und die Ermittlungen nehmen ihren Lauf. Kurz darauf wird ein Trachtenschneider aus St. Wolfgang, der Ausstatter der Narzissenhoheiten, tot aufgefunden: an ein Mühlrad geflochten. Und dann wird auch noch ein Schuster ermordet … Ausgerechnet jetzt entfremdet sich Jonas von ihr. Kann Berenike die Mordserie auf eigene Faust stoppen?

Anni Bürkl, Jahrgang 1970, lebt und arbeitet als freie Journalistin, Autorin und Ghostwriter in Wien. Im Ausseerland, wo sie sich im Sommer gerne aufhält, schreibt sie am liebsten. 2003 wurde sie mit dem Theodor-Körner-Förderungspreis ausgezeichnet. 2010 erhielt sie das Krimi-Stipendium »Trio Mortale« der Stadt Wiesbaden. »Göttinnensturz« ist ihr vierter Roman um die charismatische »Teelady« Berenike Roither.

www.annibuerkl.at

Bisherige Veröffentlichungen im Gmeiner-Verlag:
Narrentanz (2011)
Ausgetanzt (2010)
Schwarztee (2009)

ANNI BÜRKL

Göttinnensturz

Berenike Roithers vierter Fall

Personen und Handlung sind frei erfunden.
Ähnlichkeiten mit lebenden oder toten Personen
sind rein zufällig und nicht beabsichtigt.

Besuchen Sie uns im Internet:
www.gmeiner-verlag.de

Im Ehnried 5, 88605 Meßkirch
Telefon 07575/2095-0
info@gmeiner-verlag.de

1. Auflage 2013

Lektorat: René Stein
Herstellung: Mirjam Hecht
Umschlaggestaltung: U.O.R.G. Lutz Eberle, Stuttgart
unter Verwendung eines Fotos von: © AK-DigiArt – Fotolia.com
Druck: GGP Media GmbH, Pößneck
Printed in Germany
ISBN 978-3-8392-1419-0

Tradition ist Weiterreichen der Glut,
nicht der kalten Asche.

Ricarda Huch

TAROTKARTE ›DER STERN‹

Mit dieser Karte hast du die Hoffnung gezogen. Zuversicht und Glück werden dir hold sein; Deine Pläne stehen unter einem guten Stern. Diese Karte wird Dich schützen und Deine Entwicklung positiv vorantreiben.

Richte Deinen Blick nach oben, erlange Zugang zur göttlichen Quelle der Inspiration. Vertraue in die kosmische Ordnung.

MÖRDERISCHES LOGBUCH – EINTRAG 1

Deine Schuhe sind zu laut und deine Kleidung zu schwarz. Überhaupt das G'wand: Keins wie es hierher gehört. Gestern Tango Milonga, heute Polka. Ansonsten geht es dir gut, du fühlst dich fast wie daheim.

Hallo schöne Frau!

Du brauchst einen Moment, um dich angesprochen zu fühlen. Fuck you! Und schon reckst du deinen schwarz lackierten Mittelfinger.

Ein ehemaliger Schulkollege. Gleich alt wie du, doch verlebt, zersoffen, wie sein Vater.

Fesch bist, willst mitfahren?

Dass gerade der das sagt! Geschätzte 100 Kilo schwerer als früher, und immer noch so dämlich. ›Stattlich‹ würde er sich selbst nennen. Du nennst es: fett. Ausgerechnet er spricht dich an, als wärt ihr immer noch vertraut, als wärt ihr es je gewesen. Er fährt und lacht und tut, als wäre nichts dabei, dass du in seinem Auto sitzt.

Und du willst dich schon abfinden mit dem Dorf und seinen Menschen, willst es um Vergebung bitten – da steht dieses Kind, als du deinen Schuh auf die Straße setzt. Steht da mit seinem niedlichen Blondschopf und dem Original Ausseer Dirndl in Miniaturausgabe. Und wie es lacht! So klein und schon so abgefeimt. Da, du haust ihm eins in die Fresse, damit es aufhört. Aufhört mit der Niedlichkeit. Aufhört mit dem Lachen. Aufhört damit, von allen angehimmelt zu werden. Bis es losbrüllt und gar nicht mehr niedlich anzuschauen ist. Rote Wangen kriegt es und Augen voll Zorn, und du schlägst und schlägst auf es ein. Bis endlich Ruhe ist.

Nein – dass du zuschlägst, hast du nur geträumt. Da läuft nur ein Film vor deinem inneren Auge, eines dieser Splattermovies. Das Kind lacht immer noch und alle lieben es, und nirgends ist Blut.

Stattdessen stöckelst du die Hauptstraße entlang, zu der du einfach nicht passen willst. Und grüßt nur Leute, die dich zuerst grüßen. Fuck you, Ausseerland, dein Zug ist lang schon abgefahren ...

Ansonsten ist es wie Heimat. Heimat. Garstiges, ewig gestriges Wort, ins Heute verschleppt.

Und es ist Frühling. Eine neue Chance. Auch fürs Dirndl?

1

Ellen. Eine Leiche. Und sie.

Berenike schloss die Augen.

Das ist jetzt bitte nicht wahr! Alles nur eine Sinnestäuschung, Schimäre, weiter nichts – bitte! Nicht heute, nicht nach allem, was …

Dieser Tag war doch viel zu schön für Grausamkeiten. Der Fasching war verbrannt, die närrische Zeit würdig verabschiedet. Die leeren Geldtascheln waren ›gewaschen‹, die letzten Feste gefeiert, der Frühling konnte kommen.

Berenike ließ sich für einen Augenblick von der unschuldigen Sonne das Gesicht wärmen, ließ sich ablenken von den lärmenden Vögeln, der nach Frühling duftenden Erde. Und wenn sie einfach weiterginge? Wenn sie täte, als ob wirklich nur ein Baumstamm im Wasser triebe – und nicht eine Person, der Berenike nie mehr zu begegnen gehofft hatte?

Immerhin war Sonntag, sie hatte doch auch ein Recht auf einen freien Tag, auf Erholung, um dem Rücken mal gut zu tun.

Und da war schließlich noch Ellen, der sie sich in Ruhe hatte widmen wollen. Endlich war es Berenike gelungen, ihrer Freundin am Wolfgangsee einen Besuch abzustatten. Ellen hatte Berenike ihre neue Wohnung gezeigt, ihr Bildhauerinnen-Atelier. Von dem Mordfall in Hallstatt, bei dem ihre gemeinsame Tanzlehrerin getötet worden war, sprachen sie hingegen nicht. Dann schon lieber von den künstlerischen Andenken, und wie Ellen diese noch besser an Touristen verscherbeln könnte, Kitsch hin oder her.

Ellen hatte ihre neueste Steinskulptur vorgeführt. »Sie ist der toten Göttin im See gewidmet, hab ich dir von ihr erzählt?«

»Nein.« Neugierig hatte Berenike auf Ellens Erläuterungen gewartet, während die schwarzen Haare das Gesicht der Freundin halb verdeckten.

»Vor Strobl liegt tief im klaren Wasser eine Steinformation, die ich für mich die ›Göttin im See‹ getauft habe. Man sieht sie nur, wenn man rausschwimmt, nicht vom Ufer aus. Vielleicht war sie wirklich einmal ein heidnisches Standbild.«

»Wer weiß!« Berenike liebte solche Geschichten, liebte es, sich vorzustellen, wie das Leben zu einer früheren Zeit gewesen sein mochte. Solche Träumereien waren viel besser als düstere Leichen und die Ergründung ihrer Todesursachen. Noch dazu in ihrer momentanen Situation. Sie fühlte sich immer noch ein wenig angeschlagen.

In Ellens Garten hatten sie dick eingemummt Earl Grey getrunken, waren schließlich gemeinsam losgezogen und genüsslich am Ufer entlangflaniert. Endlich war Berenike die Ablenkung von allem, was hinter ihr lag, gelungen. Sie hatte nach dem viel besungenen Wolfgangsee Ausschau gehalten, von dessen flaschengrünem Wasser man nicht viel zu sehen bekam. Alles war verbaut, wie oft in Österreich. Umso teurer ließen sich dafür Hotels oder Gasthöfe ihren Seeblick bezahlen.

Und mit der Ablenkung kehrte die Vorfreude auf Jonas zurück. Ihr Liebster würde sie morgen endlich wieder besuchen. Mehr als zwei Wochen hatte sie ihn nicht zu Gesicht bekommen, fast drei. Seine Absagen hatten sich fast wie Ausflüchte angehört, sie hatte schon gedacht, dass sie ihn mit ihrem Freiheitsdrang vertrieben hatte. Doch er hatte als Abteilungsinspektor der steirischen Kriminalpolizei eben viel zu tun. Ständig wurde Personal eingespart, Planstellen wurden nicht nachbesetzt. Und die Fahrt von Graz ins Salzkammergut dauerte ihre Zeit.

Vielleicht war es gut, dass sie letzte Nacht allein gewesen war. Dann konnte er keine Fragen stellen. Berenike schüttelte den Kopf über sich selbst. Als stünde sie neben sich, würde jemand anderem zusehen, der tat, was sie getan hatte. Komisches Gefühl, sich dermaßen hinreißen zu lassen. Sie durfte sich jetzt nur nichts anmerken lassen …

Ihre Gedanken wanderten zu Jonas, wie er in der Tür stehen würde, wie sie den Arm nach ihm ausstrecken würde. Sie spürte fast seine Haut unter ihren Fingern, seine raue Wange an ihrer Wange, und wie sie ihn küssen würde. So ganz oder gar nicht. Es war dieses perfekte kleine Glück – dieser eine Moment, ehe alles zerbrach. Wenn sie später daran zurück dachte, fragte sich Berenike, ob sie etwas geahnt hatte. Und ob sie es hätte festhalten können, das Glück. Und wie.

Während sie mit immer noch geschlossenen Augen diesem Faden ihrer Verbindung nachspürte, erklärte Ellen etwas über ein nahe gelegenes Gut, das in der Nazi-Zeit arisiert worden und später in den Besitz der Republik übergegangen war. Ohne dass je wer darüber geredet hätte, ob hier Unrecht geschehen sei, ob der Kauf unter Zwang zustande gekommen oder der Preis vielleicht zu gering ausgefallen war. Berenike hörte nur mit halbem Ohr hin, sie kannte solche Geschichten.

Ellen räusperte sich. »Trotzdem bin ich froh, dass ich hierher gezogen bin. Weißt du, Berenike, ich musste mein Leben umkrempeln.« Ihre Stimme war klarer, härter. Ganz anders als früher, als sie noch mit Sven zusammen gewesen war. Sven – der war eine Nummer gewesen. »Wenn du das miterlebt hättest, wie mich in Hallstatt alle angeschaut haben! Als wäre ich der Mörder, nicht er.«

»Ist die Scheidung durch?«

»Ja, alles glattgegangen, mithilfe meiner Rechtsberaterin. Erst wollte ich noch … na ja … ihm eine Chance geben, du weißt schon.«

Berenike nickte. So etwas hörte man oft von Frauen, deren Partner gewalttätig geworden war. Die Trennung von einem, in den man mal schwer verliebt gewesen war, entschied frau eben nicht so schnell.

»Dann war mir klar, ich kann mit ihm nie wieder zusammen leben, auch nicht nach seinem Gefängnisaufenthalt. Es war schon lange nicht mehr richtig zwischen uns. Du kennst ja die Geschichte. Hier habe ich von vorne angefangen. Kaum jemand kennt mich, die wenigsten hier wissen etwas über mein früheres Leben.«

»Ich versteh das«, sagte Berenike. »Ich versteh das gut.« Neues Leben, das kam ihr bekannt vor. Genau das hatte sie sich im Salzkammergut aufgebaut. Nach ihrem wilden Leben in Wien als Eventmanagerin. Heute fragte sie sich, wie sie den Wahnsinn je ausgehalten hatte. Sie würde alles tun, um nicht noch einmal flüchten zu müssen …

Sie öffnete die Augen und blinzelte gegen das grelle Sonnenlicht an. Der Körper im Wasser schaukelte noch immer an derselben Stelle. Sie konnte nicht einfach weitergehen, als ob nichts wäre. Das kam für sie nicht infrage, auch wenn sie noch so viel Interesse daran haben mochte, nicht mit der Leiche in Verbindung gebracht zu werden. Sie konnte nicht so tun, als ob da gar keine Leiche in der Ischl triebe. Berenike ahnte, ahnte es, wie sie es immer ahnte, dass dieses unförmige, sich mit der Strömung bewegende Etwas nicht nur ein Baumstamm war. Sondern ein Mensch. Ein toter Mensch.

Tot.

Das Wort sackte in ihr Herz. Verdunkelte die Umgebung. Sie sah auf, bemerkte eine kleine Wolke, die sich vor die Sonne geschoben hatte. Strobl war die kleinste der Gemeinden am See, weniger bekannt als Sankt Wolfgang mit seinem Weißen Rössl oder Sankt Gilgen, der ehemalige Wohnort von Mozarts Familie.

Ellen lehnte mit dem Rücken am Geländer der Brücke. Sie hatte tatsächlich noch nichts mitbekommen. Beneidenswert. Noch konnte man sich umdrehen und gehen, einfach gehen …

Schmelzwasser gluckerte und glitzerte in der aufs Neue hervorkommenden Sonne. Am Kirchturm begannen die Glocken zu läuten. Zwölf Uhr Mittag.

»Schön hier, nicht wahr?« Ellen rekelte sich wohlig, als würde sie gleich losschnurren. Ihre hellviolette Jacke passte wunderbar zu ihren schwarzen Haaren.

»Ein herrlicher Tag«, sagte Berenike und beobachtete, wie die Wolke die Sonne komplett freigab.

»Grüß dich!«, tönte eine forsche Männerstimme hinter ihnen. Ein großer Blonder in knallrotem Anorak und fast ebenso roten Backen war stehen geblieben.

»Servus, Johnny!«, grüßte Ellen zurück. »Du hier? Du kennst doch Johnny Fellerer, Berenike?« Ellen sah von einem zum anderen.

»Natürlich, wie auch nicht?« Den Mann mit seiner ungewöhnlich hellen Haut und den wässrig grünen Augen konnte man schwerlich vergessen. Sie fragte sich nur, wie man sich in den Alpen Johnny nennen konnte? Nur weil man nicht zum Hansi werden wollte?!

»Man kann eben nirgends inkognito hingehen.« Johnny zwinkerte Berenike zu. »So ist das, wenn man für die Medien schafft.«

Ihr blieb auch nichts erspart – da ging es Berenike wie Kaiser Franz Josef selig. Sie atmete tief durch und setzte ein neutrales Gesicht auf. Dann starrte sie auf das Etwas im Wasser. Vielleicht doch angeschwemmtes Holz?, hoffte sie wider alle Vernunft.

Johnny beugte sich neben ihr über die hölzerne Brüstung. »Was ist denn da?«

»Ich dachte, du bist heute privat unterwegs, Johnny! Und du, Berenike, was schaust du so schief?«

»Ich schaue immer schief, schon vergessen? Das ist mein Markenzeichen. Ich bin zur Transzendenz geboren.«

»Hör auf!« Ellen machte eine wegwerfende Handbewegung. »Ich will nicht wissen, was dir irgendein Verrückter mal geweissagt hat. Du hast was, mach mir nichts vor.«

»Soll ich bei einer Leiche vielleicht nicht mein inneres Gleichgewicht verlieren?«

»Eine Leiche?« Ellen wurde blass. »Wovon sprichst du?«

»Ah, da!«, rief der Reporter und schob den Oberkörper über die Brüstung.

»Das da vorne im Wasser. Kein Baumstamm, oder?«

Der Journalist setzte einen Fuß auf die Sprosse des Brückengeländers, stemmte sich mit beiden Armen hoch. Ein Balken knirschte. Er achtete nicht darauf, fasste den Fund im Wasser ins Auge.

Ellen kniff die Brauen zusammen. »Ich kann nicht wirklich was erkennen gegen das Sonnenlicht.«

Die Kirchenglocken dröhnten überlaut. Es roch nach Knoblauch und Schweinsbraten, typisch Sonntag.

Irgendwo läutete quäkend ein Handy. Berenike verspürte Übelkeit, die sich zu ihrer Verspannung gesellte. Jetzt bloß nicht noch eine Kopfschmerzattacke!

»Grüß dich, Ellen.« Ein Dicker im schwarzen Lodenjanker stand bei Ellen.

Ellen fuhr herum. »Oh, servus, Anton.«

»Was schaut ihr denn?«, fragte der Dicke und beugte sich ebenfalls übers Geländer, auf dem Johnny bereits halb balancierte.

»Dieses Unglück letzte Nacht«, murmelte Ellen und kletterte die nasse Böschung neben der Brücke hinunter. »Das wird doch nicht …«

»Was für ein Unglück?« Berenike sah Ellen nicht an, hielt eine Hand vor Augen. Johnny stieg zurück über das Brückengeländer und sprang auf die Straße, knickte mit dem Knöchel um, stieß einen Schmerzensschrei aus, humpelte Ellen hinterher, außen herum den Abhang hinunter.

»Beim Schützenfest drüben in Sankt Gilgen.« Ellen rutschte auf dem feuchten Matsch und fuchtelte mit beiden Armen, um das Gleichgewicht zu halten. »Hab ich dich nicht ebenfalls da gesehen, Berenike?« Ellen sah zu ihr hoch. Sie lehnte an der Brücke, ihre Ledersohlen waren zu dünn und rutschig für den Matsch.

Sie musste vorsichtig herausfinden, wie viel Ellen wusste. »Ich war dort, das schon …«

Der Dicke glotzte, er roch ein wenig streng, wie er so neben Berenike stand. Johnny war fast bei Ellen angekommen.

»Du warst bei der Demo, oder?«, fragte Ellen.

»Das ist nicht verboten.« Zeit schinden, Berenike! »Was hat das mit der Leiche zu tun?«

»Die Demo, jaja.« Wenn dieser Johnny nur mit dem Zwinkern aufhören würde!

»Hast du nicht mitbekommen, was am Rande davon passiert ist, Berenike?« Ellen hielt auf halber Höhe der Böschung inne.

»Was meinst du?«

»Eine Schlägerei, habe ich gehört«, fing Ellen an, wurde aber durch einen Aufschrei unterbrochen.

Johnny in seiner roten Jacke war rücklings im Matsch gelandet. Hübsches Bild, farblich gut abgestimmt. »Oh, shit!«

»Hast du dir wehgetan?« Ellen machte ein paar tapsige Schritte zurück zu ihm, streckte einen Arm nach Johnny aus.

»Lass nur«, wehrte der ab und hievte sich auf, indem er sich mit den Händen auf der nassen Erde abstützte. »Wenn nur dem Fotoapparat nichts passiert ist.« Er tastete die Brusttasche seines Anoraks ab, atmete auf.

Der Dicke grinste verhohlen, sah dann ernst drein, als Berenike ihn anblickte.

»Jaja, so wirklich friedlich war diese Demonstration nicht«, feixte Johnny und versuchte, sich die Hände sauber zu reiben. »Muss der Frühling sein. Der Föhnwind steigt manchem zu Kopf.« Kopfschüttelnd klopfte er auf seine Hose, als könne er auf diese Weise den Schlamm abbeuteln. Was natürlich sinnlos war.

»Ich hab nicht viel sehen können, ich bin nur vorbeigegangen, war mit Freundinnen unterwegs«, erklärte Ellen und tastete sich auf dem rutschigen Untergrund in Richtung Ufer vor. »Ich hab nur bemerkt, dass die Monika vom Narzissenfest-Büro irgendwie involviert war.«

»Die PR-Tante?«

Ellen nickte.

»Wie furchtbar«, murmelte Berenike und sah ihre Fußspitzen an. »Auch wenn sie eine Nazisse ist, wie's im Buche steht. Zum Kotzen.«

»Eine Nazi-Frau? Du übertreibst, Berenike. Sie macht viel für die Region.«

»Jaja. Sicher.«

Ellen war endlich beim Ufer angekommen. »Eine schlimme Sache, das Ganze.«

»Trotzdem sollte man alte Nazis nicht als Ehrengäste zu einem solchen Fest einladen.« Berenike sah von einem zum anderen, blickte ihnen bewusst ins Gesicht.

»Hoffentlich hat das nichts mit dem Unglück nachher zu tun. Als die Monika später mit anderen aufs Eis raus ist. Hast du's nicht gehört, Berenike?«

»Ich? Nein, ich bin früh heimgefahren, nachdem ... die Demo zu Ende war. Was ist überhaupt passiert?«

Ellen zuckte die Achseln. »Weiß nicht genau. Eine bsoffene Gschicht. Ihr Glück war wohl nicht von Dauer.«

»Wieso?«

»Bei der Rückkehr wurde sie vermisst, die Monika Leitner.«

»Wie bitte?« Berenike erschrak. Davon zumindest hatte sie tatsächlich nichts mitbekommen.

»Ich hab davon gehört«, rief Johnny und nahm den Abhang erneut in Augenschein. »Ich muss das sofort festhalten.« Er schien hin- und hergerissen, blickte zu einem Parkplatz vor dem Wirtshaus, wo er wahrscheinlich seinen Wagen abgestellt hatte. »Zumindest ein Foto machen. Und dann die Fernseh-Kamera holen.« Er rutschte wieder los.

»Die halbe Nacht hat man nach ihr gesucht. Polizei, Wasserwehr, alles dabei. Sogar Suchhunde.« Ellen war bei dem unförmigen Hindernis im Wasser angekommen. Es hatte sich in Wurzeln und Zweigen am Ufer verfangen, lag im Schatten. »Heute Morgen haben sie den Polizeihubschrauber angefordert. Alles erfolglos. Ich fürchte, du hast recht, Berenike.«

»Womit?« Berenike fühlte, wie ihr Herz flatterte.

»Ja, womit denn, Ellen?«, wollte Johnny wissen.

»Was ist da nun wirklich?«, fragte der Dicke und beugte sich vor. Es roch nach altem Schweiß und fettigen Haaren.

Ellen suchte nach einem Ast, tupfte damit das Etwas an. »Das da ist ein ... ein Bein. In brauner Strumpfhose.« Johnny rannte nun über den Schlamm, so gut es ging, sank neben Ellen auf die Knie, ließ seine Kamera klicken.

»Wir brauchen einen Arzt«, tönte der Dicke und rückte näher an Berenike heran.

»Kannst du rufen, Anton«, rief Ellen und schluckte krampfhaft. »Allerdings wird der nichts mehr ausrichten. Hier ist eine Tote. Kopf unter Wasser. Und es ist eine, die wir kennen, fürcht ich.« Sie sah Berenike lange an. »Wir brauchen die Polizei.«

*

Blaulicht, Folgetonhorn. Zumindest waren die Kirchenglocken zur Ruhe gekommen. Ein junger Priester mit blassem Gesicht sperrte die große Tür des Gotteshauses hinter sich ab und ging seiner Wege. Immer mehr Menschen beobachteten vom Ufer aus das Geschehen, schwatzten und riefen durcheinander, viele in Tracht. Eine junge Frau in einem kurzen schwarzen Dirndl mit ungewöhnlich tiefem Ausschnitt stand etwas abseits. Immerhin trug sie bei dem kühlen Wetter über dem Dirndl eine ebenfalls schwarze Strickweste. Sie lehnte sich weit über das

Brückengeländer und beobachtete das Geschehen still. Ihre hellrot gefärbten Haare stachen aus der Menge hervor, ein lustiger kurzer, etwas struppiger Schnitt. Johnny war offenbar zu seinem Auto gelaufen und kam nun mit einer Fernsehkamera zurück. Nur die lebensgroße Skulptur eines in der Wiese liegenden Liebespaares beeindruckte das Geschehen gar nicht.

Berenike ließ sich hinter die anderen Schaulustigen zurückfallen. Sollte doch Ellen das diesmal alles durchexerzieren, mit der Polizei und der Zeugenaussage. Da war schon Inspektor Kain, ihr alter Bekannter. Sein Bauch wurde immer dicker. Markig warf er die Tür des Streifenwagens hinter sich zu, ein weiterer Uniformierter stapfte hinter ihm drein. Berenike atmete tief ein und aus. Gut, Kain zu sehen – jetzt würde alles seinen Gang gehen, selbst wenn der Mann nur Dorfpolizist war. Vorsichtig, halb hinter einem älteren Ehepaar versteckt und mit hoffentlich neutralem Gesichtsausdruck beobachtete sie, was er tat.

Langsam kämpfte Kain sich den rutschigen Abhang zum Flussufer hinunter. Tatsächlich kam er heil unten an, obwohl er ein paar Mal stolperte. Er ging halb um den Fund herum, begutachtete ihn von allen Seiten. Berührte den Körper leicht, seufzte. Beriet sich mit seinem Kollegen, ohne dass Berenike die Worte verstand. Griff zum Funkgerät, sagte irgendwas. Gemeinsam sperrten die Uniformierten den Bereich rund um die Fundstelle ab, scheuchten allzu eifrige Schaulustige weg. Das Stimmengewirr wurde noch lauter, Unmut war zu spüren.

»Geh, Franz, was soll das, lass mich doch schauen!«, schimpfte Johnny, der nun seine Filmkamera geholt hatte und sie auf die Tote und den Inspektor hielt. Er wollte sich an den Herumstehenden vorbeidrängen und unter der Absperrung durchtauchen.

»Nichts da!«, beschied Kain, »wenn ich sage, hier geht keiner weiter, dann geht keiner weiter! Und ›keiner‹ ist auch die Presse!« Damit funkelte er den jungen Journalisten böse an. Der trippelte nervös vor dem Absperrband auf der Stelle. Schon hielt er seine Kamera hoch – die Dinger waren heute ja ziemlich klein –, vor deren Auge prompt Kain mit der Hand wedelte. »Abschalten! Dalli!«

Murrend nahm Johnny die Kamera runter. »Jetzt sei doch nicht so, Inspektor! Das ist meine Chance, Mann! Ich bin nur freier Mitarbeiter, ich brauch das Geld! Mit einer G'schicht wie dieser könnt ich endlich punkten!«

»Mir egal, Johnny. Hier wird nicht gefilmt.«

Schmollend wartete Johnny auf eine andere Gelegenheit.

Bald darauf neuerliches Blaulicht und Sirenengeheul – die Feuerwehrtaucher. Vorsichtig stiegen sie ins Wasser und hievten den Körper ans Ufer. Sanft, als könnte man ihr noch wehtun, legten sie die Tote auf den Rücken. Berenike versuchte, zwischen Schultern und Köpfen der anderen etwas zu erkennen, ohne sich selbst zu zeigen, zumindest Kain gegenüber.

Tatsächlich. Es war wie befürchtet. Berenike biss sich auf die Lippen. Die Tote trug Dirndl, der Leib war dunkelgrün, der Rock rosa. Ein Stück der lila Schürze hatte sich um den Hals gewickelt. Die Farben der Ausseer Tracht also. Alles hatte sich vollgesogen mit Wasser, Algen hingen am Stoff, in den Haaren. Die blonden Locken trieften und klebten schwer von Feuchtigkeit um das schmale Gesicht. Etwas am Hals blitzte silbrig auf. Berenike kannte den Anhänger. Und die Frau. Leider.

»Jössas – die Monika«, rief Kain und sah auf, ihr scheinbar in die Augen – schnell duckte sich Berenike.

»Oh du meine Güte!«, entfuhr es Ellen.

»Als ich sie gesehen hab, war sie noch quietschfidel«, rief Berenike – und hätte sich gleich darauf auf die Lippen beißen können. Wie dumm von ihr, das zu sagen.

»Die lustige Moni!«, jammerte der Dicke, der irgendwie wieder neben Berenike zu stehen gekommen war. Dabei nestelte er an seiner Lodenjacke. »Sie war eine wirklich Lebenslustige!«

»Sie war mit dem Bernd zusammen, nicht wahr?«, fragte das Mädchen im schwarzen Dirndl.

Der Dicke zuckte die Achseln. »Bei der Moni weiß man das nie genau.«

»Und jetzt ist sie tot ...«

»Also ist sie es tatsächlich«, flüsterte Ellen. »Ich hab es befürchtet.«

»Wer denn sonst? Eine Alte, die den Weg nicht gefunden hat?«, schrie jemand in der Menge mit heller Stimme und lachte. Keiner fiel in das Lachen ein.

Oh Göttin, hilf!, dachte Berenike. Sie musste sich irgendwas einfallen lassen, sonst würden es alle erfahren. Wenn man Johnny befragte, überhaupt. Wo war der eigentlich hin? Vorne an der Absperrung stand er nicht mehr. Dafür war die Frau im schwarzen Dirndl näher gerückt und machte große Augen.

Berenike wartete auf eine Reaktion von Inspektor Kain, dass er sie ebenfalls verscheuchen würde, doch der grüßte sie stattdessen. »Servus, Franzi! Bleib besser, wo du bist.« Für seine Verhältnisse hörte er sich direkt freundlich an. »Das ist kein schöner Anblick.«

Die Schwarzgekleidete nickte folgsam, doch ihre

wachen Augen beobachteten alles. Der Inspektor beugte sich über die Tote, soweit das sein Bauch zuließ. Auf einmal war Johnny zurück – er hatte sich von der anderen Seite angeschlichen und hielt seine Kamera über den Kopf des Inspektors hinweg auf das Objekt seiner Begierde. »Stop!«, rief Kain. »Ich habe dir gesagt, hier wird nicht gefilmt.«

»Die Menschen haben ein Recht auf Information«, hielt Johnny dagegen. »Die Pressefreiheit …« Seine Kehrseite zierte der mittlerweile halb getrocknete Schlamm. Sah nicht wirklich gut aus.

»Hier gibt's nichts zu informieren, merk dir das!«, zischte Kain streng, während er die Tote von Kopf bis Fuß maß: den schlanken Körper, der an den richtigen Stellen wohlgerundet war, bis zu den Füßen. Die Schuhe fehlten. Was hatte Monika für Schuhwerk getragen? Berenike erinnerte sich nicht.

»Hier liegt sicher ein, wenn auch bedauerlicher, Unfall vor«, sagte Kain schließlich.

Ein Unfall? Berenike zwang sich, in Deckung zu bleiben.

»Ein Unfall?«, rief Johnny, hielt die Kamera auf Kain, bis der nickte. Endlich packte Johnny sein Gerät ein.

»Sie wissen doch, die Vermisstensache letzte Nacht«, ergänzte Kain brummend.

»Aha, na schön«, murmelte Johnny und verschwand. Wenige Augenblicke später flüsterte es hinter Berenike. »Gehst du mit mir aus?« Johnny! »Ich wüsste was Interessantes zu bereden.« Der Mann hatte Nerven. Im Gegensatz zu ihr. Ganz im Gegensatz … Aber wenn Ausgehen mit Johnny der Preis war, damit alles unter Verschluss blieb …

»Ich hab keine Zeit«, zischte Berenike und stieß Johnny

leicht, aber bestimmt zur Seite. Der sah sie aus grünen Augen komisch an und blieb einen Schritt weiter stehen.

Sie wedelte mit der Hand, um ihn zu verscheuchen. »Man sieht sich«, flüsterte er und zwinkerte schon wieder. Endlich war der Journalist weg, in der Menge untergetaucht trotz der roten Jacke.

Puh! Berenike sah die Tote an. Ein Unfall? Dass sie nicht lachte! Wie konnte sich Kain dessen nach kurzer, oberflächlicher Begutachtung überhaupt sicher sein? Der Inspektor kratzte sich gerade das bartstoppelige Kinn und blickte demonstrativ auf seine Armbanduhr. Es roch intensiv nach Schweinsbraten. Berenike spürte, wie ihr Magen rumorte. Sie aß seit Jahren kein Fleisch mehr, gleichzeitig spürte sie Hunger aufkommen.

»Wir müssen dann wohl die Angehörigen informieren.« Etwas entnervt sah Kain seinen Kollegen an. »Du weißt, die haben wir in der Nacht heimgeschickt.« Der zweite Streifenpolizist nickte und rieb sich ebenfalls das Kinn. Ohne Bartstoppel.

Immer mehr Menschen scharten sich um das Geschehen am Ufer, wogten gegen das Absperrband. Ein Auto hupte. Eine japanische Reisegruppe hielt Fotoapparate hoch, rund 20 Leute knipsten über das rot-weiße Band hinweg.

»Bitte, geht nach Hause«, forderte Kain. »Es gibt nichts zu sehen. Bitte. Griaß enk.«

»Aber …«, sagte jemand, während Berenike versuchte, an Kain vorbei auf die Tote zu linsen, auf ihren Hals, die Schürze. Sie sah zu wenig, weil sich Kain davorschob.

»Nichts aber. Der Amtsarzt ist schon da.« Kain zwinkerte einem Grauhaarigen mit Arzttasche zu, der sich bestimmt, fast hätte man sagen können rüpelhaft, einen

Weg durch die schaulustige Menge bahnte. »Alles geht seinen Gang.«

»Das ist ja mein Zahnarzt!«, stieß Ellen überrascht hervor.

»Er ist Amtsarzt und kennt sich aus«, murrte Kain. »Er wird nichts anderes sagen als ich. Es war ein Unfall. Was für eine Schnapsidee, im Frühjahr aufs Eis zu gehen.«

»Waren halt gut drauf«, sagte ein Alter am Ufer. »Meine Güte. Haben wir auch gemacht, als wir jung waren, solche Albernheiten.«

»Aufs Eis gehen bei Tauwetter?«

Der Alte wiegte den Kopf. »Wer nicht wagt …«

»Wird eben Streit gegeben haben«, meinte ein Jüngerer in grauem Loden. »Vor dem Festzelt war ein ziemlicher Wirbel.«

Berenike verdrehte die Augen.

»Mei, das wird normal sein bei einem Schützenfest. Da geht's hoch her.« Der Alte verzog die Lippen zu einem dürren Grinsen. »Wenn ich denk, in meiner Jugend, was es da Prügel gesetzt hat manchmal. Ach, was für ein armes Mensch …«

Am besten wäre, jetzt zu gehen. Doch die Angelegenheit ließ Berenike keine Ruhe. Kain durfte so etwas nicht als Unfall abtun!

»Hatte die Monika nicht einen neuen Freund?«

Der Alte zuckte die Achseln, der Gamsbart an seinem Hut wackelte, während er nachdenklich seinen Kopf hin- und herwiegte. »Ist sie nicht mit dem Kurt zusammen?«

»Nein, der ist passé.«

»Bitte geht jetzt«, übertönte Kain die Stimmen der Schaulustigen und breitete abwehrend beide Arme aus.

»Ellen?« Sie stupste ihre Freundin an. »Wir müssen

irgendwas tun. Das schaut doch nicht nach Unfall aus, oder? Frag ihn, ob du eine Aussage machen musst.«

»Ich? Wieso ich?«

»Frag einfach!« Berenike warf Ellen einen auffordernden Blick zu.

»Na schön«, murrte diese leise und ließ Berenike stehen. »Müssen wir nicht – eine Aussage machen?«, fragte sie und trat mutig an Kain heran.

»Ach so, ja.« Kain sah in Berenikes Richtung. »Schon, aber das hat Zeit, Ellen. Kommst halt morgen auf die Wache. Und jetzt, bitte, geh aus dem Weg. Na komm schon, bittschön.«

Ellen tauchte in der Menge unter. Die Japaner knipsten immer noch, diesmal den Inspektor, wie er sich die Böschung hinaufarbeitete, wobei er immer wieder abrutschte. Irgendwo bellte ein Hund. Johnny packte seine Kamera ins Auto.

Dann war Ellen neben Berenike. »Du hast seine Antwort gehört, nicht wahr?«

»Ja, hab ich.« Sie sah Ellen irritiert an. »Und ich frag mich, was er hat? Kain ist doch sonst nicht vorschnell in seinen Ermittlungen, oder?«

»Nein, eigentlich nicht, auch wenn er es sich manchmal zu einfach macht. Vielleicht, weil er die Tote kennt?«, meinte Ellen.

»Alle kennen die Tote, oder?«

»Stimmt.«

»Jonas!«, zischte Berenike. Wenn sie schon mit einem Kriminalpolizisten liiert war, konnte sie ihn genauso gut gleich anrufen. Und ihm von der Toten mit der um den Hals geschlungenen Dirndlschürze erzählen. Musste halt aufpassen, was sie sagte. Vielleicht war er gar schon unterwegs.

Berenike trat von den Schaulustigen weg und wählte seine Handynummer. Sie schilderte die Umstände, deutete Kains Verhalten an. »Bin ich übersensibel«, fragte sie, »dass mich das irritiert?«

»Nein«, sagte er. »Das ist schon gut, dass du mich angerufen hast.« Er versprach, so schnell wie möglich nach Strobl zu kommen. »Ich hab hier im Büro alle Hände voll zu tun. Immer noch der Fall der entführten Kinder, bisher keine Spur zum Täter. Mal sehen, was der Hofrat will, ob ich den abgeben soll. Na egal. Bis später!«

2

»Shalom, Berenike.« Und da war er. Mit seinen dunklen Haaren trug Jonas gern Schwarz, sogar sein Hemd war heute schwarz. Und er grüßte mit ›Frieden‹ – vielleicht war alles nicht so schlimm. Sie würde sehen. Er drückte ihr einen Kuss ins Haar und sie blickte endlich zu ihm auf. Gut sah er aus, nur seine Augen wirkten müde und die dunklen Ringe darunter waren neu. »Da bin ich. Mein neuer Chef wollte zwar, dass ich an dem alten Fall dranbleibe, doch ich hab mich loseisen können, dank eines Kollegen.«

»Shalom, mein Süßer«, flüsterte sie. Ihr war eiskalt vom Warten, Frühlingssonne hin oder her. Wasser war durch ihre Schuhsohlen gedrungen, alles fühlte sich feucht an, ließ sie frösteln. In der Zwischenzeit hatte der Amtsarzt die Tote ausgiebig untersucht und die Beamten hatten sich beratschlagt.

Jonas' Blicke suchten und fanden die Leiche, wanderten zurück zu Berenike.

»Siehst du, was ich sehe?«, fragte sie leise.

Jonas nickte. »Du meinst die Schürze um den Hals?«

»Genau.«

»Und du kennst die Tote, oder wie?«

»Monika – ja. Ich …« Sie zögerte. Jetzt hieß es, diplomatisch zu sein! »Sie stammt aus Bad Aussee. Ich hab sie gestern Abend noch gesehen. Quietschlebendig.«

»Gestern Abend.«

»Ich war beim Schützenfest drüben in Sankt Gilgen.« Dass Max, der Wirt vom ›Grünen Kakadu‹, sie ursprünglich zum Fest eingeladen hatte, erwähnte sie nicht. Sie hatte die Einladung sowieso ausgeschlagen. »Ich hab dir davon erzählt. Die Demo gegen Nazi-Ehrengäste zum Narzissenfest. Und da du eh nicht da warst …« Sie starrte ihre Füße an. Musste man dringend putzen, die Schuhe. »Übrigens, ich muss eine Anzeige machen. Wegen Wiederbetätigung.« Flucht nach vorne, das war am besten. Und die richtigen Worte finden.

»Darüber reden wir noch.« Jonas schenkte ihr einen langen Blick und trat zu Inspektor Kain. Der sah unter seinen buschigen grauen Augenbrauen hervor zu dem jüngeren, jedoch ranghöheren Kollegen auf. Kain hatte nie Ambitionen gehabt, ihm genügte das Dasein als Dorfpolizist vollauf.

»Ah«, murmelte Kain mit rauer Stimme. »Der Kollege von der Kripo, welch Ehre.« Spöttisch verzog er einen Mundwinkel.

»Servus, Franz«, sagte Jonas.

»Griaß di. Bist schon Chefinspektor? Nein? Und, was verschafft uns die Ehre deiner Anwesenheit?«

Jonas deutete diplomatisch auf Berenike.

»Ach so, verstehe. Ein Ausflug.«

»Es soll hier einen … Unfall geben?«

Kain nickte.

»Bist dir sicher?«

»Was? Dass es ein Unfall ist? Klar.« Kain nickte mehrmals. Sein Blick streifte die Umstehenden, den Dicken, die Frau im schwarzen Dirndl. »Die junge Dame wurde bereits in der Nacht vermisst.«

»Dann lass mich mal sehen«, antwortete Jonas und beugte sich über die im matschigen Gras liegende Tote. Das Rosa des nassen Dirndls hob sich leuchtend von der bräunlichen Erde ab.

Jonas ging vorsichtig neben der Toten in die Hocke, betrachtete sie von allen Seiten. »Super Dirndl«, murmelte er, »das liegt immer noch genau an ihren Formen an.«

»Stimmt«, meinte Kain, »wahrscheinlich Maßarbeit. Kommt heut selten vor.«

»Ach ja?«

»Die Schneider sind teuer, Wartelisten hast meistens auch. Da sind die Importe aus Ungarn oder der Slowakei wesentlich billiger und schneller.«

»Wir werden später feststellen, von wo das Dirndl stammt. Es wird wohl ein Etikett geben.«

»Wieso?«, machte Kain. »Wozu brauchst du …?«

»… das wissen?« Jonas zuckte unbestimmt mit den Achseln. »Routine. Alles könnte wichtig sein.«

»Wer weiß, ob es überhaupt ein Fall für dich ist.« Kain reckte sich mitsamt seinem Bauch zu seiner ganzen Größe auf.

»Das wird sich zeigen. Ich rufe den Gerichtsmediziner. Sicher ist sicher.« Jonas holte sein Handy hervor, ging ein paar Schritte weg vom Ufer, telefonierte, kam zurück. »Wir haben Glück, der Reinhard ist in der Nähe und müsste gleich da sein.«

Gerichtsmediziner. Es würde doch alles raus kommen … Berenike wagte kaum, hinzusehen.

Jetzt zog Kain eine Braue hoch. »Das ist ein bissl übertrieben, moanst nit, Kollege?« Der Streifenpolizist rieb seine Hände mit einem komischen Geräusch gegeneinander. »Wir haben doch den Amtsarzt da gehabt …«

»Geh, Franz, was willst von einem Zahnarzt!«, mischte sich Ellen schnaubend ein.

»Der kann doch …«, machte Kain.

»Sicher ist sicher«, fiel ihm Jonas resolut ins Wort, obwohl er der Jüngere war. Aber eben auch der Ranghöhere. »Allein, wie die Schürze sich um den Hals gewickelt hat … Siehst eh, gell.«

Kain nickte widerstrebend.

»Die Polizei braucht nicht noch mehr negative Schlagzeilen. Franz, wenn was übersehen werden würd … Jetzt wo grad ein Kollege einen Psychotiker niedergeschossen hat, da musst vorsichtig sein.«

»Ja eh«, machte Kain und sah zur Brücke hoch.

»Der Reinhard ist kompetent, dann haben wir Klarheit.«

Tatsächlich bremste sich wenig später ein Motorrad am Ufer ein. Ein von oben bis unten in schwarzes Leder gewandeter Typ schwang sich vom Sitz und nahm den Helm ab. Blonde Haare kamen zum Vorschein, ein gebräuntes Gesicht, ein nettes Lächeln. Er sah hübsch aus, nur die Nase war etwas zu groß. »Servus, Jonas!« Markig schüttelte er dem Kriminaler die Hand.

»Grüß dich, Reinhard. Gut, dass du so schnell hast kommen können.«

»Sonntagsausflug, siehst eh.« Reinhard deutete auf seine Lederkluft.

Berenike schätzte den Gerichtsmediziner auf etwa gleich alt wie sie selbst, also um die 40. Er roch nach Benzin und nach Leder, ein bisschen nach Sonne und freiem Tag und nach noch etwas anderem, Chemischem. Zahnpasta vielleicht. Oder ein Putzmittel.

»Was gibt es? Unnatürliche Todesursache?«

»Möglicherweise. Ich hätt' gern deine Fachmeinung dazu.«

Reinhard nickte und wollte sich in Bewegung setzen.

»Stop«, rief Kain, »ich verscheuche noch die restlichen Schaulustigen, dann hast Ruh'.«

Also warteten sie neben Reinhards Motorrad. Berenike, Jonas und Ellen und natürlich der Gerichtsmediziner selbst.

»Wie geht's, Reinhard?«, fragte Jonas. »Was gibt es Neues?«

»Wie soll's schon gehen?« Reinhards Lächeln war schlagartig verschwunden. »Ist halt schwierig.«

»Was denn?«

»Alles. Am Institut bei uns. Eing'spart werden soll. Kennst das ja.«

»Klar, ist bei uns nicht anders. Keine Stelle wird nachbesetzt, wenn einer in Pension gegangen ist.«

»Bei uns ist es schlimmer. Die Chefin hat angedeutet, mein Posten könnte dem Sparstift zum Opfer fallen. Ich bin halt der Jüngste, hab keine Beamtenstelle. Die Finanzierung ist strittig.«

»Oh, nein, was für ein Mist«, entfuhr es Jonas. »Dabei schätze ich deine Analysen mehr als die vieler anderer.«

»Was willst machen.« Reinhard seufzte hart und mahlte mit dem Kiefer.

»Und was hast du dann vor, Reinhard?«

»Keine Ahnung.« Reinhard seufzte noch einmal, strich über den Sattel seines Motorrads. »Private Gutachten vielleicht, Vaterschaftstests sind aber kein wirklich sicheres Einkommen.«

»Was ist schon sicher«, warf Berenike ein. Niemand antwortete. Sie entdeckte ein gelbes Blatt, das an ihrem Schuh kleben geblieben war, und bückte sich danach. Doch bevor sie es erreichte, gab es ihr einen Stich im Kreuz.

Autsch. Etwas mühselig kam sie hoch und versuchte, das Blatt am Unterschenkel ihres anderen Beins abzustreifen. So, erledigt.

Jonas war zu Reinhards Motorrad getreten. »Cooles Ding übrigens.«

»Wer weiß, wie lang ich mir's noch leisten kann«, brummte Reinhard düster. »Fährst du selbst, Jonas?«

»Wenig. Meine Freundin vor allem.« Jonas wies mit dem Kinn auf Berenike.

»Echt?« Neugierig geworden sah Reinhard sie an, der Ansatz eines Lächelns kehrte in sein Gesicht zurück. »Was fährst du denn?«

»Eine Honda Shadow. Heuer war ich leider noch nicht damit unterwegs. Jetzt, wo's schöner wird ...«

»Verlockend, gell? Vielleicht ergibt sich einmal eine gemeinsame Tour?« Reinhard sah von ihr zu Jonas und wieder zu ihr. Die düstere Stimmung war verschwunden – zumindest an der Oberfläche.

Jonas zuckte die Achseln. »Möglich.«

»Bitte«, rief Inspektor Kain. »Ihr könnt kommen.«

Die Menge der Schaulustigen hatte sich endlich gelichtet. Die Japaner trabten zu ihrem Bus. Ein harter Kern von vielleicht 20 Menschen stellte etwas abseits Mutmaßungen über das Geschehen an, das zu Monikas Tod geführte hatte.

Reinhard stapfte mit Kain und Jonas zum Ufer hinunter, wo man die Tote abgelegt hatte. Berenike sah ihnen von der Brücke aus zu. Die Frau im schwarzen Dirndl stand nun direkt neben ihr. Der gänzlich schwarze Stoff stach von den rosa, blauen und grünen Dirndlröcken der anderen Frauen ab, und das nicht nur im Sonnenlicht. Auch der ziemlich kurze Rock fiel auf. Die Frau lächelte vage und strubbelte sich durch ihre roten Haare. Sie war ziemlich klein. Etwas an ihr machte, dass man sie sofort in den Arm nehmen und drücken mochte. Berenike lächelte zurück – bis sie bemerkte, dass die andere in Kains Richtung blickte.

Dann traf ein grauer Volvo ein, und in der folgenden Aufregung ging alles andere unter. »Monikas Eltern«, kündigte Kain an.

3

»Ich glaube, es war die richtige Entscheidung, dass du mich gerufen hast, Jonas.« Reinhard ließ seine behandschuhten, langen schmalen Finger langsam über den Hals der Toten gleiten. Die Eltern der Toten hatten ihre Tochter unter Weinen identifiziert, waren wieder heimgebracht worden.

Der Gerichtsmediziner verharrte nun mit seiner Hand bei dem verschlungenen Schürzenband. Alles, ohne etwas zu verändern. Nahm den Schmuckanhänger darunter in die Hand, drehte ihn ein wenig, er schien aus Silber zu sein.

Die Lebensrune. Berenike mochte gar nicht hinsehen. Die Nazis hatten die germanische Rune zum Symbol für Abwehr und Völkisches umgedeutet. Eins dieser Zeichen, das viel zu oft, viel zu beiläufig von alten oder neuen Nazis getragen wurde. Oder einfach aus Unwissen. Immer noch. Wie bei dieser Modemarke, deren Name Berenike gerade nicht einfiel.

Reinhard hatte das Kettchen ausgelassen, kniff die Augen zusammen, strich noch einmal über die blasse Haut der Toten und sah zu Jonas auf. »Dieser Knoten an ihrem

Hals sieht sehr eng aus. Wenn du mich fragst, zu eng, als dass er sich beim Treiben im Wasser von selbst in dieser Form zugezogen hätte. Was meinst du?«

Jonas nickte. »War meine Vermutung. Ich rufe die Spurensicherung.«

»Tu das. Genaueres zur Todesursache et cetera wie üblich nach der Obduktion, du kennst ja das Prozedere.« Reinhard schielte zu seinem Motorrad.

»Natürlich«, nickte Jonas und telefonierte bereits.

Berenike sah ihm in Gedanken zu. Monika war also tot. Auch eine Lösung für ihr Problem, das sie seit der letzten Begegnung hatte …

Inzwischen war der graue Wagen der Bestattung eingetroffen, gefolgt vom Polizeifotografen, der die Tote von allen Seiten ablichtete. Die Frau im schwarzen Dirndl war noch da. Erstaunlich, wie viel Dekolleté sie zeigte an diesem kühlen Frühlingstag. Aus dunkelgrünen Augen beobachtete sie die beiden starken Männer in Schwarz, wie sie die Tote nach einem Nicken von Jonas aufhoben und in einen zuvor bereitgestellten grauen Metallsarg legten. Ein paar durchweichte Papiere flatterten dabei auf den Boden. Kain bückte sich, doch Jonas war schneller, hob die Kärtchen eins nach dem anderen auf und steckte sie in eine Plastikhülle, die er aus seiner Jacke fischte.

»Hat's ihre Spielkarten mitgehabt, oder was?«, fragte Kain.

»Wieso? Was meinst?«

»Die Monika hat sich sehr fürs Kartenlegen interessiert.«

»Ach, wirklich?«

»Lass sehen, was du da gefunden hast.«

Jonas drehte die Plastikhülle mit den Papieren nach allen

Seiten. »Zwei Ausweise und das hier … tatsächlich, eine Karte.«

Berenike sah ihm über die Schulter. »Zeig mal. Ach, Tarotkarten.« Sie kniff die Augen zusammen. »Leider hab ich meine Brille vergessen.«

Die Schwarzgekleidete trat ebenfalls näher. »Das ist der Stern aus der großen Arkana.«

»Woher …?«, fing Jonas an.

»Was …?«

»Crowley? Große Akrana?«

Alle redeten durcheinander, bis die junge Frau gebieterisch den schwarz gewandeten Arm hob. Plötzlich Stille. »Arkana«, sprach sie dann leise und überdeutlich weiter. »Große Arkana.«

»Wahrsagekarten«, murmelte Reinhard. »Kenn ich.« Schweigend sah er die Düstergekleidete an, sein Blick wanderte von ihren asymmetrisch geschnittenen roten Haaren über ihr dunkel geschminktes, blasses Gesicht bis zum üppigen Ausschnitt. Push-up oder echt? Egal. Eine glänzende Brosche, deren Umrisse Berenike nicht erkennen konnte, hielt den Stoff in der Mitte ihrer Brüste zusammen.

»Wahrsagekarten! Das klingt verächtlich!« Ein Lächeln erhellte das Gesicht der jungen Frau, hatte Kain sie zuvor nicht Franzi genannt? »In Wahrheit handelt es sich bei Tarot um uraltes Wissen.«

»Schon die ägyptischen Pharaonen haben sich deren Weisheit zunutze gemacht.« Die junge Frau sprach mit einer seltsam sirrenden Stimme, die alle in Bann schlug, ja, einlullte. Selbst Berenike.

Erst nach einem Moment des Fröstelns bemerkte Berenike die Wolken, die schon wieder die Sonne verdunkelten, so sehr war sie auf die Sprecherin konzentriert gewesen. Sie hätte doch eine dickere Jacke anziehen sollen. Einzelne Schneeflocken schwebten herab, landeten wie leuchtende kleine Sterne auf dem Haar der Unbekannten, auf dem schwarzen Stoff ihrer Kleidung.

»Der Stern«, fuhr diese fort und wischte den Schnee von ihren Haaren, »steht für die Hoffnung. Dass unsre Pläne unter einem guten Stern stehen. Galt offenbar nicht für die Monika.« Einen Moment lang huschte ein seltsames Lächeln über ihr Gesicht, ehe es verschwand wie zuvor die Sonne hinter den Wolken.

Der Schneefall hörte so abrupt auf, wie er eingesetzt hatte. Die Sonne kehrte zurück, brachte das Wasser rundum erneut zum Glitzern.

»Crowley war ein Meister …«

»… des Satanismus«, fiel ihr Berenike ins Wort und sah Jonas an. »Er ließ sich gern durch Folterszenen und die Vorstellung, selbst Todesqualen zu erleiden, erregen. Na, da habt ihr gut zu tun.« Die Karten passten zu Monikas Einstellungen, ihrem nazi-freundlichen Gerede. Wenn sie ihr tatsächlich selbst gehörten. Ein wenig seltsam, dass sie nur eine Karte bei sich trug. Vielleicht eine Erinnerung an etwas …

»Er war ein Meister des okkulten Wissens, wollte ich sagen«, korrigierte die Schwarzgekleidete und wirkte streng, so wie Berenikes frühere Chemielehrerin, wenn keiner in der Klasse die Formel von Schwefelwasserstoff liefern konnte.

Jonas winkte ab. »Bleiben Sie noch einen Moment«, sagte er zu der jungen Frau, »und geben Sie bitte meinem Kollegen Ihre Personalien.«

»Ihm?« Die Dunkelgewandte deutete mit dem Kopf

zu Inspektor Kain und brach in Gelächter aus. »Das wird wohl kaum nötig sein.«

»Ach ja?« Jonas zog eine Augenbraue hoch.

»Ja. Er ist …«

»Sie ist …«

»Franziska Liszt«, sagte sie artig, »ich bin die Nichte von dem da.« Die Brosche an ihrem Dekolleté traf ein Sonnenstrahl. Keine Rune, wenigstens etwas.

»Aha, ach so.«

So lief das hier am Land. Man kannte den Inspektor oder war mit ihm verwandt. So fand sich immer eine Lösung, davonzukommen. Immerhin war Berenike mit Jonas liiert. Sie musste bald mit ihm reden, ihn auf ihre Seite ziehen.

»Viel Erfolg bei der Spurensuche.« Reinhard zerrte sich sich ungeduldig die Gummihandschuhe von den Händen. »Ich mach mich jetzt auf den Weg. Bis morgen bei der Obduktion, du kommst doch, Jonas?«

»Ich werde da sein. Danke, Reinhard, dass du gleich hergekommen bist.«

»Nicht der Rede wert«, winkte der Gerichtsarzt brummig ab und stapfte zu seinem Motorrad. »Immerhin hatte ich damit die Gelegenheit, deine Freundin kennenzulernen. Tschüss, Jonas.« Seine schlanken Hände legten sich um den Lenker.

»Servus.«

»Ciao, Berenike. Und wie gesagt, ich würd mich freuen über eine gemeinsame Tour.«

»Mal sehen!« Berenike hob grüßend die Hand. Mit einem Aufheulen startete Reinhard die Maschine und fuhr los. Der Motor war in der windstillen Luft noch lange zu hören. Sehr lange. Der kleine Rest der Schaulustigen driftete auseinander. Und auch die Frau im schwarzen Dirndl war nicht mehr zu sehen.

*

»Also, Kollege«, wandte sich Jonas an Inspektor Kain und blinzelte mit seinen dunklen Augen gegen die Sonne an. »Du hast Reinhards Worte gehört. Die Frau ist keines natürlichen Todes gestorben. Damit ist das mein Fall.«

»Geh, Chefinspektor«, jaulte Kain auf.

»Leib und Leben ist offiziell zuständig, Franz. Ich werde gleich den Hofrat Czerny informieren. Der wird sich freuen …«

»Na schön.« Kain starrte seine schlammbespritzten Schuhspitzen an, schob ein paar Steinchen herum.

»Wo ist übrigens deine … Was ist sie? Nichte?«

»Die Franziska? Die ist meine Nichte, genau. Renate, ihre Mutter, und ich sind Geschwister.«

»Jaja, wo ist die Franziska jetzt hin?«

Kain zuckte mit den Achseln. »Nach Hause, nehm ich an.«

»Geht's bitte genauer?«

»Was hast denn, Chefinspektor?«

»Geh, lass den Quatsch mit dem Chefinspektor, das dauert noch«, machte Jonas und sah genervt drein.

»Bist noch nicht?« Mit hochgezogenen Brauen sah Kain Jonas an. »Ach so, bist erst Abteilungsinspektor. Na, dir kommt schon niemand abhanden, nur keine hektische Hast«, sagte Kain und setzte nach einem Augenblick süffisant hinzu: »Kollege!«

Jonas sah aus, als wolle er erneut etwas erwidern, resignierte dann aber. »Gut, Franz, gibst mir halt ihre Adresse.«

Inspektor Kain tastete seine Jackentaschen ab und beförderte einen winzigen Block zutage, schlug ihn auf, die Seiten waren zerknittert. Mit einem abgenagten Bleistift kritzelte er etwas auf die oberste Seite, riss sie ab, stutzte, entdeckte Notizen auf der Rückseite, steckte das Blatt in seine Hosentasche und schrieb erneut etwas auf die nächste Seite. Endlich riss er sie ab und wedelte damit Jonas vor der Nase herum. »Da, Herr Kollege! Viel Spaß!«

»Danke, Franz.« Jonas steckte den Zettel in die Brusttasche seines schwarzen Hemds. »Was anderes – sind die Schaulustigen fotografiert worden?«

»Nein, warum?«

»Na, Franz, du hast sicher davon g'hört, dass sich der Mörder häufig unter die Passanten mischt? Bist doch kein Anfänger!«

»Ähm, nun ja …«

»Also, hör dich um, ob jemand geknipst hat, wenn schon der Polizeifotograf diese Anweisung nicht bekommen hat. Kannst ja deine Nichte fragen.«

Kains Augen funkelten. »Johnny von der ›Antenne Steiermark‹ war da.«

»Muss ich den kennen?«

»Weiß nicht. Hat die Nachrichtensendung am Abend. ›Obersteiermark heute‹.«

»Und wo ist der jetzt?«

»Im Studio?« Kains Stimme wurde laut, als wolle er Jonas provozieren. Dabei hatte er schon früher mit dem Kripo-Mann zusammengearbeitet.

»Schön, dann schaff ihn bitte her, Franz. Und nachher kümmerst du dich um die Befragung der Anrainer hier«, ordnete Jonas an.

Kain nickte. »Da brauch ich mehr Leut«, raunzte er und sah immer noch seine Schuhspitzen an.

»Ich bitt dich«, Jonas beugte sich zu dem Streifenpolizisten und senkte seine Stimme, »dann holst du dir halt Unterstützung, okay? Kann doch nicht so schwer sein! Himmel!« Jonas wirkte gereizt. Immer dieses Kompetenzgerangel! Männer!

Die Ringe unter seinen Augen sahen gar nicht gesund aus. Und seine Haare wurden an den Schläfen grau. Jünger wurde keiner, bei dem Job schon gar nicht. Gleichwohl liebte Jonas seine Aufgabe, das wusste Berenike.

»Noch was, Franz. Es war von einem Zeltfest hier in der Nähe die Rede – weißt du darüber Bescheid?«

Berenike schielte unauffällig auf die Umstehenden, zum Glück blieb wenigstens Johnny unsichtbar. Sie musste Jonas von dem Thema ablenken.

»In Sankt Gilgen drüben feiern die Schützen, seit Freitag. Ich war selbst dort gestern«, brummte Kain und trennte sich endlich vom Anblick seiner Schuhe. »Hab frei gehabt, weißt. Freunde haben mich überredet. Ich hab die Monika dort getroffen, sie ist wie ich aus Bad Aussee und … na ja …« Er zuckte die Achseln.

»Verstehe«, sagte Jonas.

»Warst du bei der Suche im Einsatz, Franz?«, fragte Ellen. Ach, die war auch noch da.

»Welche Suche?«, fragte Jonas.

»Die Monika. Sie wurde nachts vermisst. Und ja, ich habe bei der Suche geholfen.« Kain klang jetzt wie sonst, ganz strenge Moralinstanz. »Alle haben mitgeholfen, die vor Ort waren. Feuerwehr, Polizei, Freiwillige.«

»Was ist genau vorgefallen?«, fragte Jonas in amtlichem Tonfall.

»Ein Grüppchen von Leuten soll unweit vom Festzelt aufs Eis spaziert sein, eine Person wurde vermisst. Wir haben bei der Suche nach ihr einen breiten Bogen gezogen von der Stelle, wo man sie zum letzten Mal gesehen hat, bis Fürberg rüber.« Kain deutete über die lang gezogene Fläche des Sees. »Wir konnten sie leider nicht finden.«

»Gut, darum werde ich mich nachher kümmern«, sagte Jonas, »wir brauchen auf jeden Fall Verstärkung.« Er ging zu seinem Auto, wählte eine Nummer am Handy und lehnte sich gegen den Kotflügel.

»Wollen wir derweil zum Dorfwirt rübergehen?«, schlug Ellen vor. »Der Dicke, du weißt schon, er hockt oft im Gasthaus. Vielleicht haben wir Glück und er weiß was … Der hört viel.«

»Gute Idee.« Berenike trat zu Jonas, der gerade ärgerlich den Kopf schüttelte. Sie wartete, bis er zu ihr hersah. Berenike deutete auf das Gasthaus, auf sich und Ellen, machte mit zwei Fingern eine Bewegung, dass sie rübergehen würden. Jonas nickte und redete schon weiter.

*

»Da bin ich endlich.« Die Schwingtür aus dunklem Holz pendelte noch hinter Jonas, als er an ihren Tisch trat. In der Gaststube standen ebenfalls dunkle Möbel von anno dazumal, es roch nach Sonntagsbraten, nach Kümmel und Knoblauch und nach verschüttetem Bier. Vor allem war es warm herinnen. Berenike rieb sich die kalten Hände. Jonas beugte sich zu ihr, küsste sie mit kühlen Lippen auf die Wange. Sie rutschte auf der dunklen Bank ein Stück, um ihm Platz zu machen. Schwer ließ er sich auf die Sitzfläche fallen, schüttelte sich. »Puh, diese arme Frau! Und dann noch dieses unmögliche Telefonat.«

»Ärger?« Ellen sah Jonas aufmerksam aus großen blauen Augen an. Niemand hatte so blaue Augen zu so schwarzen Haaren wie Ellen.

»Mein neuer Chef, der Herr Hofrat.« Jonas sprach langsam und räusperte sich. »Eigentlich ist er zu jung, um schon Hofrat zu sein. Seit er da ist, ist alles nur noch mühsam. Ständig hat er neue Ideen. Abteilungen werden zusammengelegt und wieder anders auseinandergeteilt. Je nachdem, was auf welchem Kongress grad wie verzapft wird. Der Chef hat allen Ernstes mit erwartungsvoller Stimme gefragt: ›Und wer ist der Tatverdächtige?‹ Als ob die Leiche nicht grad erst gefunden worden wäre.« Jonas lachte auf, es klang hölzern. Berenike legte unter der Tischfläche eine Hand auf sein Knie. Tatsächlich entspannte er sich ein wenig.

»Zumindest schickt er meine Kollegin Mara her«, fuhr er nun sanfter fort. »Ihr kennt sie ja.«

Das konnte man wohl sagen. Mara hatte im damaligen Fall um Berenikes tote Tanzlehrerin wertvolle Spuren entdeckt. Unwillkürlich entstand vor Berenikes Augen das Bild der entzweigesägten Leiche, wie der Oberkörper im Friseurladen zur Schau gestellt worden war. Die roten Haare, das gelbe Hemd, das Blut …

»Der Chef will sogar selbst herkommen«, stöhnte Jonas und Berenike war froh, dass er sie mit seinem Ärger aus ihren Gedanken riss.

Eine blondgelockte Kellnerin in einem hellgrünen Fantasie-Dirndl erschien. »Was derf's denn sein, der Herr?«, lächelte sie.

Jonas bestellte Kaffee, Ellen und Berenike hatten bereits

schwarzen Tee geordert. Hauptsache warm, auch wenn der Geschmack zu wünschen übrig ließ.

Als die Kellnerin hinter der Theke verschwunden war, fuhr Jonas fort: »Wir müssen die letzten Schritte des Opfers rekonstruieren.« Er sah Ellen und Berenike an. »Der Kollege Kain hat von dem Schützenfest erzählt. Ihr wart dort?«

Ablenken – Berenike musste ihn irgendwie von dem Thema ablenken. Nur ein paar Worte zum Thema verlieren, dann von was anderem reden.

»Ich? Nein! Seh ich aus, als würd ich mich in ein Zelt voller Wahnsinniger stürzen? Ich bitte dich. Da braucht man eine Rüstung, um sich zu schützen.« Ellen lachte rau auf und warf Berenike einen Seitenblick zu.

Berenike prustete unwillkürlich laut heraus. »Ein Kampfdirndl, gewissermaßen.«

Jonas verzog den linken Mundwinkel. »Könnte eine Marktlücke sein.«

»Ich bin nur in der Nähe vorbeigegangen«, sagte Ellen, nun ernst. »Es war von einem handgreiflichen Streit die Rede.«

»Ach, und worum ging's?« Jonas kniff die Augen zusammen. Die Kellnerin servierte seinen Kaffee, ging zurück zur Theke.

Ellen zuckte die Achseln. »Vor dem Zelt wurde demonstriert«, Seitenblick zu Berenike, »Zuschauer waren ebenfalls da, irgendwas ist passiert, ich war leider zu weit weg, hab nur davon gehört.«

Jonas nickte. »Wir müssen rausfinden, was an der Sache dran ist. War die Monika Leitner darin verwickelt, Ellen?«

»Keine Ahnung, ehrlich gesagt. Johnny war da von der Antenne Steiermark.«

»Hab ich gehört. Und wer sonst?«, fragte Jonas.

»Jede Menge Leute, ich hab's echt nicht genau gesehen.« Ein weiterer Blick von Ellen. Berenike nahm schnell einen Schluck Tee. Mut antrinken, um mit Jonas zu reden. Allein. Später.

»Und dann diese hirnrissige Partie aufs Eis – hast du eine Ahnung, wer außer dem armen Mordopfer dabei war, Ellen?«

»Hab ich das richtig g'hört, die Moni ist tot?« Ein ziemlich großer Mann mit kugelrundem Bauch kam wankend neben ihnen zum Stehen. Er stützte sich mit beiden Händen auf der Tischplatte ab, als sei sein Körper zu schwer, um ihn aus eigener Kraft aufrecht zu halten.

»Die Monika Leitner, ja«, sagte Ellen.

»Eins muss ich sagen, arm war das Mädl nicht.«

»Nicht?« Jonas sah den Dicken auffordernd an.

Der zog einen der dunklen Holzsessel heran, was ein unangenehmes Geräusch auf dem gekachelten Boden ergab. Keuchend setzte er sich. »Ich hab gestern das Fest besucht, bei dem die Moni verschwunden sein soll. Mein lieber Schwan, da ist was los gewesen! Ganz im Ernst, die hat sich ein lustiges Leben gemacht.«

»Du warst doch einmal mit ihr zusammen, oder?«, fiel Ellen ihm forschend ins Wort.

»Na ja …«, druckste der Dicke herum, die Stimme gequetscht. »Also, wir haben uns sporadisch gesehen. Ich hab hier meinen Sommersitz, bin in Wien daheim. Trotzdem sieht man, was läuft, und was g'redet wird. Die Monika, die hat die Männer gern g'habt.« Er wischte sich Schweiß von der Stirn. »Und dann, ihre komischen Gschäftln. Die Monika macht die ganze PR fürs Narzissenfest.«

»Wissen wir«, winkte Ellen ab.

»Da gibt es immer zusätzliche Werbeaufträge für die Narzissenhoheiten. Die soll die Monika in letzter Zeit ziemlich einseitig vergeben haben, was man hört.«

»Interessant«, sagte Jonas.

»Aber«, er wedelte abwägend mit den Händen, die Finger waren unförmig und dick wie sein ganzer Körper, »nix Genaues weiß man nicht. Ich hab nur g'hört, beim Fest hat es Streit gegeben deswegen. Die zwei Prinzessinnen haben sich bei Monika beschwert, weil sie die Königin den beiden anderen vorgezogen haben soll.«

»Prinzessinnen. Königin. Soso.« Jonas rührte klimpernd in seiner Kaffeetasse. Es roch ein wenig säuerlich, als wäre die Milch nicht mehr frisch.

»So nennt man die drei Schönheiten, die jedes Jahr gewählt werden und bis zum Narzissenfest im nächsten Jahr das Ausseerland offiziell repräsentieren«, dozierte der Dicke und grinste eingebildet. »In Wien waren's sogar beim Bundespräsidenten geladen. Außerdem geht es um lukrative Aufträge als Fotomodel.«

»Was können Sie mir über den Streit sagen?« Jonas zückte ein Notizbuch. Ein ordentliches Ding, keine Eselsohren, keine zerknitterten Seiten, hübsch schwarz eingebunden. »Wie lautet überhaupt Ihr Name?«

»Roman Linsinger.« Der Dicke atmete schwer auf. Die Kellnerin stellte ungefragt ein frisch gezapftes Bier vor ihn hin. Er prostete allen zu, trank, stellte das Glas ab, als es nur mehr halb voll war, und fuhr fort: »Also, die eine Prinzessin, Astrid heißt sie, die hat die Monika angeschrien, wie ungerecht diese sie und ihre Kollegin Sigrid behandelt. Bei der Schreierei sind ihre blonden langen Haare geflogen, dass ich Angst gehabt hab, die geraten bei der Kerze am Tisch in Brand …«

»Und? Was hat die Monika geantwortet?«

Der Dicke wand sich. »Weiß ich nicht genau. Viel hab ich in dem Lärm nicht mitbekommen.«

Also nur ein Wichtigmacher. Als Zeuge zu vergessen. Oder er wollte nicht alles sagen.

Der Dicke machte ein bedauerndes Gesicht. »Ich war überhaupt nur bis acht im Schützenzelt. Wegen meiner Frau. Die Petra macht sich nichts aus solchen Festen, und drum hab ich ihr versprechen müssen, nicht lange zu bleiben. Tja …« Er breitete die Arme aus, stieß gegen sein Glas, das ins Wanken kam, fing es gerade noch auf und trank es in einem langen Zug leer.

»Danke«, sagte Jonas trocken. »Danke, dass Sie mir das mitteilen. Wer könnte mir denn mehr sagen, was meinen Sie?«

Der Dicke fuhr nachdenklich mit seinem Daumennagel eine Rille in der Tischplatte nach. »Vielleicht Monikas neuer Freund, der Bernd. Er ist daneben gestanden, als die Astrid ausgezuckt ist. Ein langer, dünner Kerl, mit wenig Haaren, schütter halt. Er hat immer ein rot kariertes Hemd an, immer. Aus seiner eigenen Schneiderei. Lächerlich, oder?« Neugierig blickte er Jonas an, bis dieser nickte.

»Ich weiß nicht, was die Moni an dem gefunden hat. Na ja. Bernd hat sich sehr bemüht, den Streit zu schlichten. Mit seiner hohen Stimme hat ihm niemand zugehört, am wenigsten die Astrid und die Moni selbst.«

»Verstehe. Haben Sie Bernds vollen Namen? Und die Adresse?«

»Ein Trachtenschneider, in Bad Aussee. Flatscher mit Familiennamen. Das Geschäft finden's sicher, ist gleich im Zentrum. Da kaufen alle, selbst die Prominenz. Ist sehr bekannt. Genaue Adresse weiß ich leider nicht.«

»Verstehe, das wird zu finden sein.« Jonas notierte eifrig mit seiner steilen Handschrift, die allerdings für jeden außer ihn selbst unleserlich war. »Haben Sie noch eine Idee, wer etwas gegen Monika gehabt haben könnte, Herr Linsinger?«

Der Dicke wiegte den Kopf. »Da gäb's viele. Ihr Männerverbrauch … Ich will ja nichts Böses sagen, über Tote, Sie wissen schon. Ihr letzter ehemaliger Verlobter ist am Abend im Zelt ziemlich oft um sie herumgeschlichen. Er hat ein böses Gesicht dabei gemacht, da hätt' Ihnen anders werden können, Herr Inspektor. Selbst Ihnen, ich bin sicher. War noch nicht lang her, dass die Moni die Verlobung gelöst hat. Und er soll sehr eifersüchtig sein.« Der Dicke nickte bekräftigend und blickte Jonas an, als würde er gern gelobt werden wollen. Ein Musterschüler …

»Hat dieser Exverlobte die Monika angesprochen?«

»Das weiß ich leider nicht. Wie gesagt, ich war nicht allzu lange bei dem Fest.«

»Verstehe. Und wie lautet der Name des früheren Verlobten, kennen Sie den?« Doch nicht ganz der höfliche Kieberer, nicht immer.

»Kurt Klampfl, ihm gehört ein Busunternehmen in Sankt Wolfgang drüben.«

»Und die Prinzessin Astrid, wo finden wir die denn bitte?«

Linsinger zuckte die Achseln. »Keine Ahnung. Soll irgendwo aus der weiteren Umgebung stammen. Das Narzissenfest-Büro wird Ihnen da sicher Auskunft geben können.«

Jonas machte sich eine Notiz. »Danke, hoffen wir's. Jetzt geben's mir bitte noch Ihre eigene Anschrift, und wenn Ihnen sonst nix einfällt, war's das. Dann können Sie gehen.«

»Döblinger Hauptstraße 100«, sagte der Dicke wie aus der Pistole geschossen. »Habe die Ehre!«

Und weg war er.

Berenike schlürfte den lauwarmen Tee. Besser als gar nix, richtig warm wurde ihr davon leider nicht. »Komisch, dass der Bernd eine neue Freundin hat, das hab ich gar nicht mitbekommen. Dabei ist er manchmal bei mir im Salon zu Besuch.«

»Vielleicht war die Beziehung noch dermaßen neu«, meinte Ellen.

»So neu, dass sie's nicht zeigen wollten?«

»Wenn ja – warum?«

»Eifersucht?«

»Wegen ihrem Ex, dem Kurt?«

»Oder hat der Bernd eine Exfrau?«

»Das ist lange her. Vielleicht war die Sache schon nicht mehr aktuell.«

»War die Monika dermaßen wechselhaft?«

»Anscheinend.«

»Wir müssen alle befragen, die in dem Festzelt waren«, seufzte Jonas. »Allen voran den Exverlobten Kurt.«

»Na, viel Spaß. In das Zelt passen mehrere Tausend Leut rein.« Ellen griff nach ihrer Teetasse, setzte sie an, doch die war leer. »Also, gehen wir, oder?«

»Zahlen müssen wir noch.«

»Natürlich.«

4

»Ein Albtraum, diese Befragungen«, stöhnte Jonas am nächsten Morgen während der Frühstücksvorbereitungen in Berenikes Küche. Unter ihnen hörte man Frau Gasperl rumoren, in deren Ausseer Holzhaus Berenike vor fast fünf Jahren ein neues Zuhause gefunden hatte. Fünf Jahre seit ihrer großen Krise, seit der Flucht aus Wien und dem Neubeginn im steirischen Salzkammergut. Fünf Jahre – ein Jubiläum. Und 40 wurde sie auch ziemlich bald, oh Schreck.

Am Vortag war sie heimgefahren, hatte aufgeräumt, Jonas war spät zu ihr gekommen. Es war schon lange dunkel gewesen und sie hatte mit allen drei Katzen kuschelnd auf dem Sofa gewartet. Jetzt war Jonas noch unrasiert, wenigstens hatte er halbwegs Schlaf abbekommen, und die dunklen Ringe um die Augen waren nicht mehr ganz so dunkel. Er raufte sich die schwarzen Haare und setzte sich, während sie Teeblätter abmaß und Wasser aufgoss. English Breakfast, schön stark, das brauchten sie beide.

»Das Festzelt war zwei Tage bummvoll. Fast jeder, mit dem wir geredet haben, hat sein Kurzzeitgedächtnis im Alkohol ertränkt. Wenn wir nach besonderen Vorkommnissen gefragt haben, gilt sowieso nur: ›nix sehen, nix hören, nix sagen‹.«

»Wie die drei chinesischen Affen.« Wenn sie Glück hatte, traf das auch auf ihr … Erlebnis zu und die anderen hatten ihr Betragen an dem Abend vergessen.

»Nur an die tragischen Ereignisse, nachdem die Monika nicht zurückgekommen ist, erinnern sich alle. Und jeder ist verdächtig! Oder gar keiner!« Jonas seufzte und verstrubbelte seine Haare noch mehr. Es sah dermaßen wild verzweifelt aus, dass Berenike grinsen musste.

»Ellen hat mich zu den Organisatoren des Schützenvereins geführt. Tja, was soll ich dir sagen …«

»Jeder könnt der Mörder sein?« Berenike trug die große Kanne zum Tisch. Von dem Porzellan lächelte Queen Elisabeth sie an.

»So in etwa.«

»Und warum? Haben die echt alle ein Motiv?« Sie verteilte die zur Kanne gehörigen Tassen, auf denen Prince William und Kate abgebildet waren, die neuen Hoffnungsträger der britischen Monarchie.

»Zumindest haben's kein Alibi. Außer dass sie gefeiert haben.«

»Aus einem Festzelt kann man schließlich schnell mal verschwinden.« Berenike stellte die zum britischen Tee passende Orangenmarmelade auf den Tisch.

»Eben.« Jonas sah sie erwartungsvoll an und griff nach der frischen Biobutter, hergestellt vom Bauern ein paar Häuser weiter, dann nach einer der knusprigen Semmeln, die er extra geholt hatte – früher Morgen hin oder her. Essen hielt Leib und Seele zusammen, war sein Credo. Auch am Morgen nach einem Leichenfund, dann erst recht, hatte er gemeint. Bewundernswert, fand Berenike, der immer gleich schlecht wurde, sobald sie sich nicht gut fühlte. Er aber genoss sein Essen immer. Krachend fuhr sein Messer in die Semmel.

Beim Klappern der Butterdose – eines der seltenen Erbstücke von Berenikes Familie väterlicherseits – kamen prompt alle drei Katzen angetrabt. Miss Marple, der grauweiße Neuzugang, blieb abwartend hinter den beiden älteren Katern Marlowe und Dr. Watson stehen. Kater Spade, der immer gesund gewesen war, war im letzten Herbst plötzlich krank geworden und nach wenigen Wochen gestorben. Berenike vermisste ihn immer noch, obwohl das kleine Katzenmädchen Miss Marple sie ständig mit Spielen und Schmusen tröstete. Dabei hatte sie sich eine Weile lang viel mehr Sorgen um Dr. Watson gemacht, nachdem der alte Herr im Winter in einen Mordfall verwickelt gewesen war.

Jonas spendete allen Katzen ein Stückchen Butter. Schnurrend und wonnig leckten sie sich nach dem Verputzen des Leckerbissens das Fell. Dann strich er sich Butter auf seine Semmel. Zaghaft kam die Sonne hervor und leuchtete durch das Küchenfenster. Berenike schenkte ein und setzte sich endlich dazu.

»Es haben mehrere Leute ausgesagt, dass Monikas Exfreund Kurt mehrmals ungut um sie herumgeschlichen ist auf dem Fest«, nahm Jonas ihre Unterhaltung von vorher auf. Er betonte zwar immer, dass er sich in Sachen Mordfälle lieber bedeckt hielt – doch ihr Insiderwissen aus dem Ort war wichtig für ihn, weshalb er wohl seine Zurückhaltung aufgab.

»Kurt, der Busunternehmer?«

»Genau der.« Jonas seufzte und griff nach dem Marmeladeglas.

»Vielleicht wollte er noch ein Mal mit Monika reden, um sie von der Trennung abzubringen? Männer und ihre letzten Gespräche. Mit dem Taschenfeitel im Hosensack.«

»Leider, häufig«, stimmte ihr Jonas zu. »Nur konnte ich den Mann nicht befragen. Er ist ausgerechnet jetzt mit einer Reisegruppe auf Tour.«

»Auf den Spuren der Trapp Family durch Salzburg oder so was.« Berenike griff nach dem Milchkännchen. »Amerikaner stehen auf ›Sound of Music‹, diesen alten Schinken. Solche Rundfahrten bringen gutes Geld.« Geld, das Thema, das sie seit der Eröffnung ihres Salons immer wieder einholte. Sie dachte an den neuen Teeladen in Bad Aussee, an die Forderungen von Finanzamt und Sozialversicherung, die unerwartet hoch ausgefallen waren, kaum dass sie mehr Umsätze machte. Sie musste sich was einfallen lassen, damit sich alles doch noch ausging. Hoffentlich würden die Leute weiterhin bei ihr im Salon kaufen. Dumpingpreise wie die Konkurrenz in Bad Aussee konnte und wollte sie allerdings nicht anbieten.

Sie goss Milch in ihre Tasse, very british. Die passte zu guten englischen Teemischungen. Miss Marple war offenbar ebenfalls an Tee mit Milch interessiert und stellte ihre Vorderpfoten sanft auf die Tischplatte, äugte in Richtung Tasse.

»Gehst du weg!«, befahl Berenike und versuchte streng zu schauen, obwohl das Kätzchen den treuherzigsten aller möglichen treuherzigen Kätzchenblicke aufsetzte.

Jonas nahm eine blaue Spielmaus aus dem Katzenkorb neben dem Tisch und warf sie weit weg. Sofort drehte sich die kleine schlanke Katze um, wobei ihr Schwanz fast das Milchkännchen umwarf. Die Kater legten sich aufs Küchenfenster und sahen der jungen Katze von oben aus zu. Die Kleine ließ sich nicht lumpen, bot volles Programm und fetzte der scheppernden Maus voll Elan hinterher.

»Ah, Molly apportiert«, lachte Jonas. Die Katze rannte mit der Maus im Maul auf ihn zu.

»Sie heißt Miss Marple«, antwortete Berenike.

»Miss Molly Marple.«

»Miss Molly Marple. Na schön. Die Katze mit dem längsten Namen der Welt.«

»Abgesehen von den Edlen von zu …«

»Stimmt.«

Die Maus wurde mit einem Klingeln vor Jonas auf den Boden fallen gelassen. Ein helles, aufforderndes Miauen folgte. Jonas bückte sich nach dem Spielzeug, während Miss Molly Marple auf den freien Sessel kletterte und interessiert die offen stehende Butter beäugte. »Nein!«, sagte Berenike streng. Die Katze sah sie aus grünen Augen an, machte einen Buckel, plusterte sich auf und sprang dem in Gedanken dasitzenden Jonas auf den Schoß.

Er streichelte sie abwesend, sie machte es sich bequem, während er an der Katze vorbei Berenike ansah und nach seiner Semmel griff. »Auf Kurts Handy jedenfalls läuft die Mailbox, sein Büro in Sankt Wolfgang war geschlossen, als wir am späten Abend dort waren. Außerdem war ja Sonntag.«

»Kann ich mir denken, dabei schläft Sankt Wolfgang sozusagen nie. Also im Sommer.«

»Wie meinst du das?«

»Warst du noch nie dort? Sei froh. Ein Alpen-Disneyland wär nix dagegen. In Sankt Wolfgang steppt der Bär. Also das Ross. Weißt eh, die Operette.«

»Weißes Rössl, na klar.«

»Dazu die riesigen Hotelburgen gleich hinterm Seeufer. Sind zwar mehr oder weniger im traditionellen Stil erbaut, aber abnorm groß.« Berenike biss endlich krachend in eine frische Semmel. »Hast du eine Privatadresse von Monikas Exfreund?«

»Haben wir, dort war ebenso Fehlanzeige, keiner zu Hause. Kurt hat ja keine Familie.«

»Wer war denn sonst mit ihr auf dem Fest?«

»Hingegangen ist die Monika gemeinsam mit ihrem Freund Bernd.«

»Also waren sie zusammen.«

»Ja, waren sie. Eine gute Freundin war dabei, die Magdalena oder Leni, eine Verkäuferin im Supermarkt unten in Bad Aussee. Sie und Monika kennen sich aus der Schulzeit. Diese Leni war ganz fertig, kannst es dir vorstellen.«

»Und wie.«

»Und dann saß noch Paul Vasari, der ebenfalls an entscheidender Stelle beim Narzissenfest mitmischt, an ihrem Tisch. Die anderen Leute am Tisch haben gewechselt, ein Mädchen ist mal aufgetaucht und hat ein wenig mit Monika debattiert und mit Paul, ist schnell gegangen.«

»Astrid, die Narzissenprinzessin?«

»Möglich. Genaueres konnte keiner sagen. Die Astrid selbst habe ich mit einem Kollegen befragt. Sie hat uns in einem zerschlissenen Bademantel und einem Handtuch um die nassen Haare aufgemacht. Erst war sie frech, dann hat sie zugegeben, sie wär so betrunken gewesen, dass sie sich an nichts mehr erinnern kann.« Jonas zuckte mit den Achseln. »Tja, da haben wir Pech gehabt.«

»Blöde Situation, nach einem Fest. Das tut mir leid für euch«, sagte Berenike und ließ die Semmel sinken, weil sie nicht wirklich Hunger verspürte.

»Vier Personen waren meistens beisammen, Monika, Bernd, Leni und Paul. Daran erinnert sich der zuständige Kellner vom Bierzelt.«

»Der war wenigstens halbwegs nüchtern, was?«

»Halbwegs. Allerdings weiß er noch, dass die Monika eine Weile verschwunden war – eine halbe Stunde vielleicht, schätzt er. Die anderen am Tisch haben sich gedacht, dass sie sich beim Buffet anstellen hat müssen. Nachher hat sich herausgestellt, dass ihr der Max nachgestiegen ist.«

»Doch nicht unser Wirt Max?«

»Genau der – der Wirt vom ›Grünen Kakadu‹ in Bad Aussee.«

»Der will wirklich von jeder Schürze was. Und?«

»Anscheinend war er sturzbesoffen, wie man sagt. Und ist der Monika in seinem Rausch total auf den Senkel gegangen. Er wollt bei ihr landen, und als sie ihn ausg'lacht hat, hat er ihr nachgeschrien, er würd sie schon kriegen, egal wie. Das hat zumindest der Bernd nachher bei der Befragung erzählt.«

»Und ihr glaubt ihm?«

Jonas zuckte die Achseln. »Eigentlich schon.« Mit nachdenklichem Blick betrachtete er die Semmeln im Körbchen. Sein Teller war leer. Beneidenswert, dieser Appetit.

»Der Max ist schon anlassig, aber eine Drohung?«

»Es gab Stimmen, die behaupten, Monika könnte den Max doch erhört haben, natürlich heimlich.« Jonas tauchte den Finger in die Marmelade, schleckte ihn ab. »Mmh, schmeckt das gut. Erinnert mich an meine Kindheit.« Er war ja fast ein Brite, der Mann. Jonas war in England aufgewachsen, seine jüdische Mutter hatte sich dort vor den Nazis in Sicherheit gebracht und wieder geheiratet. Zum Studium war Jonas nach Österreich gekommen – und geblieben. Lang vor Berenikes Zeit.

»Weißt eh, wie die Leut unter Alkoholeinfluss sind. Die Monika selbst kann man leider nicht mehr befragen.«

»Nein. Und wenn du's könntest, müsstet du keinen Mord aufklären.«

»Stimmt, Nike. Kluge Nike.« Er grinste und küsste sie auf den Mund, seine rauen Lippen schmeckten nach der säuerlich-süßen Orangenmarmelade.

»Also haben diverse Beteiligte ein Motiv für den Mord.

Am meisten deutet doch auf Kurt als Täter hin, oder?« Berenike nippte am Tee.

»Schaut danach aus. Oder auf Max, falls das mit seinen Drohungen stimmt.«

»Eitel ist der schon, der Max. Und nicht grad hässlich.« Berenike erinnerte sich noch gut, wie sehr ihr der Wirt am Anfang nachgestiegen war. Er hatte nie ganz damit aufgehört. »Vielleicht ... Wenn er von ihr versetzt wurde? Dass er überreagiert hat? Der Bernd könnt natürlich ebenso Grund zur Eifersucht gehabt haben, nach dem wie du das Verhalten von Monika schilderst.«

»Falls die Monika tatsächlich mit dem Max verschwunden ist.« Jonas strich über die Tischplatte, sammelte die Brösel ein. Miss Marple legte ihm ihre Pfote auf die Hand, als wollte sie sagen: Entspann dich. Er lächelte.

»Und wenn der Bernd eine eifersüchtige Ex haben sollte ...« Berenikes Herz klopfte. Eifersucht, immer dasselbe. Irgendwie altmodisch. Und dennoch verbreitet. Menschen fühlten sich schnell zurück gesetzt, abserviert. Das mochte niemand. »Hast du eine frühere Geliebte Bernds ausfindig gemacht?«

»Nein. Er war seit Längerem solo.«

»Oder Monikas Tod war doch ein Unfall ...«

»Das hätt' nur der Kain gern, damit er's schön einfach hat!«

»Im Gegensatz zu dir, Jonas, stimmt's?«

»Ja. Außerdem spricht Reinhards Aussage gegen einen Unfall. Apropos, ich muss los, in die Gerichtsmedizin.« Jonas hob die kleine Katze vorsichtig hoch, setzte sie auf den Boden. Vorwurfsvoll sah sie zu ihm auf, wie um zu zeigen, wie blöd sie es fand, dass er nicht mit ihr relaxte, und stolzierte von dannen. Schnell trank er seinen Tee aus.

»Nach der Obduktion wissen wir mehr über die Todesursache. Ob sie im See ertrunken ist oder doch erwürgt wurde. Der Reinhard ist ein hervorragender Kenner seines Fachs.«

»Da bin ich beruhigt. Wer ist eigentlich auf die – im wahrsten Sinne des Wortes – Schnapsidee verfallen, raus auf den See zu laufen?«

»Weiß ich nicht. Noch nicht.«

»Ich frage mich, wieso die nicht wenigstens zusammen geblieben sind. Bei allem Alkoholgenuss …«

»Es ist dunkel da draußen.« Jonas trank einen letzten Schluck und stellte klirrend seine Tasse ab. »Und der Schock ist groß, wenn das Eis unerwartet bricht. Ich muss los, Nike. In den Seesturm, da haben wir momentan unsere Basis aufgeschlagen.«

»Halt mich auf dem Laufenden. Und ich muss in meinen Salon. Mal sehen, was die Leut heut reden.«

»Sei vorsichtig!«

»Immer!« Berenike zwinkerte ihm zu. »Erinner' dich, ich bin in der Großstadt aufgewachsen!« Im Gegensatz zu ihm, dem britischen Fast-Landadeligen.

Jonas ging ins Bad, sein Rasierer begann vor sich hin zu brummen. Berenike räumte den Tisch ab, stellte Teller und Tassen in den Geschirrspüler, die Butter in den Eiskasten. Als sie das Fenster öffnete, drang Vogelgezwitscher herein. Die Katzen rasten herbei, waren mit Schwung auf dem Fensterbrett und im selben Augenblick draußen und verschwunden. Alle drei.

Jonas kam, schon in der Lederjacke, küsste sie mit glatten Wangen auf den Mund. Eine Weile standen sie so da. Dann ging er, die Tür klappte, und Berenike war allein.

*

Aber sie blieb nicht lange allein. In ihrem Salon herrschte bereits Hochbetrieb, als Berenike dort eintraf. Ihre neue Kellnerin Lieselotte hatte glücklicherweise die Gepflogenheit des langjährigen Mitarbeiters Hans übernommen, am Morgen aufzusperren. Obwohl sich die quirlige Lieselotte gut eingearbeitet hatte, vermisste Berenike Hans und seine Musik immer noch mitunter. Der g'standene Ausseer war eben der perfekte Kellner gewesen. Er hatte nach den Mordfällen während des strengen Winters vor einem Jahr überraschend seinen Job gekündigt. Er hatte danach viel über einen alten Fehler nachgedacht und wie er diesen wiedergutmachen könnte. »Ich brauche eine Veränderung, einen harten Schnitt«, hatte er Berenike dann erklärt. Ein verdächtiges Glitzern in seinen Augen hatte sie davon abgehalten, nachzufragen. Seit seinem letzten Arbeitstag traf Berenike ihn kaum noch. Wie sie hörte, hatte er einen neuen Job in einem Hotel außerhalb des Ortes angenommen und gab nebenbei Flüchtlingskindern gratis Musikunterricht.

Lieselotte kam grüßend auf sie zu. »Servus, Berenike! Wie geht's? Du hattest ja ein spezielles Erlebnis an deinem freien Tag, wie ich gehört habe.« Die Kellnerin trug eine ihrer lustigen Frisuren. Diesmal hatte sie ihre braunen Haare zu einem Dutt hochgesteckt, auf dem eine Haarspange in Form einer Katze thronte.

»Wem sagst du das, meine Liebe.« Zu Klängen von Nat King Cole zog Berenike sich um. Kleidung aus den Ländern des Teeanbaus war sozusagen Programm in ihrem Salon. Sie überlegte kurz und wählte dann einen Shalwar Kameez, einen indischen Hosenanzug. Während sie in das türkisfarbene Hemd und die dazugehörige weiße Baumwollhose schlüpfte, blickte sie aus dem Fenster. Dunkle

Wolken zogen über den Loser herein, ließen es düster werden über dem See. Das erinnerte fast an den Winter der grausamen Morde.

Nun galt es, einen Mittagstisch zu kochen. Sie dachte nach, was sie anbieten konnte, doch irgendwie fiel ihr nichts ein. Kein einziges Rezept. Kein Gericht. Stattdessen immer nur die Bilder der toten Monika vor Augen, wie sie nass am Ufer gelegen war. Das konnte heute nicht gut gehen. Hans hätte sicher eine Idee gehabt, der war ein begnadeter Koch. Sei's drum, dann musste sie eben selbst eine Auswahl treffen.

Berenike stapfte also in die Küche, öffnete die Eiskastentür und betrachtete die Vorräte. Nach dem Wochenende war nicht allzu viel übrig geblieben. Karotten, Sellerie, Lauch – dann eben Gemüsecremesuppe, das passte zum Vorfrühlingswetter. Rasch legte sie die Zutaten bereit und ging hinaus in den Teesalon, um Lieselotte Bescheid zu geben. Die schrieb das Tagesgericht umgehend mit Kreide an die Tafel hinter der Theke.

Eine Weile später köchelte die cremige Suppe fröhlich vor sich hin. Dass ihr Kochen einmal Freude bereiten würde, hätte Berenike früher nicht gedacht. Sich auf eine Sache konzentrieren, das war schon was.

Beim Gedanken an die Leiche fiel ihr etwas anderes ein. Berenike trat hinaus in den Gastraum. »Wo ist eigentlich mein Tarotdeck?«, fragte sie mehr sich selbst als Lieselotte. »Die Karten stecken in einem violetten Täschchen mit Glitzerperlen drauf. Hast du es nicht zufällig gesehen?« Lieselotte verneinte. Berenike fing an, in dem Regal unter der Theke zu kramen. Dort sammelte sich immer all das Zeug an, das keiner brauchte und nie jemandem abging. Ganz im Gegenteil zu jenen Dingen, die man dringend suchte. Wie jetzt. Ein intensiver süßer Duft stieg ihr in die Nase, erst nach einem Moment ordnete sie ihn dem Korb mit roten Äpfeln oben auf der Theke zu. Sie bemerkte Max, der gerade die Tür zum Salon aufstieß. Mit einem Knall fiel die Tür zurück in den Rahmen. Verwundert bemerkte Berenike, dass sich der Luftstoß warm anfühlte. Föhn. Das konnte ja noch heiter werden.

Sie richtete sich auf. »Servus, Max.«

»Griaß di, Berenike.« Der Wirt vom Grünen Kakadu war wie üblich in Tracht und zwinkerte ihr zu, während er seine breiten Schultern spielerisch lockerte.

»Wie immer, Max?«

»Bitte, ja. Dein Chai ist wirklich die reinste Poesie.« Er grinste übertrieben und stellte sich breitbeinig an die Theke. In einem früheren Fall hatte sie ihn einmal verdächtigt, mittlerweile waren sie gut befreundet.

Berenike machte sich am Wasserkocher zu schaffen, stellte eine erdfarbene kleine Teekanne und eine ebensolche Tasse bereit.

Max fuhr sich über die Wangen. Er wirkte ein wenig übernachtig, doch selbst jetzt sah er ziemlich gut aus, sehr männlich. Und das wusste er offenbar, denn er grinste selbstbewusst. »Na, Berenike, wie geht's?« Seine Augen leuchteten, während er sich genüsslich streckte, als würde er aus süßem Schlaf erwachen.

»Frag mich das nicht einen Tag, nach dem ich eine Leiche gefunden habe.« Mit Schwung drehte sie sich zu dem Regal mit den großen Teebehältern um.

»Du erlebst immer Spannendes. Dir wird im Leben nicht fad!« Er lachte.

»Das stimmt«, sagte sie, während ihr Blick suchend über das Regal glitt.

Max wurde ernst. »Wem sagst du das. Das war eine Nacht, als wir gesucht und niemanden gefunden haben. Du hast die arme Moni also entdeckt … Sag, hast du genau hingeschaut?« Bei der Frage schüttelte er sich ein wenig.

»Hab ich, ja.«

»Und was hast du gesehen?«

War er am Ende jetzt verdächtig? »Die Tote sah schrecklich aus. Wie Tote eben aussehen. Alles nass, natürlich, sie lag da in dem Fluss. Und die Dirndlschürze um den Hals geschlungen. Dieses blasse Gesicht, die leblosen Augen …« Sie schauderte. »Ich werde es nie vergessen.«

»Wo genau wurde sie gefunden? In Strobl, hat's geheißen?«

»In Strobl, genau. Bei der Brücke über den Fluss Richtung Bad Ischl.« Earl Grey, Ceylon – wo war der Chai?

»Ah, dort. Verstehe.« Max schüttelte nachdenklich den Kopf.

»Warum willst das wissen?«

»Nur so. Ist eigentlich ganz schön weit von Sankt Gilgen entfernt, wenn man's bedenkt. War der Franz zur Stelle?«

»Der Inspektor Kain? Natürlich. Der war im Dienst. Und Jonas.« Kein Chai? War die Box leer gewesen?

»Echt? Was sagt denn dein Lover zu der Sache?«, bohrte Max und schwang sich auf einen Barhocker. Dabei ließ er sie nicht aus den Augen.

»Nicht viel, Max. Er geht wohl von Mord aus.«

»Von Mord, soso.« Nachdenklich stützte Max seinen Kopf in eine Hand. »Mord … Mehr hat er nicht gesagt?«

»Nein.« Da war der richtige Behälter mit der Chai-Tee-Mischung, allerdings am falschen Platz, unten neben den Kräutertees. Berenike griff danach. Sie musste Lieselotte darauf hinweisen, jeden Tee an seinen üblichen Platz zu stellen. Es musste doch oft schnell gehen bei Bestellungen.

»Man will schließlich wissen, was um einen herum los ist. Wenn es eine wie die Monika erwischt … Wahnsinn. So eine … eine fesche.«

Typisch Max!

»Dabei hab ich sie kurz vor ihrem Verschwinden noch gesehen.«

»Du? Echt?« Am besten, sie sagte jetzt nur das Nötigste. Sie nahm den Behälter und drehte sich zurück zu Max, stellte die Blechdose auf der Arbeitsplatte vor sich ab. »Du warst auf diesem Schützenfest, nicht wahr?«

»Klar, alle waren dort.« Er grinste. »Du hast mich nur leider nicht begleiten wollen …«

Berenike zog nur eine Augenbraue hoch. »Ich hab dir doch gesagt …«

»Schon gut. Ich will keinen Streit, Berenike. Bist halt ohne mich hin'gangen, ist nicht schlimm.«

»Wieso? Woher weißt du …?«

Er lächelte nur, breit und ausgiebig. »Macht nichts, Berenike.«

Er wusste was!

»Na, egal, ich hab der Monika noch gesagt, das ist ein Blödsinn, raus aufs Eis zu gehen.«

»Warst du denn mit da draußen?«

»Ich? Bin ich lebensmüde?«

Nein, danach sah Max wirklich nicht aus. Berenike öffnete den Teebehälter. Der exotische Geruch der indischen Schwarzteemischung nach Zimt, Kardamon, Pfeffer und noch ein paar Gewürzen mischte sich mit dem der Äpfel in der Schale auf der Theke. Vielleicht ließ sich Max von all dem Duft einnebeln und vergaß so darauf, dass er Berenike gesehen hatte am Abend vor Monikas Tod – und wobei?! »Es heißt, du hättest bei der Monika landen wollen an dem Abend?«

»Wie bitte? Ich bei ihr? Sie bei mir.« Max verzog einen Mundwinkel. »Echt schad um sie. Wenn ich gewusst hätt', dass ich sie nicht mehr lebendig sehen werd …«

»Ich hab g'hört, du warst ein bissl anlassig.«

»Geh, das war nur Spiel.«

»Für den Bernd vielleicht nicht!«

»Geh bitte.« Max brach in schepperndes Gelächter aus. »Der Bernd? Ich sag dir, der hat Angst g'habt, dass ihn die Monika stehen lässt. Dass er sie verliert. Wie der sie immer ang'schaut hat. Als wollt er sie in Ketten legen, die fesche Gretl. Die hätt' sich das nie gefallen lassen. Nicht auf Dauer. Doch nicht die Monika. Die will ihr Leben genießen. Die will keinen Stress.« Max strich sich über die Augen und schüttelte den Kopf. »Wollt ihr Leben genießen – muss ich jetzt wohl sagen. Ich kann's noch immer nicht glauben, dass sie tot ist.«

»Ich auch nicht«, sagte Berenike leise. »Schrecklich ist das.«

»Der Bernd ist fast auf ihren Ex, den Kurt, los'gangen«, presste Max zwischen den Zähnen hervor, als wäre er sehr zornig. »Wir haben ihn nur mit Mühe zurückhalten können. Geh bitte, das fand die Monika doch nur daneben. Die wollt ihre Freiheit.«

»Sie war mal mit dem Kurt verlobt, nicht wahr?«

»Die hätt' nie geheiratet, und den Reisefuzzi schon gar nicht. Der ist nur hinter kleinen Japanern und ihrem Geld her.«

»Dann hätt' er ein Motiv, wenn sie ihn stehen gelassen hat. Genauso wie der Bernd. War der wirklich eifersüchtig?«

»Und wie. Schließlich hat er selbst gewusst, wie schnell die Moni wegen ihm den Kurt verlassen hat, so etwas kann sich wiederholen. Er hat sicher geahnt, dass er sie nicht halten kann … Er hätt' lieber die Zeit mit ihr genießen sollen. Warum nicht? Warum immer dieses Auf-immer-und-ewig? Bis dass der Tod sie scheide! Das ist doch nix.«

Sie nickte. Wie gut sie sich darin wiedererkannte. »Für viele ist es anscheinend das größte Ziel. Aber ich versteh dich, Max.« Nur wie das zwischen ihr und Jonas war, das verstand sie nicht. Nie. Er war aufregend, süß, sie verbanden Dinge, die andere nicht einmal kannten. Ihr gemeinsames jüdisches Erbe, zum Beispiel.

»Ich kann mir die Monika beim besten Willen nicht als Ehefrau vorstellen«, murmelte Max und versenkte den Kopf in der Hand. »Und jetzt is' sie tot …«

»Na, Max, ist heiß her'gangen im Festzelt, was?« Lieselotte kam mit einem Tablett duftenden Apfelkuchens aus der Küche. »Oder besser g'sagt, dahinter.«

»Wie meinst?«

»Na, als ich kurz rausgegangen bin, eine rauchen, da haben sich zwei ganz prächtig … unterhalten. In einem stillen Eckchen.«

»No jo …«, machte Max.

»Du bist auf einmal zurückhaltend, mein Lieber?«, lachte Lieselotte und zwinkerte, während sie die Vitrinentür aufmachte. »So kenn ich dich gar nicht.«

»Ein echter Gent' schweigt.«

»Wie's d' meinst. Dafür hat der Bernd eifrig der Franzi nachgeglotzt. Das war nimmer feierlich.«

»Franzi, Franzi … das ist doch die Nichte von Inspektor Kain, ja?«, fragte Berenike und maß Teeblätter für Max ab.

»Die Tochter vom Liszt Fabian, sie studiert in London. Irgendwas mit Mode«, erklärte Max. »Sie war auf Besuch hier. Ich glaub, sie ist schon von hier weggezogen, bevor du aufgetaucht bist, Berenike.«

»Irgendwas mit Mode? Aber hallo! Die Franzi ist in der Meisterklasse«, rief Helena, die eben mit einer Lieferung Brot beim Hintereingang hereinkam. »Ich hab gehört, sie hat ihre eigene Modefirma gegründet, ›BBD LisztLabel‹ nennt sie's.«

»Wofür steht BBD?« Max sprach es Beebeedee aus.

»Für ›Black Back Dress‹, glaub ich.«

Max winkte ab. »Die mit ihrem Schwarz immer und ihren durchbohrten Körperteilen. Das ist doch nix.«

»Ist Schwarz schlimm?«, fragte Berenike neugierig und dachte an die junge Frau, wie sie bei der Leichenauffindung an der Brücke gestanden war. Irgendetwas an der düsteren Erscheinung hatte sie verwirrt. Nachdenklich füllte Berenike die Teeblätter in das passende Filter.

»Na schon, Berenike!«, dröhnte Max. »Tracht ist was Traditionelles, das hat mit Heimat zu tun! Sonst könnt man sich gleich anmalen wie die Prärieindianer. Schau mich an, lass ich mich vielleicht tätowieren?«

»Nein.« Ihr Blick wanderte über sein Gesicht mit dem Dreitagebart, das Hemd, die Lederhose, die man trotz der kühlen Jahreszeit trug, die grünen Stutzen. »Würd dir sicher stehen.«

»Da bin ich froh, Berenike«, grinste Max nun.

»Sagt's einmal«, fing Lieselotte an, »ist der Bernd der Mörder? Hat der die Monika auf dem G'wissen?«

»Das würd ich auch gern wissen«, meinte Berenike und stellte den Wasserkocher an.

»Sei mir nicht bös, Berenike«, Max lächelte verschwörerisch, »glaubst wirklich, dass wir einen von uns anschwärzen? Nicht einmal deinem Jonas gegenüber. Ist das eigentlich was Ernstes zwischen Euch?«

Die letzte Frage traf Berenike mitten ins Herz. Sie sagte nichts darauf. Stattdessen antwortete sie nach einem Moment des Schweigens: »Wieso erzählst du mir alles, wenn du eh nix verrätst?«

Max zuckte vielsagend mit den Achseln. »Vielleicht wars harmlos, dass er die Monika abgedrängt hat auf dem Eis?«

Lieselotte schlug krachend die Vitrinentür zu. »Was hat er?«

»Der Bernd hat was getan? Wie willst du das gesehen haben, Max?«, fragte Berenike.

»Ich habe vom Ufer aus alles beobachtet.«

»Das wäre ja … Wenn da was dran ist.« Berenike tastete nach dem Wasserkocher. Goss den Tee auf, stellte die Uhr auf vier Minuten.

»Wer weiß«, sagte Max.

Wieder flog die Tür auf, eine Windboe fuhr herein, brachte feuchte, erdige, immer noch seltsam warme Luft mit.

Inspektor Kain drückte die Tür mit dem Rücken zu. Dicke schwere Regentropfen knallten gegen die Scheiben. Er nahm seine Dienstkappe ab und wischte sich übers Gesicht.

»Schau, wer da kommt, Max. Dem kannst gleich …« Berenike schob Max Kanne und das Tasse hin.

»Danke.«

Da schau her, dachte Berenike. Seine Hand zitterte, als

er nach der Kanne griff. Das mochte allerdings täuschen in dem seltsamen Dämmerlicht. Berenike drehte die Beleuchtung stärker auf.

»Griaß di, Fräulein Berenike.«

»Servus, Herr Inspektor.« Als Berenike neu im Ausseerland gewesen war, hatte Kain sie so angesprochen, sie ihn als Herr Inspektor. Mittlerweile waren sie zum Du übergangen, aber beim ›Fräulein‹ und dem ›Inspektor‹ als Anrede geblieben.

»Na, was gibt's Neues? Magst was trinken bei dem Sauwetter?«

»Keine Zeit. Ist der Jonas vielleicht da?«

»Nein, der wollte in die Gerichtsmedizin – das weißt du doch!«

»Ich erreich ihn nämlich nicht.« Inspektor Kain rieb sich die Hände, trat näher an sie heran, sah sich nach allen Seiten um. Ein paar Gäste, die neben Max an der Theke lehnten, rückten neugierig näher. Nur Max zog sich einige Schritte zurück und führte betont lässig die Teetasse an die Lippen.

»Was ist denn? Red schon!« Jetzt zitterten ihr selbst die Hände.

»Es gibt noch ein Unglück. Einen zweiten Toten. In der Traun. Bei der alten Mühle. Unten in Bad Aussee, woaßt eh. Und diesmal handelt es sich auf keinen Fall um einen natürlichen Tod.«

»Wieso diesmal? Jonas hat doch …«

»Jaja, ich weiß«, machte Kain ungeduldig. »Wir werden sehen. Diesmal kann sich der Tote das rot karierte Hemd nicht von selbst um seinen Hals gewunden und verknotet haben. Das weiß sogar ich. Der Mann wurde erdrosselt. Und weil Jonas wohl verletzt ist …«

»Was?!«

»Hat er dich nicht angerufen? Ich dachte, er ist zu dir.«

»Nein!« Sie griff sich an die Kehle und spürte, wie ihr Herz flatterte. »Was … was ist geschehen?«

»Wird schon nicht so schlimm sein. Ich wollt nur«, Kain stockte, »ihn informieren, den Herrn Ermittlungsleiter.« Das Letzte kam spöttisch.

»Hör auf, Franz!«, rief Berenike. Ihre Stimme hallte wie ein böses Echo im Salon nach. Alle waren verstummt. Sämtliche Gesichter waren ihnen zugewandt. Es war mucksmäuschenstill. Nur Max spielte mit seiner Teetasse, starrte auf die braune Flüssigkeit und rührte mit dem Löffel darin, immer und immer wieder.

»Sag mir sofort, wo Jonas ist!«, befahl Berenike mit einer Stimme, die ihr selbst fremd vorkam, wie tot. »Er wollte zum Gerichtsmediziner, nach Ischl.«

»Dort war er ja. Dann hat jemand den Polizeinotruf angerufen und mitgeteilt, dass eine Person mit Schusswaffe durchs Ischler Zentrum läuft. Also wurde Jonas informiert. Ich bin hin, es hat geheißen, die Sache könnte mit dem Mord zusammenhängen.«

»Wieso?«

»Das, Berenike, musst du schon Jonas fragen.«

»Geh, Franz! Bitte, wo ist er denn jetzt, fix noch einmal? Du musst das wissen, Franz!«

»Ich weiß es aber nicht! Eine Zeit lang hatten wir den Verdächtigen fast eingeholt. Dann wurden wir getrennt, der Mann schoss auf Jonas und entkam.«

»Wer war es?«

»Es war nicht zu erkennen. Er war zu weit weg, hat sich vermummt. Er trug ein rot kariertes Hemd, mehr habe ich nicht gesehen.«

»Oh. Ist das … dann der Mörder? Der zweifache Mörder?«

»Berenike, woher soll ich das wissen? Bin ich Hellseher?« Kain zuckte ungeduldig die Achseln. Er spuckte beim Reden, das war Berenike neu. »Erschossen wurde bisher noch keiner.«

»Und wo kann Jonas nun sein?«

»In der Notaufnahme vom Krankenhaus ist er jedenfalls nicht. Und bei einem der Ärzte hier auch nicht.«

Das Letzte hörte Berenike nur mehr mit halbem Ohr, weil sie schon fast aus der Tür war.

MÖRDERISCHES LOGBUCH – EINTRAG 2

Und dann tun sich Dinge auf, die hättest du nie für möglich gehalten. Du kannst es nicht glauben. Willst hoffen, dass jetzt, endlich, alles gut werden könnte. Traust der Hoffnung gleichzeitig nicht übern Weg …

Sie sitzen im Wirtshaus, Tag für Tag, Stammtisch, Feuerwehr, Bergrettung. Die Musik dudelt den immer gleichen 80er-Jahre-Verschnitt, als wär seit Cyndi Lauper kein Tag vergangen. Dazu essen sie ihre fetten Kasnocken, das Gesicht aufgedunsen vom Zirbenschnaps, vom Bier sowieso. Nur du scheinst zu sehen, was zusammenpasst – und was nicht. Die verschwitzten Stutzen zum Beispiel, die schlagen sich mit der adretten Kleidung der jungen Frau, die der eine Kerl anquatscht, ganz so, als könne er das Wasser reichen. Und die sich das gefallen lässt, weil sie halt Kellnerin ist.

Und wie sie tanzen und Bier saufen, und daneben sterben die Leut, an Armut und an ihrer Traurigkeit, an dem Kummer, und sie tanzen daneben Hum-Tata. Eine Demo, endlich Protest, endlich runter mit den Masken, aber die meisten schlendern vorbei, ohne zu merken, worum es geht. Gegen wen protestiert wird, ist ihnen gleichgültig, solange das Bier fließt und die Schnitzel duften.

Sie merken selbst nicht, wie sie älter werden, nur du siehst es, siehst die Falten um die Augen, das Doppelkinn. Siehst wie sich einer zu dir setzt und dir schöne Augen macht – ein bisschen zu schöne Augen, um ehrlich zu sein. Und du, du glaubst, er hat sich geändert seit damals.

Damals … damals warst du zu hässlich, als dass er mit dir auch nur geredet hätte. Nix als Gemeinheiten. Sie haben dich ausgelacht – in den guten Momenten. In den schlechten haben sie dich angespuckt und Schlimmeres.

Und jetzt siehst du das Blitzen in den Augen, als sich sein Blick dir zuwendet. Und der war mal dein Schwarm? Die Rollen haben sich verändert. Er steht auf dich – nur du nicht auf ihn. Nicht mehr. Nein, sagst du auf die Frage, ob er dich heimbringen darf. Er sagt das so platt. »Darf« – wie früher unter Teenagern, wo das eine ganz bestimmte Bedeutung hatte. Er lässt nicht locker und schließlich ist er wer hier, in dieser eingeschworenen Gemeinschaft. Vielleicht kann er gar was tun für dich. Sagt er. Also lässt du ihn sein Auto holen und steigst ein. Und dann hat er einen wirklich atemberaubenden Vorschlag. Und du willst schließlich die alten Geschichten hinter dir lassen. Willst höher hinaus, ganz hoch! Also steigst du darauf ein.

Es wär ja keine Sünde, sagt er, und da musst du lachen. Keine Sünde, die der Rede wert wär! Früher hättest du viel für einen Kuss gegeben, einen nur, den alle gesehen hätten. Und jetzt ist es zu spät dafür.

Du steigst auf seine Idee ein … weil Erfolg von Sex kommt … nur von Sex. Da kannst du noch sooft den magischen Fels raufkriechen und bitten und betteln. Erfolg kommt von Sex – und Sex von Erfolg, aber das ist ein anderes Thema. Und von harter Arbeit. Was ja fast das Gleiche ist. Und da musst du schon wieder lachen.

5

Berenike jagte die alte Karre, die sie seit Neuestem fuhr, die kurvige Straße nach Bad Ischl entlang. Jetzt war sie froh, ein Auto zur Verfügung zu haben, wenn auch einen Gebrauchtwagen. Sie hatte Inspektor Kain nicht weiter gefragt, war einfach losgerast. Und jetzt fragte sie sich bang, was sie wohl finden würde – ob es überhaupt etwas zu finden gab.

Endlich kam die frühere kaiserliche Sommerfrische in Sicht. Prompt verfuhr sie sich auf dem Weg zum Bezirksspital, in dem die Obduktionen stattfanden. Immer noch dieses Flattern in ihr. Jonas, Jonas! Sie musste herausfinden, wo er war, was geschehen war, ob man ihn entführt hatte. Sie musste seine Spur aufnehmen, wenn sie das nicht konnte, wer dann?! Wollte mit Reinhard reden, die Ereignisse in eine Reihenfolge bringen. Von unterwegs rief sie die Handy-Nummer von Jonas an: Nichts, niemand hob ab. Die Mailbox schnarrte und Berenike legte wortlos auf.

Erschöpft parkte sie gegenüber dem Krankenhauseingang am Straßenrand, kurbelte das Fenster runter, schnappte nach Luft. Sie legte die Arme aufs Lenkrad, ließ ihren Kopf darauf sinken. Nur einen Moment Kraft schöpfen. Und überlegen, wie sie vorgehen sollte. Ein Anflug von Verzweiflung. Wie sollte ausgerechnet sie etwas ausrichten! Und wenn Jonas etwas Schlimmes zugestoßen war … Wie um alles in der Welt sollte sie das aushalten?

Endlich stieg sie aus, kämpfte gegen das Nachgeben der Beine unter ihr an. Als würde irgendwas sie vom Weitergehen abhalten. Aber sie musste, musste was tun! Den Weg zum Eingang rannte sie, halb taumelnd, keuchend, aber sie rannte, so schnell sie konnte. Vorbei an der Portierloge, vor der es nach altem Zigarettenrauch stank. Weiter, weiter. Eine Stimme hinter ihr, sie drehte sich halb um, sah einen dicklichen Grauhaarigen, der ihr nachzukommen versuchte, sie jedoch nicht erreichte. Im Gegenteil, der Abstand zwischen ihnen wurde größer. Er zerrte an einem seiner Hosenträger, gestikulierte, eine Zigarette in der Hand. »Da können Sie nicht einfach reingehen, gnä' Frau!«, rief er mit belegter Stimme. Berenike lief ungeachtet dessen weiter, schwere Schritte polterten kurz hinter ihr, wurden langsamer, blieben zurück. »Also, so geht das wirklich nicht!«, rief der Portier und dann hörte sie, wie die Schritte sich entfernten. Wenn er ihr nur keinen Sicherheitsdienst hinterherjagte, das gab es hier hoffentlich nicht.

Berenike hetzte einen langen, schwach beleuchteten Gang entlang. Wo fanden noch mal die Obduktionen statt? Ach ja, hier entlang, es roch schon nach Verwesung. Eine Tür klappte halb auf, süßlicher Geruch drang heraus. Tod, Degeneration. Blödsinn, schalt sie sich. Sicher nur Blut. Ganz sicher …

Berenike versuchte, durch den Mund zu atmen. Es war still, zu still. Bis auf ihren eigenen Atem. Der war laut wie eine Dampflok.

Die Tür schloss sich, leise, sehr leise. Gedämpft, wie alles hier. Berenikes Blick fiel auf das Schild daneben: Umkleideraum. Und bei der nächsten Tür stand: Reinhard Stiassny. Der Gerichtsmediziner.

Wie seltsam Kain sich benahm … Dass der kein Superbulle war, wusste sie. Aber so arg, das hätte sie nicht gedacht. Und Jonas war doch gut, war vor gar nicht langer Zeit befördert worden, der Herr Abteilungsinspektor. Sie konnte sich nicht vorstellen, dass er sich wirklich anschießen hatte lassen.

Berenike klopfte. Stille. Herzpochen. Dann Schritte. Zwei Männer querten weit entfernt den Gang. Im düsteren Licht konnte sie nur Umrisse erkennen. Und eine Trage, mit der sie um die Ecke verschwanden, erst der eine, dann die Bahre, dann der andere. Etwas Violettes leuchtete auf. Eine Farbe, die Jonas liebend gern trug!

Berenikes Füße rannten wie von selbst los. Ihr eigener Herzschlag dröhnte ihr in den Ohren. Weiter! Um die Ecke. Eine Tür klappte. Weiter, schneller! Niemand zu sehen. Die beiden mussten durch diese Tür mit der Trage verschwunden sein. Sie riss an der Klinke, hielt automatisch den Atem an.

Ein ziemlich großer Raum lag vor ihr, fast ein Saal. Überall glitzerndes Metall. Zwei Männer hinten in der Ecke, beide drehten ihr den Rücken zu. Beugten sich über einen Tisch. Verdeckten mit ihren Körpern die Trage fast gänzlich. Nur ein Zipfel Violett lugte noch hervor.

Das Bild verschwamm vor Berenikes Augen, wurde zu fliederfarbenem Nebel. Kein Wunder, dass Inspektor Kain Jonas nicht in einer Notaufnahme gefunden hatte. Der Boden unter Berenikes Füßen schien zu schwanken, als ginge sie über Wattewolken. Dabei stand sie still. Sie stolperte, musste wohl irgendeinen Laut gegeben haben, denn jetzt sah sie jemanden verschwommen auf sich zukommen, eine Person ganz in Weiß. Sie wischte sich über die Augen, blickte auf, in ein junges Gesicht. Ein Arzt. Ein … Gerichtsarzt. Ein Kollege von Reinhard. Ganz nüchtern jetzt ihre Beobachtungen. Die schlaksige Figur, ein brauner Kaffeefleck auf dem weißen Mantel. »Wer sind Sie?«, fragte er mit strenger, für einen Mann etwas zu hoher, fast piepsiger Stimme. Und: »Was machen Sie hier? Sie dürfen nicht …«

Er trat näher an sie heran. Weg von der Trage, von der Leiche darauf, die er verdeckt hatte. Die lange Haare hatte. Lange blonde Haare. Blond! Nicht schwarz, sondern blond. Blond! Und etwas glitzerte an ihrem Hals. Eine Kette. Und das Violette …

»Berenike! Was machst du hier?«, sagte eine Stimme hinter ihr. »Du hast mir einen Schreck eingejagt!«

Berenike fuhr herum. Jonas. Er stand da, lächelte schief. Sie lachte, laut lachte sie auf. »Jonas? Jonas!« Ein Schrei, er schmerzte in der Kehle. »Und du mir erst!«, rief sie und spürte ihren eigenen kreischenden Tonfall wie eine Vibration.

»Nike!« Sein rechter Arm steckte in einem dicken Verband, rot sickerte Blut durch das Weiß. Es musste eine schwere Verwundung sein.

»Was ist passiert?« Sie starrte auf die rotdurchtränkte Gaze, immer noch war das Wattegefühl nicht ganz verschwunden.

Er folgte ihrem Blick. »Halb so wild, Nike.«

»Kain ist … Er hat … dich gesucht bei mir«, stammelte Berenike. »Wieso bist du nich…?«

»Es ist nur ein Streifschuss.« Er streckte den verletzten Arm zur Seite und küsste sie. Intensiv. Lang. Gierig. »Hej, Nike«, murmelte er leise und legte ihr die gesunde Hand auf die Hüfte, zog sie näher an sich heran, ganz nah, dass sie seinen Duft riechen konnte. Jonas-Duft, das herbe Aftershave. Und seinen trainierten Körper spürte. Jemand hinter ihnen pfiff anerkennend.

Verwirrt löste sich Berenike von Jonas, behielt mit einer

Hand Kontakt zu seinem Körper, seinem warmen, lebendigen Körper.

Reinhard. Wo kam der plötzlich her? »Du brauchst dir wirklich keine Sorgen zu machen, Berenike«, erklang seine Stimme.

»Wirklich nicht, Nike«, sagte Jonas und ließ sie los. »Reinhard hat mich bestens versorgt.«

»Ja«, sagte Berenike und hüstelte. Sie ließ die Hand sinken, rieb sich die Arme. Kälte kroch in ihr hoch. Dunkelheit und Kälte. »Deshalb hat Kain dich also nicht in der Notaufnahme gefunden.«

»Genau deshalb.«

Berenike strich immer noch über ihre Arme. Diese Kälte!

»Alles okay mit dir?« Reinhard blickte sie forschend an. Trotz seiner blonden Haare strahlte er etwas Düsteres aus, das Berenike noch mehr frösteln ließ. Vielleicht, weil seine Augen dunkel waren, die Pupillen riesengroß. Gerade warf er sich einen weißen Kittel über seine schwarzen Jeans und den feingewebten schwarzen Pulli.

Ein schleifendes Geräusch erklang, als sich Reinhard über die Wangen rieb und auf seine Armbanduhr blickte. »Also, nichts für ungut, Leute, wir sollten loslegen.« Sein Blick wanderte zu der Bahre mit der Leiche. Die Tote von gestern, jetzt war es deutlich erkennbar. Die blonden Haare waren getrocknet und lockten sich um das blasse Gesicht. Sie war einmal fesch gewesen, die Monika. Ziemlich fesch. Hätte selbst eine gute Narzissenkönigin abgegeben. Nur dieses Runen-Schmuckstück um ihren Hals, das hätte nicht sein müssen. Ohne das wäre es vielleicht nie so weit gekommen. Berenike hatte immer noch nicht mit Jonas reden können. Hatte über allem anderen nicht daran gedacht. Nicht *daran.*

»Also, wenn du dich fit dafür fühlst, natürlich, Jonas?«, meinte Reinhard fragend.

»Natürlich tu ich das!« Jonas ruckelte ungeduldig an seinem Verband. Der junge Arzt begann, ihm einen neuen Verband anzulegen. Nur mühsam hielt Jonas still, die Füße zappelten, die Ringe unter seinen Augen schienen noch dunkler zu sein.

»Dann ist's ja gut«, sagte Reinhard. »Vor allem, da es gleich neue Kundschaft gibt.«

»Was? Davon weiß ich nichts.« Jonas fuhr herum, riss dem jungen Arzt die Bandage aus der Hand, der stöhnte, ließ es aber geschehen.

»Der Kollege hat einen Anruf bekommen.« Reinhard deutete auf den schlaksigen Arzt. »Beim Kaffeetrinken, übrigens. Soll eine männliche Leiche geben, mehr weiß ich nicht.«

»Du warst nicht erreichbar, Jonas«, erinnerte sich Berenike. »Kain hat dich anrufen wollen. Was ist mit deinem Handy? Kain hat mir von dem neuen Toten erzählt, in Bad Aussee, bei der Mühle.« Von ihrem … Erlebnis mit Monika musste sie ihm auch noch erzählen. Unter vier Augen. Vor Reinhard war ihr das zu peinlich. Monikas Tod hatte alles andere überdeckt.

»Mein Handy, ja, ich weiß nicht«, murmelte Jonas und tastete seine Hosentaschen ab. »Muss ich verloren haben. Wer ist der weitere Tote?«

»Hat Kain nicht gesagt.«

»Dann weißt du auch nicht, was passiert ist, Berenike, oder?«

»Nur dass es ein Mann ist und dass er ermordet wurde. Das, meinte Kain, könne sogar er diesmal sagen. Er erwähnte irgendwas von einem Hemd als Erdrosselungswaffe.«

»Na dann los«, rief Reinhard und zog den weißen Mantel aus. »Unsere Patientin hier versäumt nichts mehr.«

*

»Da ist er ja, der Herr Abteilungsinspektor«, spöttelte Kain und stolzierte breitbeinig am Ufer entlang, als sie in Bad Aussee eintrafen. »Da wird dieses kriminelle Rätsel sicher umgehend gelöst sein.«

Mara Wander, blonde langbeinige Kollegin von Jonas und erfolgreiche Profilerin, kam auf sie zu. Reinhard hatte darauf bestanden, zu fahren. Den jungen Arzt hatte er im Spital zurückgelassen und gebeten, Monikas Leiche so weit zu versorgen, bis er zurückkäme. Dann war Reinhard ihnen voran zu seinem Wagen geeilt. Jonas sollte den verletzten Arm möglichst wenig bewegen, und Berenike sei zu aufgeregt. Tatsächlich hatte sie immer noch unverschämt weiche Knie nach der überstandenen Aufregung.

»Was gibt es?«, fragte Jonas. Zumindest blutete seine Wunde kaum noch, der neue Verband war beinahe blütenweiß geblieben. Betont forsch stapfte er auf den Toten zu, dessen rot-weiß kariertes Hemd im hellen Sonnenlicht leuchtete. Der Föhn wehte immer noch. Es könnte ein schöner Tag sein … Wenn nicht ein Körper, ein toter Körper, an die Speichen der Mühle gebunden worden wäre. Irgendjemand hatte das Mühlrad blockiert, oder es war durch den gefesselten Körper geschehen. Blaue Flecken zierten das Gesicht des Toten. Berenike mochte sich gar nicht ausmalen, wie zerschunden der Rest seines Leibes sein mochte, und welche Schmerzen dies bedeutet hatte … wenn er bei der Prozedur noch gelebt hatte. Hoffentlich nicht.

Jonas betrachtete den Toten, die Umgebung, ließ seinen Blick über die notorischen Schaulustigen gleiten und dann zu Kain. »Na? Hat's dir doch einmal die Red' verschlagen, Franz? Was ist denn passiert?«

»Sieht man das nicht? Du weißt doch immer alles, mach dir deinen Kram doch alleine!«, schimpfte Kain und spuckte aus, während er über den Fundort zu stapfen begann.

»Spinnst du?«, brüllte Jonas so laut in die Richtung des Dorfpolizisten, dass alle rundum die Köpfe einzogen. »Jetzt reicht's! Ich lasse dich suspendieren, Kain!« Mit seiner unverletzten Hand packte Jonas den Kollegen und zerrte ihn vom Ufer weg. »Willst du Spuren vernichten? Du bist ein Hindernis, sonst nichts!«

Kain mit seiner zur Fülle neigenden Figur schlug heftig um sich, stieß Jonas weg.

»Pass auf!«, schrie Berenike.

»Hör auf! Hör sofort auf!« schrie Jonas, doch Kain schlug immer heftiger um sich, traf Jonas in die Magengrube, dass er zurücktaumelte, sich aber nach wenigen Schritten fing.

»Kümmer dich um ihn«, zischte er Mara zu und stieß Kain in ihre Richtung. »Ich halte ihn nicht mehr aus! Ich will ihn nie mehr an einem Tatort zu Gesicht bekommen!«

Mara nickte und führte Kain zu einem der Streifenwagen. Kain, bullig wie er war, strampelte bockig vor sich hin, fuchtelte wild mit den Armen. Erfolglos, er konnte Mara nicht abschütteln, sie war jünger und fitter, trainierter auch. »Rühren Sie sich hier nicht weg!«, zischte sie und bugsierte ihn auf den Rücksitz des Wagens.

»Wollt ihr nicht wissen, WER der Tote ist?«, grinste Kain maliziös und sah, bereits sitzend, von unten her zu ihnen auf. Mara verdrehte genervt die Augen und blickte fragend zu Jonas.

»Wieso, kennt den niemand hier oder wie?«, zischte Jonas.

»Bin ich der Zuagraste oder du?«, feixte Kain. Sein Blick glitt böse über das dunkle Haar seines höhergestellten Kollegen. Er tat, als wisse er, woher Jonas sein Aussehen hatte. Dabei sprach Jonas kaum über seine Wurzeln. In Kains Gesicht lag offene Verachtung. Verachtung für Menschen wie ihn. Und Jonas wiederum sah drein, als verstehe er Kains unausgesprochene Botschaft. Er ließ die Schulter des unverletzten Arms kreisen und schwieg. Hier wurde mehr gesagt, als Worte je erklären könnten.

»Also?«, fragte schließlich Mara und trommelte mit ihren eleganten schmalen Händen auf das Autodach über Kain. Die Sonne wurde von dem hellen silbrigen Lack des Polizeiwagens reflektiert, ließ einen Ring an ihrem linken Mittelfinger aufblitzen. Zum Glück war es nur ein funkelnder Stein. Ein runder Stein. Keine geheimnisvollen Symbole. Keine Runen. Kein Grund zur Beunruhigung.

Der warme Föhn heulte und fauchte. Touristen gingen vorbei, manch einer blieb stehen. Kain zog die linke Augenbraue hoch.

»Wer ist der Tote?«

»Ja, wer ist der Tote?«, fragte Reinhard, der mit seinem Arztkoffer erst jetzt näher kam.

Kain sah boshaft grinsend von einem zum anderen. »Ihr wisst es nicht? Wirklich nicht?«

»Spuck's aus, Franz«, sagte Jonas leise. »Spuck's endlich aus, sonst …«

In dem Moment fuhr ein Windstoß über die Wasseroberfläche, in die nassen, ein wenig schütteren Haare des

Toten, beutelte sein rotes Hemd. Ein kleines, viereckiges Papier flog aus einer Tasche in der Kleidung des Toten, wirbelte durch die Luft, flatterte hierhin, dorthin, wurde hochgetragen, wirbelte herum, wechselte die Richtung und fiel dann, mit einem Mal energielos, ins Wasser, wo es von der Strömung weggetragen wurde. Berenike hatte die längliche Form, die bunte Malerei darauf erkannt.

»Eine Tarotkarte«, flüsterte sie. »Wie bei Monika.«

»Eine Mordserie«, sagte Mara leise. »Hast du irgendwas erkennen können, Berenike?«

»Nicht viel, tut mir leid. Blaue Farben ... Das kann viel sein. Man muss schauen, ob man die Karte beim Wehr findet ...«

»Ich gebe gleich Bescheid«, sagte Mara schnell und holte ihr Funkgerät, »hoffen wir das Beste.«

Stille. Dann ein Rascheln. Berenike sah aus dem Augenwinkel eine Bewegung, duckte sich – Kain war aus dem Auto gesprungen, war schon mehrere Meter weit weg, querte gerade die stark befahrene Straße, ohne innezuhalten, wich einem Holzfuhrwerk aus, rannte in den Wald hinein, der hier bergauf führte. Jonas folgte ihr, keuchte.

»Ich kenne den Toten«, sagte Reinhard hinter ihnen. »Es ist Bernd Flatscher. Monika Leitners letzter Liebhaber.«

6

Ein Sonnenstrahl ergoss sich über den Fluss und blendete Berenike, wie sie auf den dunklen Wald glotzte. Keine Spur mehr von Kain, von Mara ebenso wenig. Nur Jonas fiel nach wenigen Schritten zurück. Die Verletzung, klar.

»Mist!«, schimpfte er und kehrte zögernd zum Leichenfundort zurück, von wo aus Reinhard und Berenike das Geschehen verfolgten. Neben ihnen parkte verlassen Kains Dienstwagen, die Tür offen, das Funkgerät grammelnd. Jonas griff danach, gab eine Fahndung raus, beschrieb Kain und bat um Verstärkung. Mit zornigem Schwung warf er die Tür zu.

Kains Kollege Spitzer, ein junger Uniformierter, blonden Flaum und etwas blass im Gesicht, hatte den Leichenfundort bewacht und trat jetzt auf Jonas zu. »Wie wollen Sie weiter vorgehen?«, fragte er und deutete mit dem Kopf Richtung Mühlrad. Er wirkte ein wenig devot, vielleicht nur wegen seiner Jugend.

Alle starrten auf die Leiche. Das blieb also von einem berühmten Trachtenschneider, bei dem sogar Promis lange Wartezeiten auf Ausseer Lederhose und Co. in Kauf nahmen. Sein eigenes Hemd war zerschlissen, durch einen langen Riss schimmerte blasse Haut.

»Und ich hatte befürchtet, der Tote sei Kurt«, murmelte Berenike. »Weil er verschwunden ist. Das ist doch komisch.«

»Nein, Kurt hat auf mich geschossen«, erwiderte Jonas.

»Was? Dann ist er der Mörder?«

Jonas zuckte die Achseln. »Das hängt vom Todeszeitpunkt des Mannes hier ab.« Er deutete mit dem Kinn auf die Leiche mit dem roten Hemd, das in der Sonne lächerlich vital leuchtete.

»Du gehst erst einmal in Krankenstand.« Reinhard sah Jonas mit Oberlehrerblick an. »In deinem Zustand hilfst du niemandem, du schadest dir nur selbst.«

»Ich kann doch jetzt nicht …«

»Recht hat er«, antwortete eine weibliche Stimme hinter ihm. Mara. Sie war zurück. Allerdings ohne Kain. »Der Kollege ist weg. Ich hab alles abgesucht.«

Jonas seufzte. »Ich lasse Kain verwarnen, das sage ich dem Chef.«

Mara nickte. »Der Typ ist unglaublich.«

»Dorf-Kieberer halt, was willst du.«

»Trotzdem.«

Reinhard kletterte inzwischen unter Anweisung des jungen Uniformierten das Ufer hinunter und über einen schmalen Übergang zu dem Mühlrad.

Alle warteten gebannt. Endlich war er drüben.

»Kannst du was sagen, Reinhard?«, rief Jonas ungeduldig.

»Lass mir doch wenigstens drei Minuten Zeit, okay?«

Jonas nickte grimmig und trat am Ufer von einem Fuß auf den anderen.

Reinhards blonde Haare wehten im Föhnwind, als wären sie auf einem netten Wochenendausflug. Fast wie das Blond von Berenikes Schwester Selene, nur deren Haar war noch heller. Er berührte die Leiche zunächst nicht, betrachtete sie von allen Seiten, machte Fotos. »Erdrosselt mit dem Hemd, wie es aussieht«, sagte er dann, worauf von Jonas ein Aufseufzen kam. »Näheres wie üblich, wenn ich ihn aufschneide.«

»Wenn Kurt dich angeschossen hat, Jonas, dann war er nicht auf einer Tour mit seinem Bus?«, überlegte Berenike laut und beobachtete immer noch Reinhard.

»Das weiß ich nicht«, meinte Jonas leise. »Er kann in der Zwischenzeit zurückgekommen sein, ohne dass wir es mitbekommen haben. Er kann sein Fahrzeug etwas entfernt geparkt haben.«

»Und vom Tod Monikas kann er überall erfahren haben, das ist schließlich Tagesgespräch«, ergänzte Reinhard. »Wenn er Monikas Tod rächen wollte, zum Beispiel ...«

»Was ist bei der Schießerei genau passiert, Jonas?«, fragte Berenike.

»Irgendwer hat einen Mann beobachtet, der mit einer Waffe hantiert hat. Ich bin informiert worden. Weil man an Monikas Ermordung gedacht hat. Ich wollte den Verdächtigen beschatten, in der Hoffnung, die beiden Dinge hätten tatsächlich was miteinander zu tun. Zunächst ist das gut gegangen, dann hat er mich leider bemerkt. Und hat sofort geschossen. Warum weiß ich nicht. Ich konnte den Mann jedenfalls nicht erkennen. Falls es Kurt war – ein Kollege hat festgestellt, dass der vorbestraft ist und auf Bewährung draußen. Wegen versuchter Kindesentführung. Außerdem soll er ein schräger Vogel sein, Teufelsanbeter, der schwarze Messen feiert.«

»Oh du meine Güte.« Berenike schüttelte sich. »Schwarze Magie!«

»Wie gesagt, wir wissen nicht, ob es sich bei dem Mann mit der Schusswaffe überhaupt um Kurt gehandelt hat. Viel zu erkennen war nicht von ihm, er war vermummt. Nur wieso schießt jemand so schnell?«

»Weil er dich bemerkt hat und entkommen wollte?«

»Wie dumm.«

»Man weiß nie, Berenike«, sagte Mara, »wie Menschen in Stresssituationen reagieren, wenn sie sich bedroht fühlen.«

»Vielleicht hat er Bernd auf dem Gewissen.«

»Wenn es Kurt war, wie gesagt, und wenn er den Schneider für Monikas Mörder gehalten hat, möglicherweise ja. Wir werden's herausfinden. Er hat mich getroffen.« Jonas schlug aufs Autodach. »Und ist tatsächlich entkommen. Verdammt.«

»Das kann jedem passieren«, beruhigte Mara und klopfte ihm leicht auf die Schulter. »Wir werden sie finden. Alle beide. Auch den Kollegen Kain. Das verspreche ich dir.« Sie wandte sich dem Toten auf dem Mühlrad zu und verzog die Mundwinkel. »Was für ein Fall! Wenn Kain wirklich was an den Spuren zerstört hat …«

»Dann gnade ihm Gott.« Jonas nickte. »Reinhard, bist du fertig?« Mit einer Hand umfing er seinen anderen, verletzten Arm.

»Fast. Wir laufen dir schon nicht davon«, grinste der Gerichtsmediziner.

»Dann ruf ich die Bestatter an, damit sie den Toten abholen.«

»Kannst du machen. Aber du sollst in Krankenstand …«

»Jaja!«

»Mein erster Eindruck ist, dass beide Opfer mit ihrer eigenen Trachtenkleidung getötet worden sind.« Reinhard in seinen schwarzen Klamotten hielt einen Moment inne, während die Sonne sein blondes Haar wie flüssiges Gold aufleuchten ließ. »Die Obduktionen stehen allerdings noch aus. Ich könnte dich gleich im Wagen mitnehmen, Jonas, und wir erledigen das ... als Letztes, bevor du dich krank meldest. Was meinst du?«

»Das sollte zu schaffen sein, ja.«

»Du bist verletzt«, murmelte Berenike und legte ihm eine Hand auf den gesunden Arm.

Er schüttelte sie ab. »Lass das, bitte. Ich kann jetzt nicht einfach nix tun. Ich muss dran bleiben. Zumindest bis Ersatz für mich da ist.«

»Wenn du meinst.« Berenike machte einen Schritt zur Seite, weg von ihm. Trotz des warmen Winds waren ihre Hände kalt. Eiskalt.

»Bitte, Nike, versteh mich«, sagte Jonas leiser und ging ihr nach, ohne sie zu berühren. »Ich muss weitermachen, bevor es noch mehr Tote gibt.«

»Schon klar, Jonas.« Er musste wissen, was er tat. Ganz sicher. Es war nicht ihre Sache. Punkt. Ihre Sache war ... dass sie immer noch nicht gestanden hatte, was zwischen ihr und Monika vorgefallen war. Sie musste einen Weg finden, wie sie das ohne Peinlichkeit tun konnte.

»Das hieße«, spekulierte Mara laut in Berenikes Gedanken hinein, »der Mörder hat beide Male einen Gegenstand zur Mordwaffe gemacht, der vor Ort zur Hand war.«

Jonas machte einen Schritt weg von Berenike, fummelte an seinem Verband, starrte den Toten an. »Und dass er sie erdrosselt hat, hieße – er hatte wenig Abstand zu den Opfern.«

»Eine Tötung im Affekt?« Mara legte einen Finger an die Nasenspitze. »Ungeplante Morde? Das alles spräche gegen Kurt, Monikas Exverlobten. Wieso hätte der die Opfer mit ihren eigenen Kleidungsstücken erdrosseln sollen, wenn er eine Schusswaffe besitzt?«

»Außer es hätte eine besondere Bedeutung für ihn. Gehört ihm die Waffe legalerweise?«

»Doch, er ist Jäger.«

»Ach – dann hat er ein Gewehr?«

»Genau. Hab ich das nicht gesagt? Offenbar nicht.«

»Ich hab automatisch an eine Pistole gedacht«, meinte Mara. »Wir haben noch gar nicht besprochen, welche Waffe es war. Ein Gewehr ist ziemlich auffällig.«

»Nicht wenn du Jagdkleidung trägst«, erklärte Berenike, »in Ischl schon gar nicht.«

»Stimmt«, meinte Reinhard. »Da rennen die ganzen Traditionsverbände herum und schießen Salut auf Kaiser Franz Josef.«

»Aber erst im August zu Kaisergeburtstag«, meinte Berenike.

»Ah geh, die sind immer so.« Reinhard kramte in seinen Hosensäcken, zog ein Taschentuch hervor, wischte sich ausführlich die Hände ab. »Erst neulich hab ich einen reden gehört, wie er die Monarchie wieder einführen will. Der wollt Otto Habsburg zum Kaiser krönen.«

»Kaiser Otto. Super!«, entfuhr es Berenike. Reinhard reinigte immer noch seine Hände.

»Na, egal«, meinte Mara. »Wir werden alles untersuchen. Und hoffentlich Kurt auftreiben.«

»Und den Kollegen Kain«, brummte Jonas.

»Der dann wohl die längste Zeit euer Kollege war«, mutmaßte Berenike.

»Dass du dich da nicht täuscht«, murrte Jonas.

Mara zuckte die Achseln. »Wenn er nur keine Dummheiten macht.«

7

Frühstück zu Hause. Neuauflage des Morgens davor. Zuhause, warme, geborgene Höhle. Wie dankbar sie dafür war, für dieses ganz und gar nicht Selbstverständliche!

Reinhard hatte sie am Vortag mit nach Ischl genommen. Berenike war von dort aus heimgefahren, Jonas hatte noch beiden Obduktionen beigewohnt, die Ergebnisse zu Monikas und Bernds Tod hatten die ersten Vermutungen bestätigt. Monika hatte man mit der Dirndlschürze erdrosselt, Bernd mit seinem rot karierten Hemd. An Monikas Dirndl fand sich zudem innen ein Schild, dass das gute Stück aus Bernds Werkstatt stammte. Außerdem war Monika die Nase gebrochen worden – mit ziemlicher Wahrscheinlichkeit vor ihrem Tod. Also doch … Berenike hatte versucht, sich nichts anmerken zu lassen, als er ihr davon erzählte – und den Moment zum Reden verpasst.

Doch sie musste es endlich tun. Wartete auf einen günstigen Augenblick. In dem Jonas entspannt war, statt so müde und gereizt wie jetzt. Da würden sonst die Fetzen fliegen bei dem, was sie ihm zu gestehen hatte. Schon gestern Abend, als er erschöpft vor Berenikes Wohnungstür gestanden war, hatten sie fast gestritten. Und auch jetzt mahlte er mit den Kiefern, während er sie wartend ansah. Wie unter Strom, so hatte sie ihn früher nicht gekannt. Das, was sie ihm zu sagen hatte, würde sie womöglich auseinanderbringen …

Rasch stellte sie den Korb mit frischem Bauernbrot auf den Tisch, schob Butterdose und Orangenmarmelade in seine Nähe. »Hier, für dich, iss den Rest, hm?«

Er nickte müde. Berenike setzte sich. »Du solltest dich wirklich krankschreiben lassen«, sagte sie und rückte die Teekanne zurecht.

»Nike, bitte – ich kann jetzt nicht. Ich schaff das schon. Schau, kein Blut mehr.« Nein, das nicht mehr. Dafür zierten rote Flecken sein Gesicht, als hätte er Fieber. Und seine Augen glänzten auffällig. »Wenn ich den Verband wechsle, ist alles okay. Glaub's mir einfach.« Er hustete.

»Natürlich.«

Es war nicht ihre Sache, wenn er Raubbau mit seiner Gesundheit trieb. Ihre Sache war ... ihm endlich von der Konfrontation mit Monika zu erzählen. Die etwas aus dem Ruder gelaufen war. Krampfhaft suchte sie nach einer eleganten Möglichkeit, davon anzufangen. Sie musste sich erst eine Version einfallen lassen, warum sie nicht gleich nach ihrem Tod davon erzählt hatte. Um klarzumachen, dass sie deswegen nicht verdächtig war. Nicht für den Mord! Musste sich etwas überlegen, damit die Gründe für ihr Schweigen verständlich wären. Wie sähe ein Geständnis sonst aus? Eben.

Miss Marple strich um Berenikes Beine, miaute leise, als ahnte sie ihren inneren Zwiespalt. Oder weil sie eine Leckerei ergaunern wollte. Butter zum Beispiel. »Nein, Schätzchen«, sagte Berenike leise und streichelte geistesabwesend über das beruhigend weiche Fell, während sie nachdachte. Zweimal wollte sie zum Reden ansetzen, schaffte es einfach nicht. Noch nicht.

»Hallo, hier ist Jonas.«

Und jetzt telefonierte er. Der Moment war vorbei.

Er stand auf, blickte zum Fenster hinaus, während er das Handy ans Ohr hielt. »Gibt es was Neues, Mara?« Seine Stimme klang gepresst. »Nichts? Gut, ich komme später.« Er legte auf. »Nichts Neues. Sie will, dass ich mir zumindest den Vormittag freinehme.«

»Lass uns erst einmal in Ruhe frühstücken.« Berenike schenkte schwarzen Tee ein, in den sie trotz der Morgenstunde einige Lavendelblüten zur Entspannung gemischt hatte. Ihre Gedanken flatterten immer noch durcheinander. Schuldgefühle wegen des Streits mit Monika, die Leiche, die Rune an ihrem Hals. Eine violette Dirndlschürze, ein rot kariertes Hemd. Ein Durcheinander im Kopf, als würden die Stoffe zu unentwirrbaren Knoten geknüpft.

»In Ruhe.« Jonas schnaubte. »Wenn ich dieses Wort schon höre!« Seine Wangen waren noch röter geworden, die Stimme klang belegt.

»Lass uns einen Spaziergang machen, Jonas. Die Sonne scheint, schau!« Berenike betrachtete die leeren Blumenkästen vor dem Fenster. Sie musste sich überlegen, welche Pflanzen sie heuer hineinsetzen wollte. Vielleicht Thymian und Rosmarin. Maggikraut. Oder duftende Kamille. »Ich wollte mir heute ausnahmsweise freinehmen. Lieselotte weiß Bescheid.«

»Na schön.« Seufzend legte er das Handy auf die Tischplatte und griff nach dem Marmeladeglas. »Wie wäre es mit dem Wolfgangsee? Da war ich noch nie. Also zum Spaß.«

»Verstehe. Schön, machen wir das.«

Und dann würde sie ihm endlich alles gestehen …

Eine Weile später parkte Berenike ihre alte Karre in Fürberg. Der Wolfgangsee lag im Sonnenlicht vor ihnen. Jonas als Beifahrer, das war eine Sache für sich. Ständig erklärte er ihr den Weg, zappelte auf dem Sitz herum. Sie ließ ihn reden, griff nur nach seinem Knie. Wärme, Nähe, das bedeutete ihr viel, nach all den Jahren, in denen sie nie wirklich jemandem so nahe gekommen war. Immer noch dankbar, ihn gefunden zu haben, diesen Seelenverwandten.

Als sie ausstiegen, war die Luft warm, genaugenommen zu warm für März, aber nach dem kalten, düsteren Winter umso wohltuender. Und zumindest der Föhnwind hatte nachgelassen. Den Vögeln gefiel das offenbar, denn sie zwitscherten ausgelassen.

Jonas und Berenike schlenderten am Hotel Fürberg vorbei und machten sich in Richtung Sankt Wolfgang auf. Ein schmaler Weg führte direkt am Ufer entlang, das hier nur lose verbaut war. Die Bewegung tat ihr gut, die Muskeln entspannten sich. Sie nahm sich vor, öfter Sport zu machen. Sich die Zeit dafür zu nehmen, wenigstens einmal die Woche.

Sie griff nach seiner Hand, er drückte sie, ließ sie nach ein paar Schritten los. Stumm rannte er voraus, dass sie fast nicht mitkam.

»Sind wir mutig und gehen über den Falkenstein?«, unterbrach Jonas schließlich die Stille. Auf Berenike wartend, stand er bei einem Wegweiser, der steil bergauf zeigte. Wie grell seine Wangen im ansonsten blassen Gesicht leuchteten!

»Meinetwegen, aber was ist mit dir? Du siehst müde aus.«

»Mir geht's gut, keine Sorge, Nike.«

»Wir können umdrehen und in die Konditorei gehen«, plapperte sie, »ich kenne eine gute in Sankt Gilgen, dort gibt es …«

»Hör auf, Berenike. Bitte.« Er blinzelte in die Sonne, die Ringe um seine Augen ließen ihn noch blasser erscheinen.

»… leckere Pralinen und einmal kann man doch sündigen.« Sie sah zu Jonas auf. Dunkle Jonasaugen. »Es geht dir doch nicht gut. Du hast sicher zu viel Blut verloren, du solltest …«

»Nike! Ich weiß, was ich tue, okay? Das hier schaffe ich. Sei unbesorgt.« Seine Stimme klang rau und genervt.

»Jonas …«

»Los, gehen wir.« Jonas betrachtete kurz den Wegweiser, auf dem außer dem Ziel nichts sonst stand – keine Kilometerangabe, keine Zeitangabe. Leider typisch, man konnte sich nie darauf verlassen. Wortlos stapfte er bergan, schritt rasch aus, vielleicht zu rasch. Sie betrachtete seinen Rücken, wie angespannt und gebeugt er wirkte. Und das war der Mann, der immer viel trainiert hatte! Er drehte sich kurz zu ihr um, wortlos. Schweiß stand auf seiner Stirn. Die dunklen Augen wirkten riesengroß. Als er sah, dass sie ihm nacheilte, stapfte er stumm weiter.

Sie würde den Mund halten. Er war Kriminalpolizist, er war keine 20 mehr, er musste wissen, was er tat. Das hier war nicht ihre Sache. Nicht! Ihre! Sache! Sie wollte schon zu ihm aufholen, streckte eine Hand nach ihm aus – und ließ sie sinken. Wollte sich nicht noch eine Abfuhr holen. Also stapfte sie genauso stumm hinter ihm her. Wenn er mitten in einem Fall steckte, konnte ihn sowieso nichts und niemand von einmal gefassten Entschlüssen abhalten. Nur heute war es anders. Zumindest verbrachten sie ein wenig Zeit miteinander. Vielleicht würde sie später zu ihm durchdringen, wenn sie beide entspannter waren. Es fühlte sich an, als befände er sich gerade auf einem völlig anderen Planeten als sie.

Irgendwann, Berenike war bereits ziemlich warm geworden vom Gehen, blieb Jonas stehen, sah sich aufmerksam nach allen Seiten um. Es hätte idyllisch sein können. Die Sonne lachte, die Vögel tirilierten, und die Luft roch nach Frühling und nach Glück. Helles Grün, duftende Tannen. Selbst ihr Körper fühlte sich locker an, viel lockerer als sonst. Wenn nur Jonas nicht dermaßen stumm gewesen wäre.

Der Aufstieg wurde noch steiler, nichtsdestoweniger setzte Jonas unbeirrt seinen schnellen Weg bergauf fort. Kieselsteine rollten unter seinen Schritten davon, ein Stückchen Fels löste sich, polterte den Abhang hinunter. Ein Bächlein plätscherte an der Seite des Weges, am Rande noch von Eis bedeckt. Sie blieb stehen, genoss den Ausblick über den See, der kühl und bläulich weiß unter ihr lag. Der Tag würde ihnen beiden guttun, und dann würde alles wieder besser werden. Hoffentlich.

»Ob die Monika hier getötet wurde?«, entschlüpfte es ihr; sie ärgerte sich gleich darauf. Hätte sie doch den Mund gehalten!

Jonas fuhr herum. »Woher weißt du …?« Er wischte sich über die schweißnasse Stirn.

»Du wolltest nicht ohne bestimmten Grund hierher kommen, stimmt's?« Berenike sah Jonas an, wie er da stand, eigentlich nicht mehr konnte und doch weitermachen musste. Sie kannte das gut … zu gut. Dieses Durchhaltenwollen, Durchhaltenmüssen, um jeden Preis. Bis man gar nicht mehr konnte. So war sie auch, früher noch mehr.

»Okay, du hast recht, Berenike. Bist du jetzt zufrieden?« Mit einem Seufzen ließ er sich ins Gras fallen. Sie setzte sich neben ihn, vielleicht fand sie über die körperliche Nähe leichter Zugang zu ihm. »Es stimmt«, fuhr er fort, »die Angaben, die wir über die Strömungen im See erhalten haben, deuten darauf hin, dass Monika hier ins Wasser geworfen und wahrscheinlich getötet wurde. Aber das ist alles …«

»… dienstlich und geheim. Ich weiß.«

Jonas blickte sie lange schweigend an. Mit einem Ruck stand er auf und stapfte los. Stumm, so stumm.

Sie querten einen Wasserfall, die Luft daneben war angenehm kühl. Atemlos kamen sie bald darauf zu einer Lichtung. Eine weiße Kapelle schmiegte sich an einen grünen Hang, ihr kleines Türmchen mit Holzschindeln gedeckt. Ein Hinweisschild erklärte, dass es sich dabei um ein Refugium des heiligen Wolfgang gehandelt hatte. Tannen umstanden das Gotteshaus, während man von der Wiese davor einen atemberaubenden Ausblick über den See und die umliegenden Berge hatte.

Sie rasteten auf einem Felsvorsprung, der Wind pfiff hier oben heftig. Berenike wickelte sich fester in ihre Jacke. Die Sonne strahlte, überall, keine Wolke weit und breit, trotzdem schauderte Berenike. Nicht nur wegen des Schweißes, der nun vom Wind getrocknet wurde. Jetzt reden? Sie sah zu Jonas hinüber, der starrte aufs Tal hinunter. Nein, nicht reden. Heute Abend war noch Zeit genug dafür.

Jetzt endlich einmal: loslassen. Die Müdigkeit sacken, vergehen lassen. Der Kopf leer, frei. Grübeleien wegschieben. Das Schöne sehen, genießen, innerlich aufsaugen. Das Totale eines Sonnentags. Dieses leuchtende Blau des Himmels.

Jonas sprang schon auf, öffnete mit dem gesunden Arm die schwere Tür der Kapelle, kämpfte sich hinein. Holz knackte unter seinen Füßen, dann unter Berenikes Schritten. Sie war überrascht, wie hell es im Innenraum war.

»Und das ist also der Durchschliefstein.« Berenike war ein paar Stufen hochgestiegen und gelangte zu einer engen Felsspalte hinter dem Altarraum. »Die Höhle des heiligen Wolfgang.«

Jonas war ihr gefolgt, stand achselzuckend da. Stumm, weiterhin stumm.

»Die Höhle führt in den Berg«, plapperte Berenike. »Eigentlich ein alter Durchschlief-Stein, aus keltischer Zeit oder so. Sie haben die Kapelle später daran gebaut. Wie oft an alten Kraftorten … Komm, lass uns durchschlüpfen.«

Keine Antwort.

»Jonas?«

»Wenn du meinst«, murmelte er, seine brüchige Stimme hallte trotz des leisen Tons von den Wänden wider. Ein tiefes Seufzen entrang sich ihm, während er die Hand mit dem Verband vor sich hochhielt und zögernd voran in den engen, felsigen Gang trat.

Berenike wartete einen Moment. Wartete, ob er was sagte. Nichts. Still folgte sie ihm in die Dunkelheit. Der feuchte Atem des uralten Gesteins raubte ihr fast die Luft. Die Wände waren dunkel, die Oberfläche glatt geschliffen von unzähligen Händen und Körpern, die sich vor ihnen hier durchgezwängt hatten, schon in vorchristlicher Zeit. Alle hatten sie sich etwas erhofft davon. Wallfahrtsort zu allen Zeiten, uralter Frauenkultort, an dem eine Muttergöttin verehrt worden war, hatte Berenike gelesen. Sie dachte an ihre Mutter, an sich selbst, fühlte ihren Bauch, der nie ein Kind beherbergt hatte. Wie das wohl wäre, das Muttersein? Sie konnte es sich nicht vorstellen. Es war nie Thema gewesen und jetzt, mit Jonas, wer wusste schon, wie es weitergehen würde? Die Vorstellung blitzte in ihr auf, dass er weg wäre – als würde er in diesem Gang hier vor ihr verschwinden, einfach vom Dunkel geschluckt werden. Ihr war kalt, so kalt. Kalt und leer. Ein Albtraum.

Diese Enge, die Dunkelheit! Auf sich selbst zurückgeworfen. Allein. *Allein*, echoten ihre Gedanken, als hätte sie sie in den Stein hineingerufen.

Berenike schob sich voran, die Bewegungen fühlten sich entsetzlich langsam an, mühsam, als hielte etwas – oder jemand – sie zurück. Sie wusste nicht mehr, wie viele Schritte sie schon gegangen war, wie lang sie hier war.

Widerstand rammte sich ihr entgegen, drückte sie, als wäre er körperlich. Der Gang wurde immer enger. Als würde sich ihr der Felsen von allen Seiten entgegenstemmen, mit seinem Gewicht von unzähligen Jahrtausenden. Als würde ihr Körper, ihr ganzes Wesen am Stein kleben bleiben, wie zähflüssiger Honig daran haften, allein, sie und der Stein.

Berenike zwang sich, einen Fuß auf dem unebenen Boden vor den anderen zu setzen. Schritt für Schritt, voran durch die steinerne Höhle. Eins werden mit dem Stein. Stein werden. Links, rechts, oben, unten. Kein Ausweichen möglich. Nur der Stein und sie, sonst nichts mehr. Nichts, was wichtig wäre. Außer Jonas wiederzufinden, wiederzusehen.

Kalter Hauch. Stimmen. Stimmen? Menschen? Geister? Ahnen? Alte, die vor ihr da gewesen sind, durch diesen Felsen gegangen sind?

Ein Bild von ihrem Vater taucht auf, Fred Stein, der kleine Mann mit seiner Brille. Verschwindet wieder. Weitere Bilder, Menschen, die in fremder Erde ruhen. Menschen, die einmal wichtig gewesen sind, deren Spur sich verloren hat.

Vielfacher, heißer Atem in Berenikes Nacken. Ein Blick zurück – niemand da. Kein Lebender. Trotzdem: Von allen Seiten eingekreist. Kein Entkommen.

Ein Schrei – ihr eigener – hallt in ihren Ohren. Viele Schreie. Bilder von Elendsgestalten schieben sich vor ihr inneres Auge. Zerlumpt, abgemagert, blutende Wunden überall, in Ketten gelegt. Sie ziehen voran, sie müssen es, obwohl der Tod sie erwartet. Ihr Tod. Sie sieht es voraus, weiß es, wie diese Gestalten es gewusst haben. Das Flehen in ihren Gesichtern, Augen, die vor Angst geweitet sind. Zu weit, um noch etwas zu sehen. Außer dem Naheliegenden.

Angst.

Wie damals.

Angst vor dem Tod.

Der vor ihr liegt.

Jetzt gleich.

Und die Ahnung davor.

Dass etwas nicht stimmt.

Wie jetzt.

Die Ahnung, der sie nicht hat glauben wollen.

Die Ahnung, die wahr geworden ist.

Die Gestalten stürzen vor ihren Augen in den Tod. Schreie, nur noch Schreie. Überall. Berenike hält sich die Ohren zu, die Augen. Das Grauen durchdringt alles.

Hier ist nur Stein, sagt sie sich, aber in ihr ist kein Glaube daran. Hier sind gefolterte Menschen, die in den Tod getrieben werden. Im Stein ist Geschichte. Böse, gewaltsame Geschichte.

Ich werde endlich reden, entschließt sie sich. Jonas alles sagen.

An den Schultern spürt sie eiskalte Felswände wie Finger, die nach ihr greifen. Sie tastet sich daran entlang, als hätte sie den Weg verloren, wo es doch nur den einen gibt. Hinaus, ins Leben – oder ins Sterben. Von allen Seiten die steinerne Kälte, die sie zu erdrücken droht.

Immer enger ist ihr um die Brust, immer weniger bekommt sie Luft zum Atmen.

Weitergehen, weiter, verdammt! Sich retten. Kleine Schritte, Kinderschritte. Das Gefühl, etwas von sich hierzulassen. Etwas abzustreifen. Eine Haut. Zu verlieren. Sich verlieren. Leere …

Und dann ist vor ihr Licht. Sonne, Wärme, Vogelzwitschern, durch einen Felsspalt hinaus ins Freie. Abstreifen. Alles abstreifen, loswerden, was hinter ihr liegt. Wie eine Schlange.

*

Die Glieder strecken. Die Arme ausbreiten. Ein paar Schritte um die eigene Achse. Ein Juchzen, das sich ihrer Brust entrang. Irgendwoher ein Jodler, vom Echo immer wieder zurückgeworfen.

Berenike lachte auf, befreit. Sie spürte dichtes, weiches Gras unter den Fußsohlen. Kraftlos, schwerelos. Sie ließ sich fallen.

»Jonas!«, rief sie mit neuem Mut. »Ich muss mit dir reden.« Sie blinzelte. Freiheit, Licht, Weite. Davor immer noch der Elendszug, die ausgemergelten Gestalten, schattenhaft. Jonas war nicht zu sehen. Dafür war eine Stimme zu hören.

»Ein wunderbarer Kraftort, nicht wahr?« Die junge Frau stand plötzlich vor dem Abhang, wie der Erde entwachsen. »Das dachten sicher auch die Heiden, die über diese Klippen in den Tod gehen mussten.«

Ihre Stimme war kühl, wie unbeteiligt. Berenike fror, obwohl der Himmel immer noch blau strahlte, die Sonne die Wiese beschien. Die junge Frau kam langsam näher. Zu einer schwarzen Bolerojacke mit tiefem Ausschnitt trug sie eine braune, etwas abgewetzte Trachtenlederhose.

»Na, hat's dir die Red' verschlagen?« Die Frau beugte sich zu ihr herab. Ihr Ausschnitt klaffte auseinander, gab den Blick auf zwei wohlgerundete Brüste frei. Nackte Brüste. Helle Haut. Eine große, trapezförmige Männersonnenbrille thronte auf ihrer Nase.

»Nike? Da bist du ja.« Jonas trat auf Berenike zu. Er streckte die unverletzte Hand aus, sah die Frau in Schwarz an, ließ seine Hand sinken. »Hallo, Franziska.«

»Ich bin die Franzi.« Sie hielt Jonas eine Hand hin. »Alle nennen mich hier so.«

»Berenike«, sagte Berenike und schüttelte ihr die Hand.

»Und ich bin Jonas. Sag«, sein Blick irrte über Franzis Gesicht, flackerte unruhig, blieb an ihrem Dekolleté hängen, »ich habe dich doch in Strobl gesehen, als wir die Leiche bergen mussten.«

Franzi sah ihn mit schief gelegtem Kopf an. »Als Monika tot war, genau. Gut, dass jemand sie von ihrem Podest geholt hat.«

»Wie meinst du das?«

»Wie ich's gesagt habe, sie kam sich gut vor.« Sie lächelte Jonas an, es wirkte morbid. »Und du bist der Kieberer, der den Mörder fangen will, richtig?« Feuer blitzte in ihren dunkelblauen Augen auf. Berenike fröstelte weiterhin. Franziska richtete sich auf, so klein sie war, wirkte sie mit einem Mal groß, mächtig. Sich wohlig rekelnd streckte sie ihr Kreuz durch. Man sah, wie sich die Spitzen ihrer Brüste unter dem Stoff aufzurichten begannen. Dabei war es windstill. »Mein Onkel hält dich für ehrgeizig«, sagte sie grinsend. »Aber, na ja. Er ist ein alter Mann.«

Jonas zuckte bei diesen Worten zusammen. Der Dorfpolizist hatte ihm kaum 10 Jahre voraus.

»Wie weit bist du denn mit deiner Ermittlung?«, fuhr Franzi fort und beachtete Berenike gar nicht. Ihre Augen waren voller Glut auf Jonas gerichtet. Sie spielte mit einer Schnur am Dekolleté ihres schwarzen Jäckchens.

Jonas machte einen Ausfallschritt und stellte sich breitbeiniger hin. »Und du, bist du öfter hier, Franzi?«

Immer noch der schief gelegte Kopf. Sah trotzdem nicht niedlich aus, irgendwie. »Och, wie man's nimmt. Was heißt schon oft. Es ist ein starker Ort, nicht wahr?«

»Schon.« Jonas nickte bedächtig und fummelte an seinem Verband. Er war tatsächlich weiß und sauber geblieben. Jonas war nicht mehr ganz so blass. Im Gegenteil, jetzt wirkte er direkt jung und sehr lebendig. Das Gespräch mit Franzi? Oder kam seine Besserung von der eigenartigen Höhle und ihrer mystischen Atmosphäre? Hatte er vielleicht wie Berenike das Gefühl gehabt, eine alte Haut abzustreifen?

»Ein schöner Ort, um zu sterben, nicht wahr?« Franzi war näher an den Abhang getreten. Weit unten glänzte der See, rundum breiteten sich Tannenwälder aus, von hier oben ging es über raues Gestein steil hinab. Hier war nichts, um sich bei einem Sturz daran festzuhalten.

»Die Christen haben den mystischen Kraftort entweiht«, sagte Franziska. »Sie haben ihn zu einem Hinrichtungsort gemacht. Zu einem Ort des Todes statt des Lebens. Wie es die Christen gerne gemacht haben. Sie schätzen Leid, Not und Schmerz mehr als Lebendigkeit.« Sie zögerte kurz und fuhr mit einem eigenartigen, dunklen Lächeln fort. »Und mehr als die Liebe.« Damit ging sie auf den Abhang zu. Sie setzte einen Fuß auf einen Stein am Abgrund, breitete die Arme aus. Drehte eine halbe Pirouette auf einem Bein. »Man hat die Heiden hier hinabgestoßen, wisst ihr. Wenn sie sich nicht bekehren ließen. Sie hatten keine Chance.« Immer noch das Lächeln in ihrem niedlichen runden Gesicht, deutete sie auf den nackten Fels unter ihr.

Sie lehnte sich noch weiter vor, hinaus über den Abgrund, tat, als würde sie sich fallen lassen. Unwillkürlich griff Jonas nach Franzis Arm, zog sie zu sich, sie hielt still, er ebenso, einen ewig scheinenden Moment standen sie so nebeneinander. Die Zeit hielt den Atem an, zwei Körper wie in Schwebe über der Tiefe, der stillen, dunklen Tiefe. Sein Gesicht über dem blassen Gesicht Franziskas, unter ihm ihre Brüste, die ihn berührten. Und sein Körper ... sein Körper neigte sich Franziska zu.

Berenike stand und starrte. Diese zwei Menschen, die sich einander zuneigten ...

Sie riss sich von dem Anblick los. »Ich geh dann«, rief sie und musste husten. »Mir ist kalt.«

»Warte.« Jonas trat, ohne Berenike anzusehen, einen Schritt nach hinten, noch einen, von der dunkel gekleideten Frau weg. »Bitte, warte, Berenike.«

»Gefällt es dir hier doch nicht?«, fragte Franziska.

Und mit einem Mal war der Bann gelöst.

Franziska hatte seine Hand losgelassen, strich sich langsam über ihre Arme. Wie hell ihre Haut war, direkt blass. Während sie sich bewegte, zeigte sich an ihrem nackten Oberarm etwas Rotes. Eine Tätowierung vielleicht, es sah aus wie eine Schlange. Oder doch eine Verletzung oder womöglich ein Ausschlag.

Kühler Wind kam auf, fuhr in die Äste der Bäume, in Berenikes Haare. Sie hätte wirklich was Wärmeres anziehen sollen.

»Und dir?«, fragte Berenike. »Dir gefällt es hier?«

»Der christliche Firlefanz nicht«, sagte Franziska versonnen und deutete auf die Kapelle. »Den muss man sich wegdenken. Ansonsten bin ich gern hier. Wenn ich in der Gegend bin.«

»Ich dachte, du stammst von hier?« Jonas ließ seinen Blick ihre Beine entlang aufwärts gleiten, über das grüne Rankenmuster der Lederhose, ihren Schoß und die Brüste, bis er ihr in die Augen sah.

»An vielen Kirchenplätzen stand früher ein heidnischer Kultort«, erklärte Franziska. »Übrigens auch in Altaussee, heißt es. Es wird ein Gemetzel gegeben haben. So konnte man manche persönliche Rechnung begleichen.«

»Bist du sehr bewandert in Geschichte?«

»Na ja ... ich interessiere mich für mehr als die üblichen Jahreszahlen.« Die junge Frau zuckte mit den bleichen Schultern. »Und schließlich: Der Tod ist kein Ende. Ich fürchte ihn nicht.« Dabei lachte sie wild. Bei ihren tänzelnden Bewegungen schien sich etwas zu verändern. Ihr Rücken verformte sich, sah krumm aus. Hexenbuckel, dachte Berenike und war sich nicht sicher, ob sie einer Einbildung erlag. Vielleicht kam ihr Eindruck von den Schatten, dunkle Wolken hatten sich vor die Sonne geschoben. Als ob sich eine andere Schicht von Wirklichkeit über das Bild vor ihnen gelegt hätte. Ein düsteres Bild. Franzis Gesichtszüge verschwammen, ihre Augen waren schattenumwölkt. Jonas blickte sie gebannt an.

»Sie ist hier gestorben, stimmt's?«, fragte Franzi nach einem Moment kompletter Stille.

»Wer? Monika?« Berenike sah fragend von einem zum anderen. Franzi nickte schließlich.

»Woher willst du das wissen?«, fragte Jonas und runzelte die Stirn. Jetzt wirkte er erschöpft und ein wenig grau im Gesicht.

»Ich bin hier aufgewachsen, Jonas. Ich kenne die Verhältnisse, die Strömungen …«

»Verstehe.«

»Wenn du hier«, Franziska deutete auf die Stelle, von der Jonas sie gerade zurückgezogen hatte, »hinunterfällst, dann treiben die Strömungen deine Leiche genau an den Ort, wo man Monika gefunden hat.« Sie lächelte in die Ferne, als stünde tatsächlich jemand dort über dem Abgrund. »Wenn du willst, zeige ich dir … das alles.« Sie breitete die Arme aus und es wirkte, als würde sie die ganze Gegend umarmen. Oder sich hinunterstürzen. Mit ihm. »Damit du weißt, was ich meine.«

Jonas' Gesichtszüge lockerten sich. »Insiderwissen wäre natürlich willkommen.«

»Ich muss nur jetzt leider los.« Franzi zupfte am Ausschnitt ihrer Jacke herum. »Heute Abend könnte ich mich mit dir treffen.« Sie lächelte freundlich. »Falls du so spät noch arbeiten willst, meine ich.«

»Kann ich dich anrufen?«

»Natürlich.« Franziska kramte eine Visitenkarte hervor, schwarz-weiß bedruckt. ›BBD LisztLabel Fashion‹, las Berenike. Franzi hielt Jonas die Karte hin, ihre andere Hand spielte mit einem Anhänger um ihren Hals. Berenike konnte nicht erkennen, was er darstellte. Hoffentlich nicht etwas wie Monikas Rune.

»Ist eigentlich Bernd der Täter, was meinst du?«

»Bernd ist tot«, sagte Jonas und nahm die Karte.

»Oh«, entfuhr es Franzi. Dabei öffnete sich ihr Mund wie in Zeitlupe. »Das … das muss ich erst verarbeiten. Man sieht sich. Würde mich freuen.«

TAROT
ZEHN DER STÄBE

Du bist überfordert. Du glaubst, alles allein machen zu müssen. Bedrückung, mangelnde Perspektive, übergroße Verantwortung sind ein Auslöser dafür, dass du gereizt bist und alles hinwerfen willst.

Wo setzt du dich zu sehr unter Druck?

Lerne, Dinge loszulassen, zu delegieren.

Schaffe Freiraum für dich selbst!

MÖRDERISCHES LOGBUCH – EINTRAG 3

»Du blöde Kuh!«

Und dann ist es passiert. Endlich ist es passiert. Der Fluss hat sich seinen Weg gebahnt, ist über die Ufer getreten, hat weggespült, was giftig ist.

Diese Worte! »Hast du das wirklich geglaubt?« Und wie sie sich schütteln vor Lachen. »Hast es wirklich ernst genommen?« Sie kichern und hören gar nicht mehr auf, kichern und kreischen, bis du fast platzt. Du sitzt daneben, weißt nicht, wie dir ist, bis dieser rote Fluss des Todes dich mitreißt, endlich mitreißt. Bis du dich selbst tun lässt, was zu tun ist.

Endlich ist es passiert. Sie ist zu weit gegangen. Alle sind zu weit gegangen. Da! Das hast du davon! Du stopfst ihr das Maul, niemand soll dich je wieder auslachen.

Niemand.

Du hast ihr gezeigt, dass es so nicht läuft mit dir.

Wie sie dich anschaut. Mit dir hat sie nicht gerechnet, nicht mit dir.

Aber du hast es getan. Du hast es tatsächlich getan.

8

Schweigend fuhren sie zurück. Der Moment, zu reden, war vorbeigezogen … In Bad Aussee hielt Berenike, weil sie dringend auf die Toilette musste. Als sie zurückkam, betrachtete Jonas gerade die Auslagen eines Trachtengeschäfts. Hübsch vereint hingen Ausseer Dirndlkleider neben Lederhosen, alles mit jägergrünem Hintergrund und zuckersüßen Fotos von Kindern, natürlich blond und in Tracht.

»Na? Stehst du jetzt auf das Lederzeug?«, lästerte Berenike und hasste sich gleich darauf für ihren Tonfall. Aber sie bekam dieses Bild nicht aus dem Kopf. Jonas und Franziska und vor ihnen der Abgrund … Als hätte es sich als Negativ auf ihrer Linse eingebrannt.

»Und wenn? Ist doch schick, oder? Glaubst nicht, dass mir das stehen würd'?« Er drehte sich nach links, nach rechts, betrachtete sich im spiegelnden Glas.

»Ich bitt dich. Das ist Nazi-Kram …«

»Geh, Nike, hör auf damit! Du hast selbst ein Trachtenkleid auf dem Ball letztes Jahr getragen.«

»Das ist was anderes, auf einem Trachtenball geht das nicht anders. Ich würde nie …«

Mit hochgezogener Braue sah Jonas sie an.

»Meine Großeltern haben mich als Kind immer in Dirndlkleider gesteckt. Und mir Zöpfe geflochten. Und dann darüber gelästert, dass das mit meinen schwarzen Haaren nie eine fesche Frisur wird. Um Selene hingegen ist die Großmutter immer herumscharwenzelt. Blond, blaue Augen, klar hat ihr meine Schwester besser gefallen.«

»Nike, entspann dich. Die Nazizeit ist Jahrzehnte her und deine Oma ist tot. Heut kann man doch ...«

»Aber nicht mit blonden Haaren und blauen Augen!«

»Darum geht's nicht. Ich bin nicht blond«, lachte Jonas auf.

»Bist du nicht, nein, das bist du wahrlich nicht.« Jetzt lachte es aus ihr heraus. Sie fühlte sich frei und leicht, als könnte sie alles Schwere abschütteln. Auch die Gedanken an BDM-Mädel im Dirndl oder Gestapo-Männer im Ledermantel. Manches Mal überkam es sie immer noch. Der ganze Hass – Hass, der aus Hass geboren wurde. Und aus Angst. Ja, Angst.

Sie führte sich lächerlich auf. Warum eigentlich? Weil sie sich daran erinnerte, wie saublöd sie als Kind im Dirndl ausgesehen hatte? Weil andere Mädchen sie ausgelacht hatten? Die, typisch 70er-Jahre, mit Schlaghosen daherkamen? Oder lag es an den Großeltern – verdächtigte sie die Großmutter am Ende? Wessen eigentlich?

»Nike, ich versteh dich. So eine lederne Haut wär aber schon sehr ... praktisch.« Jonas fuhr grinsend mit beiden Händen seine schmalen Hüften entlang. Nicht mehr ganz so schlank wie früher, aber immer noch kaum ein Gramm Fett an dem Mann. Wie bei ihrem Kennenlernen damals in jenem heißen Frühsommer, als der tote Dichter in ihrem Salon entdeckt worden war. Ungerecht ... Während sie ständig trainieren musste, hielt er mühelos sein Gewicht, weiß der Himmel wie. Sie stimmte in sein Lachen ein und für einen Moment schien alles gut.

Sein großer Körper spiegelte sich im Schaufenster. Fast hätte man meinen können, sein Schatten trüge die Hose aus dem dünnen, hellen Rauleder. Als wäre das tote Tier seine Haut.

Jonas wandte sich von der Auslage ab und strich sich die Haare aus der Stirn. »Fahren wir.«

Sie stiegen ins Auto. Müde sah er jetzt wieder aus. Er kontrollierte den Sitz seines Verbandes, das Weiß der Gaze war schmutzig, ein wenig rötlich. Vielleicht nur das Desinfektionsmittel.

»Du solltest wirklich in Krankenstand gehen, Jonas.«

»Nike, nicht. Bitte.«

»Du siehst total überarbeitet aus und die Schussverletzung …«

»Bitte.« Er seufzte müde auf. »Das haben wir alles durchgekaut. Lass mich in Ruhe damit. Es geht jetzt nicht.«

Oben in der Wohnung angekommen, maunzten alle drei Katzen zur Begrüßung. »Na, ihr Süßen«, krächzte Berenike, als wären die Worte rostiges Blech und ihre Kehle ungeschmiert.

Jonas öffnete die Balkontür, trat hinaus. Die Frühlingssonne schien auf die Möbel im Wohnzimmer, wärmte die Luft, die Wolken waren weitergezogen. Trotzdem fror Berenike. Sie zog sich etwas Wärmeres an und fütterte die Katzen. Während sich drei Katzenköpfe über drei Futterschüsseln senkten, herrschte andächtige Stille, nur unterbrochen von Miss Marples Schmatzen.

Berenike betrachtete die mageren Vorräte. Die Katzen waren zufriedengestellt, was sollten Jonas und sie selbst essen? Sie hätten ins Gasthaus gehen können – sollen –, zu Max zum Beispiel. Doch daran hatte keiner gedacht. Im Eiskasten nur ein wenig Käse und Butter. Dazu Semmeln vom Vortag. Nicht berauschend. Tiefkühlpizza? Nicht gerade das, wonach ihr der Sinn stand. Seit Hans nicht mehr für sie arbeitete, dachte keiner daran, ihr Vorräte für daheim mitzugeben.

Zurück im Wohnzimmer, kam Jonas von draußen herein, in der Hand sein Smartphone. Musste er sich noch am Vorabend neu besorgt haben, nachdem das alte verloren gegangen war.

»Pizza?«, fragte sie.

Erst jetzt steckte er das Handy in die Brusttasche seines Hemds und blickte auf. »Tut mir leid, Berenike, ich muss weg. Dienstlich. Und wenn es sich ausgeht, fahre ich nachher zu meinem Hausarzt.«

Er zupfte an seinem Verband. Zog sich die Schuhe an und küsste sie auf die Wange, hastig, wie im Vorbeiflug.

Und weg war er.

*

Er war weg. Zum ersten Mal seit langer, seit sehr langer Zeit, hatte Berenike keine Ahnung, wohin, warum, mit wem – oder wie lange. Die Stille kam ihr bleiern vor.

Zum Trotz etwas wie Normalität. Eine Buttersemmel essen, Teetrinken. Lavendelblüten und Johannakraut, die Wärme tat wohl, ruhiger wurde sie davon allerdings nicht. Der Kiefer schmerzte direkt, weil sie die Zähne so sehr zusammenbiss. Immer wieder dieses Bild im Kopf von der Kapelle, dem Felsen dahinter. Und das Bild von Monikas Leiche, das sich davorschob. Und wie Franziska auf der Brücke gestanden war, bei der Bergung zugesehen hatte. Berenike meinte, die Kirchenglocken wieder zu hören, den Knoblauch zu riechen. Den Pfarrer zu sehen, wie er in seiner dunklen Soutane die Kirchentür versperrte.

Man lebte hier kleinräumig, traf immer dieselben Leute, bewegte sich in einem engen, abgegrenzten Raum. Aussee, Bad Ischl, Liezen.

Und trotzdem: War es wirklich Zufall, dass sie erneut auf Franziska getroffen war?

Berenikes Gedanken wanderten zu Bernds geschundenem Körper an der Mühle in Bad Aussee, sie forschte in ihrem Kopf nach, ob sie Franziska dort ebenfalls gesehen hatte. Versuchte, sich die Menge der Schaulustigen zu vergegenwärtigen – sie wusste es nicht oder nicht mehr. Konnte sich einfach nicht daran erinnern. Zu viel, zu viele Bilder, alles verschwamm vor ihrem inneren Auge.

Sie seufzte und räumte das schmutzige Geschirr ab. Miss Marple verfolgte jeden ihrer Schritte, blickte sie fordernd an, bis sie ihr Trockenfutter in das Schüsserl füllte. Die Kater rollten sich am Fenster ein.

Und dann bald ins Bett. Berenike griff nach einem Buch auf dem Nachtkästchen, es handelte vom Teeanbau in Indien, wie die Briten diesen seinerzeit forciert hatten. Der Dachboden des alten Hauses knackte im Frühjahrssturm, während Dr. Watsons typisches lang gezogenes Miauen vom Balkon in die Nacht drang. Er vermisste Jonas genau wie sie. Verständlich, der hatte den Kater im vorigen Winter aufgepäppelt.

Miss Marple eroberte sich nun den Platz neben Berenikes Kopfpolster und war von dort nicht wegzubringen. Ganz nahe schmiegte sie ihr Köpfchen an Berenikes Wange, der grau-weiße Körper lag niedlich eingerollt da. Im Halbdunkel war auf den ersten Blick nicht recht zu unterscheiden, wo Kopf und wo Hinterteil des Tiers waren. Eigentlich süß, wären da nicht die scharfen Krallen gewesen, die die Kleine mitunter ausfuhr. Miss Marple war eine aufmerksame Jägerin, sie fing alles, was sich bewegte, krallte sich ab und an Berenikes Finger, wenn sie nicht aufpasste.

Bald fiel Berenike in einen unruhigen Schlaf. Sie träumte von dunklen Schluchten, in denen sie Stimmen hörte, doch nie jemanden antraf.

Am nächsten Tag ging sie zeitig in ihren Salon. Zu hause Frühstück machen lohnte nicht, wenn Jonas nicht da war.

»Heute ganz allein?«, fragte Lieselotte.

»Ja.« Berenike zwang sich zu einem harmlosen Lächeln, ohne auf das Thema einzugehen. »Dafür bin ich heute hungrig für zwei.«

»Na dann, frisches Gebäck ist schon da! Eben hat Helena geliefert.«

Während Berenike in einen roten Sari schlüpfte – sie wollte doch nach dem ersten Mordfall damals nie wieder einen roten Sari! – schob sich vor ihr inneres Auge das Bild von Jonas, wie er mit Franziska gesprochen hatte. Und wie er gegangen war, fast ohne Worte. Vielleicht hatte er sich mit ihr wegen der Ermittlungen getroffen, wie sie es angeboten hatte. Wenn es nur das wäre. Es fühlte sich nicht danach an. Und dass er dermaßen kurz angebunden gewesen war, machte sie traurig. Dass er so wenig über den Fall reden wollte, war selbst für seine Verhältnisse ungewöhnlich. Früher, als sie ihn noch nicht gut gekannt hatte, hatte sie seine Geheimniskrämerei nicht verstanden, sie hatten sogar Streit deswegen gehabt. Weil sie sich nicht ernst genommen gefühlt hatte. Er wollte sie schützen, möglichst wenig Täterwissen preisgeben, alles andere würde den Ermittlungen schaden – und wenn sie

Pech hatte, ihr selbst. Tödlich schaden sogar. Mittlerweile sprach er ein bisschen mehr darüber – normalerweise.

Vielleicht war es besser, dass er momentan weg war. Bis Gras über die Sache gewachsen war. Über diesen … Vorfall bei der Demo. Sie hatte zu lang geschwiegen. Und dann war er gegangen, bevor sie den Mut zum Reden aufgebracht hatte. Wenn nur Johnny dichthielt, sein Bildmaterial unter Verschluss blieb! Ja, sie hatte Monika angegriffen. Es war dumm gewesen von ihr. Aber Monika hatte sie provoziert. Mit ihrem Schmuckstück, diesem NS-Symbol, und mit ihrer Weigerung, den alten Nazi von der Gästeliste zu streichen. Und weil sie Berenike einfach aus dem Weg geschoben hatte. Als wäre sie ein lästiges Insekt. Das war zu viel gewesen …

Berenike verdrängte all die Bilder. Und dieses knackende Geräusch, das sie wieder und wieder zu hören meinte. Wie Knochen auf Knochen trafen und etwas splitterte.

Sie musste sich beschäftigen. Mit irgendwas. Das Alleinsein fühlte sich zu komisch an. Seltsam, wie sehr sie sich daran gewöhnt hatte, mit Jonas zusammen zu sein. Am Anfang hatte sie sich umstellen müssen, sie hatte immer allein gelebt. Da war sie sehr bedacht gewesen auf ihre Freiheit. Die Zeiten ändern sich, und wir mit ihnen – wer hatte das gesagt?

Kontrolle im Spiegel – alles so, wie es sein sollte. Lächeln und los! The show must go on, wenn man selbstständig war. Ihr Kummer interessierte niemanden. Nicht die Sozialversicherung, auch nicht das Finanzamt und schon gar nicht ihren schlitzohrigen Vermieter. Also raus und – Klappe!

Lieselotte hatte ihr den Tisch neben der Theke gedeckt, sehr hübsch. Grüne Tasse, roter Teller – Berenike war nach

Jahren noch von den Farben begeistert. Wie hübsch das auf der Tischplatte aus schwarzem Holz aussah. Die Semmeln dufteten, ein frisches Glas Marillenmarmelade und Butter standen bereit. »Welchen Tee möchtest du?«, fragte die Kellnerin und lächelte sie an, als wäre sie ein ganz besonderer Gast. Vielleicht wurde aus dem Tag doch noch was. Vielleicht wurde alles gut. Vielleicht war alles halb so schlimm. Und es gab eine simple Erklärung, warum Jonas verschwunden war. Vielleicht käme er einfach am Abend zu ihr. Jonas …

»Was mit Minze«, bat Berenike und warf im Vorbeigehen einen Blick in den Kalender. Oh, an diesem Abend fand Sylvies Buchpräsentation statt. Die junge Frau gehörte zur Autorengruppe ›Pessoas Erben‹, die sich nach einer Pause wieder häufiger in ihrem Salon für Tee und Literatur traf. Sylvie war seit Jahren mit dem Bademeister Stefan liiert. Die Veranstaltung hätte Berenike über all der Aufregung fast vergessen. Sylvie hatte kürzlich ihren ersten Roman herausgebracht – ›übersinnliche Chick lit‹, wie sie es nannte. Zum Glück lagerten bereits 50 Stück ›Sechster Sinn – siebter Himmel‹ im Literatursalon.

Schnell rief sie bei Sylvie an. »Bleibt es bei deiner Lesung heute Abend?«

»Aber natürlich, Berenike, was hast du gedacht? Die Buchparty muss stattfinden.«

»Dann ist es ja gut.«

»Das Leben geht weiter, Berenike«, sagte Sylvie. »Es endet nicht mit dem Tod. Ich dachte, dir muss man das nicht mehr sagen.«

Berenike schwieg. Wie sie zu vielem schwieg. Das wurde noch zur Gewohnheit. Ob das gut war, blieb dahingestellt.

»Ich habe mir etwas Besonderes ausgedacht für heute Abend, eine mystische Überraschung – du wirst schon sehen. Die Gäste werden begeistert sein.«

»Es ist dein Abend, Sylvie. Alles steht für dich bereit. Bücher, Getränke und einen hübschen Imbiss werden wir vorbereiten.« Der Betrag, den Sylvies Verlag für die Veranstaltung springen ließ, machte in der Hinsicht keine großen Sprünge möglich.

»Zu einem Tausch kann ich dich nicht überreden, was? Damit du ein warmes Essen anbietest? Ich würde dir einen Stapel Bücher überlassen. Der Gewinn aus dem Verkauf würde dir gehören.«

»Das hatten wir doch alles schon, Sylvie. Bitte versteh mich, das kann ich nicht machen.«

»Schade, ich tausche gern, weißt du. Ich habe Konsumverzicht zu schätzen gelernt«, plapperte Sylvie, als hätte Berenike nichts gesagt.

»Bitte, noch einmal, um dein Verständnis. Ich mache für deine Gäste Gurkensandwiches und einige Sorten Tee schenke ich auch aus. Ayurveda-Tee mit Hanfblättern, den wolltest du doch?«

»Jaja«, Sylvie klang mürrisch, »schon gut. Bis später.«

*

Es wurde ein langer Tag. Der in einen noch längeren Abend überging. Ständig herrschte Hochbetrieb. Gut für ihr Konto, aber Berenike spürte schon jetzt, als die letzten Tagesgäste aufbrachen, die Müdigkeit in jeder Zelle ihres Körpers. Am liebsten hätte sie sich hingelegt und nur noch geschlafen. Stattdessen stolperte sie ein ums andere Mal bei der Abrechnung über die Zahlen, musste noch mal von vorn zu zählen beginnen. Und über all dem Bargeld eine Leere, düstere Leere.

Müde schob sie endlich Münzen und Scheine in den Tresor. Schon dreiviertel sieben. Um halb acht sollte die ›geistreiche‹ Buchpräsentation beginnen. Einmal durchschnaufen, noch einmal. Ooooom! Und los! Alles wird gut!

Ein schneller Rundgang durch den Literatursalon. Alles war vorbereitet, mit Lieselottes Hilfe, trotz der knappen Zeit. Das kleine, erhöhte Podium, Kerzen, die Leselampe. Berenike knipste sie an und aus. Perfekt. Ein Glas und ein Krug frisches Wasser, in das sie besondere Kristalle gelegt hatte, um es von Umweltgiften zu reinigen und energetisch aufzuladen. Tische mit Plätzen für an die 50 Gäste – mal sehen, wie viele an diesem Abend den Weg herfinden würden. Sylvie kannte eine Menge Leute, ›Pessoas Erben‹ hatten ihre Fans. Das Wetter war ideal, trocken und kühl, jedoch nicht allzu kalt. Es würde nicht vom Kommen abhalten.

Hinten im Raum das Buffet, Sandwiches, Teetassen, Teller. Daneben, auf demselben Tisch, Sylvies Bücher, zu einer hübschen Pyramide aufgebaut. ›Sechster Sinn – siebter Himmel‹, ein nachtblaues Cover mit rosa Sternen auf violettem Tischtuch – hübsch. Nur dass man den Buchtitel schwer lesen konnte, weil er zu dunkel war.

Und da war schon Sylvie, allein, in einen blauen Kaftan gehüllt, passend zum Buch. Sie ließ ihre Fingerspitzen über ihren Roman gleiten. Ihr Blick schien dunkel zu werden wie das Blau auf ihrem Buch. »Das sind alle Exemplare?«

»Ja«, sagte Berenike und streckte die Hand aus. Dabei versetzte es ihr im Kreuz einen plötzlichen Stich. Sie stützte sich am Tisch ab.

»Schmerzen?«

Berenike nickte. »Der Rücken. Kennst du sicher. Wird bestimmt bald gut.«

»Du solltest zu Anniko gehen. Eine unglaubliche Masseurin und echte Zauberkünstlerin. Sie deckt die verstecktesten Probleme auf und die seelischen Hintergründe für unsere Leiden.«

»Ja?«

»Ja. Unbedingt. Sie macht sogar Rückführungen. Viele Unannehmlichkeiten haben mit einem früheren Leben zu tun, weißt du.«

»Tatsächlich?«

»Ja, unbedingt.« Sylvie wiederholte sich.

»Mal schauen«, sagte Berenike, »wenn's nicht bald besser wird, mach ich das. Danke für den Tipp.«

Sylvie blickte Berenike noch einmal lange an und wandte sich der Bücherpyramide zu.

Hinter ihr tauchte Stefan auf, Sylvies Liebster. Der Geschichten schreibende Bademeister war mit seinen ausgefransten Jeans wie immer leger gekleidet – zu leger für einen Abend wie diesen. Und ganz besonders im Vergleich zu seiner Freundin Sylvie. Das spiegelte sich in Sylvies Augen, wurde zum Vorwurf darin, den diese jedoch nicht aussprach. Er nahm wie nebenbei ein Exemplar des Romans in die Hand, ein kleiner dunkelblauer Ziegel in seinen großen Händen. Ließ die Seiten durch die Finger gleiten, ohne zu lesen. Er musste das Buch kennen – zumindest nahm Berenike das an. Erwartungsvoll lächelte Sylvie ihn an.

»Hübsch«, sagte er und sah sich um, die Mundwinkel herabgezogen. Legte das Buch schief auf den Stapel zurück, wandte sich ab. Stefan gehörte von Anfang an zur Autorengruppe. Aber seit er vor Jahren ein Hörbuch rausgebracht hatte, das er Berenike aufgedrängt hatte (und bei dem sie immer einschlief …), war es still um ihn geworden.

Berenike korrigierte die Anordnung der Bücher. Der Schmerz im Rücken ließ langsam ein wenig nach. Lächeln, Berenike, lächeln!

»Ich bin schon gespannt, wer aller kommt«, überlegte Sylvie laut und sah weiter Stefan an. Der antwortete nicht.

»Schau«, sagte Berenike, halb aus Mitleid, zu Sylvie, »gefällt dir dein Leseplatz?« Sie ging langsam mit ihr zu dem Pult. Stefan blieb zurück.

»Danke, das sieht fein aus.« Sylvie betrachtete eingehend den Sessel, den Tisch, das Wasser, drehte sich nach Stefan um.

»Da bist du ja, Sylvie!« Alma war die erste Besucherin. Die Glöckchen an der Tür bimmelten leise hinter ihr. »Gelungener Roman, Sylvie, ich gratuliere! Ich habe ihn an einem einzigen Tag verschlungen. Stefan muss stolz auf dich sein, nicht wahr?«

Sylvie lächelte. Lächelte und lächelte. Sie wusste auch, dass man sich auf diese Weise Freunde schuf, sich sympathisch machte, das hatte sie gelernt. Der Salon füllte sich schnell. Franziska trat ein. Ach! Berenike sah sich um, ob Jonas ebenfalls gekommen war – aber nein. Ariane folgte Franziska. Was machte die denn hier? Die Journalistin war nun entgegen ihrer Pläne doch in der Gegend geblieben, was man hörte. Stefan stand etwas abseits. Irrte sich Berenike oder schaute er tatsächlich sauer drein? Das konnte doch nicht wahr sein! Wo seine Liebste endlich Erfolg hatte … Lange hatte das gedauert, Berenike hatte ihre Selbstzweifel mitbekommen und wie sie mit anderen Genres experimentiert hatte.

»Es war klug von dir, dass du auf den Rat dieses Verlegers eingegangen bist und was Neues geschrieben hast.

Ein übersinnlicher Liebesroman ist mal was anderes!«, lobte Alma und sah dabei drein wie eine Lehrerin, die sich freute, dass ein miserabler Schüler entgegen aller Erwartungen nicht durchfiel.

Sylvie kicherte. »Wer hätte gedacht, dass ich meinen ersten Verlagsvertrag ausgerechnet mit Chick lit bekomme – wo ich selbst nie solche Geschichten lese.«

Alma lachte perlend. »Umso toller, wie sehr du das Genre bereicherst mit deinen Ideen, Sylvie!«

Sylvie beugte sich kichernd zu Alma. »Ich glaube auch, dass mir der Roman gelungen ist. Und weißt du was? Ich brauchte gar nicht erst was zu erfinden.«

»Stimmt, etwas kam mir an bei deiner Geschichte bekannt vor ... Als dieser Adrian Stern auftritt.« Alma hatte ihre Stimme gesenkt.

»Du hast es erfasst«, flüsterte Sylvie.

Adrian Stern? Berenike versuchte, sich zu erinnern. Der Name brachte etwas zum Klingeln bei ihr. Die Frauen meinten wohl einen Herrn namens Andreas Sonnenstern, der letztes Jahr bei ›Pessoas Erben‹ aufgetaucht war. Ein spindeldürrer Mann mit einer ergrauten Indianer-Frisur, der extra den weiten Weg aus Linz zu ihnen unternommen hatte. Mitgebracht hatte er ein astrologisches Gutachten, das, wie er berichtete, ihn genau hierher geführt habe, in diesen Ort, zu diesen Menschen. Autor war er nicht, nein. Er wollte eine neue Partnerin finden. Eine, die dem Übersinnlichen zugeneigt war. So weit, so gut, ›Pessoas Erben‹ schrieben über esoterische Themen. Doch sie waren Autoren – und er nicht. Die meisten hatten ihn belächelt, nicht direkt ausgelacht, keiner hatte ihn der Tür verwiesen. Nur Sepp hatte Kritik geäußert. Sonnenstern war nie mehr im Ausseerland aufgetaucht, hatte dafür später einen bitterbösen Artikel im Internet veröffentlicht – über Menschen, die andere bei ihrer Liebessuche herabwürdigten …

Weitere Gäste drängten herein, darunter Ragnhild, die in Norwegen geboren worden war und hierher geheiratet hatte, aber mittlerweile geschieden war. Mit ihr war Berenike in ihrer ersten Zeit im Ausseerland eng befreundet gewesen. Helena, die Lieferantin ihrer Lieblingsbäckerei, stand gleich darauf in der Tür.

»Meine lieben Freundinnen und Freunde«, begann Sylvie endlich, »ich freue mich sehr, dass ihr so zahlreich gekommen seid, um mit mir zu feiern.« Ein ziemlich junger, ziemlich klein gewachsener Mann neben ihr lächelte verbindlich – anscheinend der Verleger.

»Und weil ich mich so freue«, fuhr Sylvie fort, »werde ich gleich mit einem Highlight aufwarten. Ich habe etwas Besonderes für euch vorbereitet, also über die Lesung aus meinem Buch hinaus.« Ein paar Leute kicherten. »Ihr kennt mich«, fuhr Sylvie leiser fort, »ich betätige mich auch als Medium.« Ihre Stimme wurde noch etwas leiser. »Ich werde heute Abend den Geist der Ermordeten hinzurufen.«

Einige »Ahs« und »Ohs« waren aus dem Publikum zu vernehmen. Berenike stützte sich auf einem Barhocker ab, den sie neben den Ausgang postiert hatte. Von hier aus würde sie eingreifen können, sollte Unruhe ausbrechen oder etwas Unvorhergesehenes geschehen oder einfach nur mehr Licht benötigt werden.

Vielleicht war die Idee, sich mit der Vergangenheit zu beschäftigen, gar nicht schlecht. Vor ihrem inneren Auge tauchten ihre Großeltern mütterlicherseits auf. Die Großmutter mit dem harten Blick, der Großvater, wie er immer jovial für sie gesorgt hatte. Und die Familie ihres jüdischen Vaters, die Stein-Seite, die sie nie kennengelernt hatte. Weil sie tot waren. Ermordet. In der Nazi-Zeit. Und keiner wusste, wo. Nicht einmal ihr Vater. Der war ganz klein gewesen und hatte in einem Versteck überlebt. Ja, da war etwas, um das sich Berenike kümmern, dem sie sich zuwenden musste … in ihrem Leben.

»Gemeinsam mit euch und eurer spirituellen Ausstrahlung kann es gelingen, meine Lieben«, raunte Sylvie geheimnisvoll. Als sie sich herumdrehte, bauschte sich ihr blauer Kaftan. Sie bat Berenike, den Raum abzudunkeln. Gesagt, getan. Alle tuschelten wie die Teenies im Kino, eine hohe weibliche Stimme quietschte auf, ging in Kichern über. Sylvie entzündete mit großer Geste mehrere Kerzen. Man merkte ihr direkt an, was sie dachte: Ich werde den Mörder präsentieren. Und berühmt werden. Und tausende Bücher verkaufen. Stefan an der Seite des Podiums, angeleuchtet von den Kerzen, verschränkte die Arme und drehte sich zu Alma.

Sylvie bat mit ihrer jugendlichen und doch reif wirkenden Stimme um sechs Freiwillige. Gemeinsam mit ihnen wollte sie die Geister der Ermordeten, Monika und Bernd, beschwören, erklärte sie ihrem Publikum. Nach einem kurzen Moment meldeten sich einige Leute, darunter Franziska und Helena. Sylvie bat sie, vorn um einen Tisch Platz zu nehmen. Sie zeigte einen großen Bogen Papier her, beschriftete ihn mit allen 26 Buchstaben des Alphabets und den Zahlen von 0 bis 9, den sie in die Mitte der Tischplatte legte. Dann ergriff sie ein leeres Glas und stellte es umgedreht auf den Tisch, auf das beschriftete Papier.

»Gut«, erklärte Sylvie, »diese Menschen werden mit mir die Geister der Toten willkommen heißen. Ihr haltet bitte jeweils einen Finger über das Glas, ohne es zu berühren, seht ihr, so.« Sylvies Zeigefinger schwebte knapp über dem Glas. Alle taten es ihr nach. Raunen im Literatursalon.

»Sobald einer oder beide Geister erscheinen, werden wir sie fragen, wer sie umgebracht hat. Als Geistwesen haben sie besondere Kräfte, besonderes Wissen. Wenn sie uns gewogen sind, können sie uns ihre Antwort mitteilen, in dem sie dieses Glas auf die jeweiligen Buchstaben oder Zahlen bewegen.«

»Ahs« und »Ohs« im Raum, irgendwo klirrte eine Tasse, ein Handy klingelte leise, jemand sprach flüsternd.

»Tischerlrücken halt«, murmelte jemand hinter Berenike abfällig.

»Und jetzt«, Sylvie senkte ihre Stimme, »bitte ich um Ruhe. Absolute Ruhe!« Sie wartete eine geraume Weile, bis endlich alle still saßen.

»Monika«, rief Sylvie dann und hob die Arme in ihrem dunkelblauen Kaftan. Die Kerzenflammen flackerten im Lufthauch. »Bernd! Verzeiht, wenn wir euch belästigen, nach allem, was ihr durchgemacht habt. Ihr habt eure sterbliche Hülle zurückgelassen, viel zu früh, durch fremde Hand. Wir rufen euch!« Sie machte eine kleine Pause. »Möget ihr für heute Abend aus dem Astralraum hierher zurückkehren. Gemeinsam wollen wir euren Mörder benennen, damit Gerechtigkeit eintreten kann. Monika, Bernd, seid ihr hier?«

Sie wartete, wedelte mit den Armen. Die sechs Helferinnen saßen sehr aufrecht am Tisch, den Zeigefinger reihum über dem Glas. Nach einer Weile ruckelte es, das Glas bewegte sich langsam, ganz langsam zum Buchstaben J. Raunen im Publikum.

»Oh«, murmelte Sylvie. Das Glas bewegte sich zum A. »Also, ja, ihr seid da. Das ist schön, das ist sehr schön. Monika, Bernd, wer hat euch getötet?«

Eine Weile passierte gar nichts. Im Salon wurde gehustet, Sesselbeine scharrten über den Boden. Dann bewegte sich das Glas ein winziges Stück, blieb stehen, schier endlos. Nach einer Weile ein Stück Bewegung – in Zeitlupe. Es kam auf dem S zu stehen. Wieder ein langer Stillstand, dann zum Buchstaben C. Bei Z verblieb das Glas. ›SCHWARZ‹. »Schwarz«, sagte Sylvie. »Die Geister haben uns den Hinweis ›Schwarz‹ gegeben.«

Raunen im Saal, ein paar Menschen rutschten auf ihren Sitzen herum, jemand blitzte mit einem Fotoapparat. »Bitte nicht!«, stieß Sylvie hervor und ihre Stimme klang zornig. »Auf diese Weise vertreiben wir die Geistwesen! Keine Fotos und keine Handys.«

Doch die Stimmung war verändert. Sylvie stellte eine weitere Frage: »Monika und Bernd, wir brauchen eure Hilfe, um den Mörder zu fangen. Gebt uns einen Hinweis darauf, wo wir ihn finden können.«

Stille. Das Glas blieb an seinem Ort. Alle warteten. Nichts geschah.

»Das ist Humbug!«, erklang eine tiefe Bassstimme, die Berenike bekannt vorkam.

»Wer spricht da?« rief Sylvie. »Ist das einer von euch, Monika? Bernd?«

»Wir brauchen keinen solchen Firlefanz hier, der den Ort schlecht macht. Schlimm genug, dass wir eine Mordserie haben. Dass wir dann noch so tun, als ob der Täter einer von uns wäre …«

»Wer spricht da?«, wiederholte Sylvie, bekam aber keine Antwort.

Berenike drehte das elektrische Licht im Salon an. Sie konnte nicht mehr sagen, wer zuletzt gesprochen hatte. Die Leute blinzelten, Franziska stand auf, Helena tat es ihr gleich. Die Runde löste sich auf.

»Ja, meine lieben Freunde, dann wollen wir diese Séance beenden«, sagte Sylvie und räusperte sich. »Ich danke euch und ich danke ganz besonders Monika und Bernd … für den Hinweis auf die Farbe Schwarz. Wir werden ihn zu interpretieren suchen.«

Schwarz, überlegte Berenike und dimmte das Licht ein wenig herunter. Vielleicht hieß der Täter mit Nachnamen Schwarz. Oder es ging um jemanden mit schwarzen Haaren, dunkler Haut gar. Oder ein Afrikaner, der etwas gegen Faschisten und Ausländerfeinde hatte. Die ermordete Monika war ein wenig zu sehr den Rechten nahegestanden, wie Berenike leider zu gut wusste. Mit ein Grund, warum sie sich provoziert gefühlt hatte. Dabei hatte Berenike nur gewollt, dass der Nazi-Klement nicht als Ehrengast zum Narzissenfest geladen wurde. Vielleicht war mit dem angeblichen Hinweis schwarze Kleidung gemeint. Franziska trug gern schwarz. Und wer war nur der Sprecher zum Schluss gewesen? Sie konnte die Stimme keinem Namen zuordnen.

Während sie nachdachte, leitete Sylvie bereits launig zur Lesung aus ihrem Buch über. »Man braucht nicht unbedingt das Jenseits zu befragen, um einen netten Kerl zu finden – aber es hilft«, sagte sie mit veränderter, lieblicher Stimme. Ihre Wangen waren rosig. Kichern im Raum, die Leute entspannten sich. Sylvies Vortrag war gut, ihre Stimme trug und entgegen ihrer Erwartung musste Berenike an einigen Stellen herzlich lachen. Dass der Geist eines verstorbenen Mannes eifersüchtig sein konnte wie in der Geschichte, war schon komisch, aber dass er seiner früheren Partnerin in jede neue Beziehung hineinfunkte …

Nach der Lesung standen die Gäste entspannt herum. Einige kauften das Buch, ließen es sich von Sylvie signieren. Die Stimmung war gut, trotz der Geisterbeschwörung und ihrer seltsamen Antworten, der Unruhe. Berenike spitzte die Ohren, Sylvies unbekannter Kritiker schien verschwunden zu sein, zumindest hörte sie die Bassstimme nicht mehr. Merkwürdig, sie war doch neben der Tür hinten gestanden – wenn jemand den Salon verlassen hatte, hätte sie es merken müssen.

Berenike mischte sich unter die Gäste, machte Small Talk, sah beim Buffet nach dem Rechten. Zumindest piesackte sie der Kreuzschmerz nicht allzu sehr. Die gute Laune tat das Ihrige, dass sie sich wohler fühlte. Die Leute lachten und unterhielten sich, Sylvie wirkte gelöst, nur Stefan war nicht zu sehen.

»Auch wenn wir uns für unsere neuen Wege noch rechtfertigen müssen«, sagte Sylvie gerade und griff nach einem Glas Sekt, »ich bin überzeugt davon, dass es auf die alte Art nicht weitergeht.«

»Nein, das tut es sicher nicht«, bestätigte der braun gebrannte Sepp, der eine Schachtel, die er immer statt einer Tasche dabei hatte, umklammerte. Einige Autorenkollegen umringten Sylvie, darunter Serafina und Alma.

»Die Menschen müssen aufwachen«, erklang Almas Stimme.

»Unbedingt.« Sepp hustete. »Wenn sie weiter tun wie bisher, werden sie nie vorankommen.«

»Franziska tut mir leid«, murmelte Sylvie mit einem Seitenblick auf die junge Frau, die allein in der Nähe der Tür stand. »Sie hat das noch nicht verstanden … Wie sie herumstreicht, immer darauf hoffend, dass jemand sie wahrnimmt, sie lobt. Nein, man muss den eigenen Weg gehen. Und dabei bleiben.«

»Sylvie?« Die sonore Stimme. Berenike fuhr herum und

bemerkte einen kräftigen Mann um die 30, der Sylvie aus zornigen Augen anstarrte. Er musste gerade erst zu dem Grüppchen getreten sein. »Muss das sein, wie du alles in den Dreck ziehst?«

»Paul, was redest du denn?«, fuhr Sepp ihn an, »was soll das? Willst du Sylvie den Abend zerstören?«

Das war also Paul! Quasi-Chef des Narzissenfest-Vereins. Er stand da, mit angespannten Muskeln, die Kiefer mahlten. Sah aus, als würde er sehr unter Druck stehen. Vielleicht, weil die Firma seines Arbeitgebers kriselte. Berenike hatte gehört, dass Paul in einer großen Werbeagentur arbeitete – die zufällig Geschäftspartner von Klement war, dem alten Nazi.

»Was hast du?«, fragte Sylvie unerwartet freundlich. »Mein Buch ist Fiktion, alles erfunden.«

»Trotzdem, wir haben schon live genug Tote.«

»Geh, Paul, mach dir keinen Kopf«, fiel Sepp begütigend ein. »Die Leut werden trotzdem auf Urlaub herkommen und zum Narzissenfest sowieso. Zu dem kommen sie immer.«

»Sie schadet unserem Image«, blieb Paul stur.

»Es ist nur eine Geschichte, weiter nichts. Eine Lovestory«, grinste Sylvie.

»Aber sie spielt hier, im Salzkammergut. Du hättest wenigstens bis nach dem Narzissenfest warten können.«

»Komm, beruhig dich. Was ist, rauchen wir eine? Ein Friedenspfeiferl, hm? Lass uns rausgehen.« Sylvie kramte in ihrer Tasche.

»Na gut.« Paul hielt ihr eine geöffnete Packung Camel light entgegen. »Bitte, bedien dich.«

9

Eine weitere Nacht ohne Jonas. Ein weiterer Morgen allein.

»Wo ist er denn, dein Freund?«, fragte Lieselotte zur Begrüßung und ging Berenike damit ziemlich auf die Nerven. Überhaupt: Er wohnte nicht bei ihr!

Wie nebenbei zuckte Berenike mit den Achseln und fing an, Earl Grey zuzubereiten. »Warum? Willst du mit ihm über die Ermittlungen reden?« Gleich darauf spürte sie, wie unhöflich ihr Tonfall gewesen war. Freundlicher fügte sie hinzu: »Oder hast du einen Hinweis für die Kriminalpolizei?«

»Ich nicht. Der Sepp war heute Morgen schon hier.«

»So früh?« Die Uhr zeigte erst halb zehn. Es war ein modernes schwarzes Ding, Kuckucksuhr & Co. hatten bei ihr Hausverbot, seit sie früher mal eine kaputt geschmissen hatte. Erst halb zehn. »Nach dem späten Abend?« Die Lesung war ein voller Erfolg gewesen, auf dem Tisch lagen aber immer noch zwei Stapel von Sylvies Roman. Da war nicht so viel verkauft worden. Schade, Sylvie hatte sicher mehr erwartet.

»Er hat gehofft, Jonas anzutreffen.«

»Der Sepp? Tatsächlich?« Das war ganz und gar untypisch für den Leiter der Autorengruppe. Er hatte sein halbes Leben auf der Psychiatrie verbracht und wollte daher von ›Obrigkeiten‹ aller Art nichts mehr wissen, Polizei eingeschlossen.

»Es geht um Sylvie, er macht sich Sorgen. Ein paar Autoren wollten gestern noch auf einen Umtrunk, nachdem hier Sperrstunde war. Doch Sylvie ist nie am Treffpunkt angekommen.«

»Na, Liesi, dafür gibt's sicher eine harmlose Erklärung. Komm, beruhig dich, wir frühstücken erst mal und dann …«

»Das glaub ich nicht, Berenike. Sepp war völlig aufgelöst.« Lieselotte raufte sich die Haare, vergaß, dass ihre Aufsteckfrisur das nicht zuließ – und zerstörte alles. Ratlos ließ sie die Hand sinken und betrachtete ihr Spiegelbild hinter der Theke. »Sie haben überall nach Sylvie gesucht und alle Nummern angerufen, aber nichts. Sie hat ihr Telefon nicht abgehoben und bei wem anderen war sie nicht. Also bei niemandem, den ihre Freunde kennen.«

»Scheiße. Du glaubst doch nicht …?« Berenike schlug sich die Hand vor den Mund.

»… dass es mit der Mordserie zu tun hat? Oh mein Gott.«

»Shit, shit, shit.« Manchmal entschlüpften Berenike immer noch englische Kraftausdrücke, obwohl es nun schon lange her war, dass sie in Großbritannien gelebt hatte. »Hoffentlich haben wir mit unseren Befürchtungen unrecht und Sylvie taucht bald auf.«

»Ja, hoffen wir auf eine harmlose Erklärung«, meinte die Kellnerin und hörte sich nicht wirklich hoffnungsvoll an. Sie nahm ein Geschirrtuch und fing an, das dunkle Holz der Theke zu polieren.

»Vielleicht war Sylvie zu erschöpft und ist heimgefahren?« Berenike lehnte sich an die Theke und trommelte darauf.

»Dort war sie nicht. Da ist der Stefan doch als Erstes hin. Sie hat dieses Haus geerbt, dessen Oberstock sie als Ferienwohnung vermietet. Die Gäste haben sie nicht gesehen. – Bitte, Berenike, könntest du die Finger von der Theke lassen? Ich putze …«

»Oh, ’tschuldigung.« Berenike setzte sich auf einen Hocker, legte die Hände unter die Oberschenkel. »Oder ist Sylvie vor dem Trubel geflohen? War ihr vielleicht alles zu viel?«

»Ohne Stefan?« Lieselotte rubbelte heftig über einen Fleck. »Das glaubst du doch selbst nicht. Du kennst die beiden, sie sind unzertrennlich.«

»Stimmt.«

»Außerdem hat Stefan nichts über Sylvies Verbleib gewusst.« Lieselotte betrachtete ihr Werk. Dermaßen geglänzt hatte die Theke schon lange nicht mehr. »Also angeblich.«

»Hat jemand die Polizei informiert?« Berenike sprang auf. Sie würde Jonas anrufen. Ja, das würde sie. Und dann führte an ihrem eigenen Geständnis kein Weg mehr vorbei. Mit ein bisschen Glück war es in der Zwischenzeit unwichtig geworden …

»In der Nacht offenbar nicht, sagt Sepp. Heute wird man es tun müssen. Du könntest das tun, Berenike. Stefan wollte noch warten …«

»Stefan? Das ist schon merkwürdig.«

»Genau. Er müsste am meisten besorgt sein, am meisten Interesse haben, die Polizei einzuschalten. Sie ist schließlich seine Freundin.«

Etwas blitzte in Berenikes Kopf auf. Eine Erinnerung an den gestrigen Abend. »Er muss ziemlich eifersüchtig sein. Hast du bemerkt, wie er sie angeschaut hat … Traust du ihm, Liesi?«

»Na ja …« Die Kellnerin hielt nachdenklich inne. »Eigentlich schon, und du?«

»Eigentlich …« Berenike zuckte die Achseln. »Was weiß ich. Einem Mörder sieht man nicht an, dass er tötet. Der rennt nicht mit blutunterlaufenen Augen herum.«

»Nein.«

»Stefan wirkte neidig auf Sylvies Buchveröffentlichung.«

»Das stimmt.«

»Trotzdem … Ich kann's mir einfach nicht vorstellen, dass er wen umbringt.«

»Ich auch nicht. Dann hätte er schön Theater gespielt, Berenike.« Lieselotte sah sie grübelnd an.

»Wär nicht der erste Mörder, der Theater spielt.« Sie brauchte Tee, viel Tee, damit sie munter wurde. Damit sie ordentlich denken konnte.

Lieselotte ließ die Hand mit dem Putztuch sinken. »Und Sylvie hat sich auf ihrer Lesung prächtig amüsiert, im Gegensatz zu Stefan, wie es aussah.«

»Während Stefan seit Jahren nichts mehr geschrieben hat. Geschweige denn veröffentlicht.«

»An der Sache könnte was dran sein.« Lieselotte ging hinter die Theke und legte das Putztuch unter die Abwasch. »Du könntest mit Jonas reden, Berenike.«

»Ja. Allerdings …« Sie stockte.

»Er hat sicher viel um die Ohren mit den zwei Morden.« Lieselotte sah Berenike sinnierend an.

»Nicht nur jetzt. Aber das ist eine andere Geschichte. Ich geh mich umziehen.«

Während Berenike im Büro die Jeans auszog und sich mehrfach in der Hose ihres Salwar Kameez verhedderte – ihr fehlte einfach die Konzentration! –, dachte sie an Jonas. Wenn er hier wäre, könnten sie alles besprechen … aber so wie es war, musste sie ihn allein ermitteln lassen. Dafür konnte sie sich mit ihrer neuen Konkurrenz beschäftigen. Früher war sie doch auch mit ihrem Leben allein klargekommen. Früher ... Da war sie das Alleinsein gewöhnt gewesen. Trotz der vielen Menschen, die sie als Eventmanagerin ständig um sich gehabt hatte.

Sylvies Geisterbeschwörung fiel ihr wieder ein. Die angebliche Nachricht der Verstorbenen. Dieser rätselhafte Hinweis auf schwarz. Was, wenn dieser angebliche Geist ein Zeuge war? Jemand, der Angst vor dem Mörder hatte und deshalb nicht offiziell aussagen wollte. Was, wenn das Sylvie war? Wenn sie das Ergebnis des Glases beeinflusst hatte, um so einen Hinweis zu geben? Und nun wollte der Mörder die Autorin ausschalten, weil er vermutete, sie wüsste zu viel über die Taten? Es blieb merkwürdig.

Mit einem Kopfschütteln kehrte Berenike in den Teesalon zurück. Im Kalender stand ein Seminar über ›Selbsterkenntnis mit Do It Yourself‹ auf dem Plan. Also schnell den Literatursalon aufräumen, in dem die Reste der gestrigen Party herumstanden. Leere Tassen, Gläser, Teller, gemeinsam mit Lieselotte sorgte Berenike für Ordnung. Einige Bücher waren aus den Regalen gezupft worden, die sie jetzt an den richtigen Platz stellte. Dann die Tische zusammenschieben, die Sessel neu ordnen. Sie füllte Krüge mit Wasser und stellte saubere Gläser dazu. Öffnete die Fenster weit, ließ frische Luft herein. Herrliche, viel versprechende Frühlingsluft.

Drüben hatte sich unterdessen der Teesalon gefüllt. Also arbeiten. Teeblätter abmessen, Uhr einstellen, aufgießen. Assam, Sencha, Lindenblüten. Servieren, lächeln, weitermachen. Trotz des Steins in ihrer Brust, der einmal ihr Herz gewesen war.

Sie spürte Sepp schon, bevor er neben ihr stand, spürte Traurigkeit und Hoffnungslosigkeit, bevor sie ihn ansah. Stefan folgte ihm, dann tauchte Alma auf, schließlich andere Mitglieder der Autorengruppe ›Pessoas Erben‹.

»Wie sieht's aus? Habt ihr eine Spur zu Sylvie?«, fragte Berenike und erkannte beim Blick in die Gesichter die Antwort.

»Ich hab mit ihrer Nachbarin gesprochen«, erzählte Alma mit Grabesstimme, »sie hat Sylvie nicht mehr gesehen, seit sie am frühen Abend das Haus verlassen hat. Ihre Fenster waren dunkel, die ganze Nacht, sagt die Nachbarin.«

»Wir müssen weiter nach ihr suchen.« Sepp raschelte in seiner Schachtel herum, die er ausnahmsweise abstellte.

»Vielleicht auch nicht. Wir waren schon überall.« Stefan stierte die Theke vor sich an.

»Wie meinst du das?«

»Jemand bei mir in der Arbeit hat mir gesteckt, dass sie einen anderen hat. Haben könnte. Gernot heißt er. Also mein Kollege. Nicht der andere. Er hat mich heut am frühen Morgen angerufen.«

»Ach, und wer soll der geheimnisvolle andere sein?«

»Mein Kollege will sie mit dem Scheiner gesehen haben.«

»Meinem Vermieter?«, entfuhr es Berenike. Sie schauderte. Der Alpen-Mafioso hatte ihr schon einige böse Überraschungen im Leben bereitet, seit sie hierher gezogen und von ihm die Räume des Salons gepachtet hatte. Was sollte sie machen, sie war von ihm abhängig, wenn sie ihr Lokal weiterführen wollte. Es gab sonst keine passenden Örtlichkeiten.

»Ja, Berenike.« Stefan starrte sie an. »Weißt du am Ende

etwas?« Er kniff die Brauen unschön zusammen, gar nicht mehr der lässige Bademeister …

»Nein«, sagte sie schnell, und der Bademeister-Autor entspannte sich ein wenig. »Ich weiß von nichts. Sylvie vermietet Liegenschaften, nicht wahr? Vielleicht hat sie deswegen mit ihm zu tun.«

»Meinst?« Neuerliches Stirnrunzeln. Die Frauen würden ihn nicht mehr lange lieben.

»Ja, warum nicht?«

Stefans Gesicht war anzusehen, dass es in seinem Kopf arbeitete. Er schwieg.

Unterdessen schwang die Tür auf, Reinhard, wie üblich in Schwarz, kam herein. Er brachte nach Sonne und Frühlingserde duftende Luft mit. »Grüß euch!« Er winkte in die Runde und stellte sich an den Rand der Theke, abseits von der Gruppe. Seine Fröhlichkeit war direkt schockierend … »Servus, Berenike! Ist Jonas vielleicht da?«

Berenike wischte über die Theke. Jemand hatte Wasser verschüttet. »Leider kann ich dir nicht helfen, Reinhard.«

»Schade«, machte Reinhard und sah sie eindringlich an. »Da kann man halt nichts machen.«

»Du wirst bald eine weitere Leiche haben«, sagte Sepp düster.

»Wieso?«

»Sylvie, eine Autorin, ist nach ihrer gestrigen Lesung hier verschwunden.«

»Oh du meine Güte!«, entfuhr es Reinhard, jetzt gar nicht mehr fröhlich, »hoffentlich nicht.«

Sepp zuckte die Achseln und wandte sich seinem Notizblock zu, den er aus der Schachtel geholt hatte.

»Was wolltest du denn von Jonas?«, fragte Berenike.

»Ach, nur so. Ist nicht wichtig.« Neugierig beäugte Reinhard ihre Tee-Karte.

›Salon für Tee und Literatur
Inhaberin Berenike Roither‹

»Wow. Ich wusste nicht, dass das Lokal dir gehört! Schön hast du es hier.«

Sie lächelte. »Danke. Möchtest du etwas trinken?« Sie würde bald die Preise etwas anheben müssen. Die gestiegenen Großhandelskosten ließen keine andere Wahl. Und dann neue Karten von Maja, der Grafikerin, machen lassen. Aufgaben gab es immer genug.

»Gern.« Er blätterte in der Karte und bestellte Assamtee und ein Stück Apfelkuchen.

Berenike beglückwünschte ihn zu der Wahl. »Den Kuchen hat Lieselotte gebacken, mit Äpfeln von hier.«

»Es gibt noch Äpfel?«

»Klar. Bei der entsprechenden Qualität und Lagerung halten sich die schon. Sind halt echt steirische Äpfel.«

Während sie mit dem Teegeschirr hantierte, sah Reinhard sich anerkennend um. »Alle Achtung. Dein Lokal macht sicher nicht gerade wenig Arbeit.«

Ein Lachen entsprang wider Willen ihrer Kehle. »Kein Vergleich zu deinem Job, fürcht ich. Leichen aufschnipseln …«

»Oh, für Außenstehende ist mein Beruf natürlich gruselig. Aber ich mag ihn. Ich kann etwas zur Gerechtigkeit beitragen! Ich war immer schon neugierig. Der Tod ist ein weites Feld, vieles kann passiert sein. Mich interessiert, wie Menschen sterben – und warum. Wie bei den aktuellen Mordopfern.« In Reinhards Augen glitzerte es.

»Unser Inspektor Kain hat bei der Monika zuerst an einen Unfall geglaubt. Der Narr.«

»Genau. Wo ist er übrigens? Hat ihn schon wer gesichtet, Berenike?«

»Nicht dass ich wüsste.«

»Na, er wird schon auftauchen.«

»Dann wird Jonas mit ihm ein Hühnchen rupfen.«

»Das glaub ich.« Reinhard lächelte. »Na, reden wir von was Angenehmerem. Du bist nicht von hier, oder?«

»Hört man das immer noch?« Sie ließ ein Lachen perlen. Wie gut das tat. Als könnte es diesen Stein in ihrem Inneren erweichen.

»Doch, man hört es.« Reinhards Grinsen tat gut. Lenkte ab. Fast fühlte es sich an wie früher, so sorglos. Sich niemals auf was Festes einlassen. Man wusste ja, was dabei herauskam. War das Herz einmal beteiligt, tat es weh …

»Ich bin in Wien aufgewachsen«, erzählte Berenike und merkte unwillkürlich, wie lange das schon her war. Ihre Kindheit in der bürgerlichen Josefstadt, ihre chaotische Familie, die unverheirateten Eltern – damals ein Skandal – mit ihren eigenen Troubles. Berenikes toller Job. Dann die große Krise. Die erste Zeit im Ausseerland. Wie sie aufzuatmen geglaubt hatte. Und wie dann alles noch schlimmer gekommen war, als ein Toter in ihrem Salon saß. Und ein weiterer in der Gradieranlage. Vergiftet. »Das Ausseerland hat mich seit meinem ersten Besuch in seinen Bann geschlagen«, sagte sie.

»Das war der Wassermann, der im See leben soll. Er zieht gern die Menschen in seinen Bann«, sagte Reinhard.

»Na hoffentlich nicht.«

»Ist nur symbolisch zu verstehen.«

»Was für ein Glück«, sagte Berenike und erinnerte sich daran, wie sie einmal fast ertrunken wäre im See.

»Und doch hat der See eine magische Anziehungskraft.« Reinhard sah wie durch sie hindurch. »Meine Familie ist nach der Flucht hierher gekommen und heimisch geworden. 1945, weißt du.« Sein Blick traf jetzt auf Berenike, blieb lange an ihr haften. Etwas zu lange. »Mein Vater stammt aus Böhmen. Er ist geistig nie von dort weggegangen. Die Familie musste damals weg. Dabei war er noch ein Kind, ein ganz kleines Kind.«

»Das tut mir leid«, sagte Berenike und fühlte sich ihm seltsam nahe.

»Schon gut, du kannst nichts für diesen historischen Schwachsinn.«

»Du musst mir einmal mehr darüber erzählen«, bat sie und nahm eine Teetasse aus dem Regal. Sie war glänzend schwarz. Passte zu Reinhard, dachte sie.

»Gern, Berenike.«

Nähe, Wärme. Wie gut das tat. »Meine Großmutter ist auch in Tschechien aufgewachsen und …«

Die Tür ging auf, jemand rief etwas, und der Moment zwischen ihnen war vorbei.

*

Noch mehr Gäste strömten in den Salon. Ragnhild trat ein, Berenikes frühere Aushilfskellnerin. Jetzt leitete sie eine Feng-Shui-Pension in der Nähe und hatte sich bereits mehrmals in Gäste verliebt … die dann natürlich wieder abgereist waren.

»Ich habe mich für das Seminar angemeldet«, erklärte sie und stellte einen großen Korb auf die Theke. Stricknadeln und ein rotes Wollknäuel sahen oben heraus. »Es findet doch heute statt?«

»In der Tat, allen mörderischen Umstände zum Trotz, liebe Ragnhild. Eine Viertelstunde hast du noch, ehe es losgeht.« Berenike ließ ihren Blick über Ragnhilds körperbetont geschnittenes grünes Kleid wandern, das perfekt mit ihrem roten Haarschopf harmonierte. »Ich bin etwas überrascht – du willst Stricken lernen?«

»Warum nicht? Ich sehne mich danach, etwas Dauerhaftes mit meiner Hände Arbeit zu erschaffen. Würde dir das nicht gefallen, Berenike?« Ragnhild strich sich die roten Locken aus dem Gesicht.

»Mag sein. Aber wie du siehst, habe ich alle Hände voll zu tun.« Berenike wies auf den gut besuchten Salon. »Außerdem habe ich all dies hier selbst erschaffen.«

»Stimmt. Handarbeiten ist schon noch einmal etwas Anderes.«

»Eine Kurta selber nähen fände ich schon praktisch.« Ablenken würde eine solche Tätigkeit sicher. Bloß nur nicht Nähen, dafür hatte sie einfach keine Begabung.

Die Tür ging auf und ein kerniger Typ in Lederhose und grünen Stutzen stampfte herein. »Griaß eich«, tönte er, stellte sich an die Bar und musterte Berenike.

»Hallo, Paul.« Berenike reichte ihm die Karte. »Bitte sehr.«

Paul zwinkerte ihr vertraulich zu. Allzu vertraulich. »Sagt's«, er lümmelte sich betont lässig an die Theke, ohne jemanden anzusehen. »Warum sitzt ihr alle so herum … so … schmähstad?«

»Weil die Sylvie womöglich ein Geist ist«, murmelte Sepp kryptisch. Er wirkte blass unter seiner sonnengebräunten Haut.

»Wieso? Wie meinst das, Sepp?«

»Sie ist verschwunden. Wie vom Erdboden verschluckt. Seit gestern Abend schon.« Sepps Hände strichen über die Tischplatte. »Dabei hat sie davor von Monikas Geist geredet.«

»Ach?« Paul blickte Sepp an, ohne zu blinzeln, dann wanderte sein Blick zu Berenike. »Und du wieder mitten im Geschehen, was?« Er wirkte seltsam wissend. Verdammt!

»Hast du nicht noch mit Sylvie geredet nach ihrer Lesung?«, fragte Ragnhild plötzlich und umklammerte ihren Handarbeitskorb.

»Ich?« Paul schnappte sich die Karte. »Wieso? Ich weiß nicht.«

»Ich mein, ich hätt' euch beisammenstehen gesehen.«

»Klar hab ich mit ihr g'redet. Aber wer nicht? Was dann passiert ist – wer weiß das schon?« Er wandte sich Berenike zu. »Auf den Schock dieser Frage … Sag, servierst du wirklich ausschließlich Tee?«

Berenike nickte, deutete auf ein Schild hinter ihr. ›Strictly tea is served‹. Das hatte sie einmal in Budapest gelesen und die Idee geklaut. Sie sah, wie Reinhard grinste, und räusperte sich. »Was darf ich dir bringen, Paul?«

»Wenn du echt koan Schnaps nicht hast … dann nehm ich einen Pfefferminztee.«

»Kommt sofort.« Berenike machte sich an die Zubereitung.

»Ich geh jetzt weitersuchen«, brummte Stefan und verließ, ohne auf Reaktionen zu warten, den Salon. Die Tür fiel mit einem Hauch von Endgültigkeit hinter ihm zu.

»Man muss endlich die Polizei rufen«, sagte Alma in die Stille und sah Berenike insistierend an. Die tat, als bemerke sie das nicht.

»Das sind Zuständ' hier«, stöhnte Paul fast theatralisch auf und stützte seinen Kopf mit den wilden braunen Locken in die Hände. »Erst die Monika, dann Bernd … und jetzt Sylvie. Wie soll das alles nur enden?«

»Ist nicht leicht für dich, Paul, was?« Ragnhild spielte mit den Stricknadeln in ihrem Korb. »Jetzt, wo du das Narzissenfest-Büro leitest. Übrigens, gratuliere, du machst das sicher hervorragend.«

»Danke«, dröhnte er mit rauer Stimme.

»Und?«

»Was und?«

»Wie wirst du's anlegen?«

»Wie denn? Wie immer. Wenn ich noch eine Chance hab, heißt's. Es muss schließlich weitergehen. Die Leut schätzen unsere Traditionen. Die einzige Neuerung wäre der Bernd gewesen, der heuer zum ersten Mal die Narzissenhoheiten ausgestattet hätte. Diese tragischen Todesfälle werfen einen schrecklichen Schatten auf unser Fest.«

»Warum wollten die Vorgänger die Ausstattung nicht mehr machen?«

»Sind in Pension gegangen, oder?«, warf Sepp ein.

»Genau. Und der Bernd kennt alle traditionellen Schnitte, kauft die Stoffe bei den Handdruckereien, wie schon seine Großeltern. Also hat sie gekauft …«

»Dann hatten beide Mordopfer etwas mit dem Narzissenfest zu tun«, überlegte Berenike laut.

»Wer hat das nicht in der Gegend? Aber dass mir gleich zwei wichtige Leut verloren gehen.« Paul stöhnte übertrieben. »Glaubt ihr, die Morde haben mit dem Fest zu tun? Muss ich mich fürchten?« Er malte mit dem Fingernagel Striche auf das Holz.

»Geh, geh«, machte Berenike und goss den Tee auf.

Dann schob sie das fertig bestückte Teetablett über die Theke zu Paul. »Bitte sehr.«

»Danke.« Paul griff nach der Kanne. Sie sah winzig aus in seinen großen, kräftigen Händen.

»Nur die Sylvie hat nichts mit dem Narzissenfest zu tun. Also wenn …« Berenike schlug sich die Hand vor den Mund.

»Nicht schlimm, Berenike, wir sind alle durch den Wind.«

»Natürlich.« Sie nahm einen Schluck von ihrem Earl Grey, doch der war längst kalt.

»Ich weiß noch gar nicht, wie es weitergehen soll«, fuhr Paul fort. »Bernd hat keine Kinder, keine Erben.«

»Gibts keine Interessenten für seine Aufgabe?«

»Doch, sogar jede Menge. Aber wir nehmen nicht jeden, nur weil die Sache ehrenamtlich läuft. Der Ausstatter muss zum Fest, zu der Sache an sich passen. Schwarze Domina-Dirndln und zerfetzte Lederhosen gehen gar nicht.«

Berenike sah ihn neugierig an. »Das wär doch mal eine Neuerung.«

»Geh!« Er machte eine wegwerfende Handbewegung. Hände, die zupacken konnten. Berenike schob die Bilder weg, die sich in ihrem Kopf verselbstständigten, Bilder, in denen Sylvie in ihrem Kaftan vorkam.

»Glaub mir, hier will jeder das, was es immer schon gab«, sagte Paul streng.

»Meint ihr, der Mörder hat was gegen das Fest?«

»Ich fürcht mich jedenfalls nit«, lachte Paul dröhnend. »Da hätt' der Max mehr Grund dazu.«

»Der Max? Wieso denn der?«

»Na, wie's der treibt, lebt er schon lang gefährlich. Bei all den Liebschaften.« Paul senkte die Stimme zu einem

Raunen. »Ich hab ihn mit der Monika gesehen, hinterm Zelt. Ganz schön stürmisch, die zwei.« Paul lachte ein schäbiges Lachen.

»Wie meinst jetzt?«, schaltete sich Ragnhild ein, »die zwei haben wirklich …?«

»Wirklich, ja. Soviel man im Dunkel sehen konnte, war da wenig Wäsch…«

»Oh, là, là!«, machte Ragnhild.

»Oh, là, là«, machte Paul und ließ die Faust auf den Tisch krachen, dass das Tee-Tablett scheppernd hüpfte. »Das wird sich der Bernd auch gedacht haben. Als er die zwei gesehen hat, im ›Clinch‹. Der wollt wohl pinkeln gehen.«

»Nein.«

»Doch.«

»Und?«

»Es hat eine Szene gegeben, nachher. Monika ist zurück zum Tisch gekommen, sie hätt' sich ein bissl besser verstellen können, muss ich ehrlich sagen.«

Ragnhild zog eine Augenbraue hoch.

»Jaja, die liebe Monika. Man sollt die Männer halt nicht für blöd verkaufen. Sie hat dem Bernd erzählt, dass sie lang beim Hendlgrill warten hat müssen. Wusste ja nicht, dass er Zeuge war.« Pauls große Hand spielte mit seiner Teetasse.

»Paul, du alter Spanner.«

»Geh!«

»Laut Max war die Monika eine Lustige«, meinte Berenike.

»Laut Max, soso.« Paul sah sie lange an. Irgendwie eindeutig zweideutig. Nicht der auch noch! Sie hielt seinem Blick stand, er senkte ihn zuerst.

»Bernd hat die Monika angebrüllt, wo sie herkommt,

und sie hat das Grillhendl hoch gehalten und mitsamt dem Teller auf den Tisch geworfen. Ich hab versucht, die Streithansln zu beruhigen und auseinanderzutreiben. Na ja, der Bernd war eindeutig der Falsche für Monika …«

»Und wer wär der Richtige für sie g'wesen? Du vielleicht?« Kampflustig trat Sepp einen Schritt auf Paul zu. Er war einen Kopf kleiner als der große Mann, mindestens, weshalb Paul nur lächelte. Sepp beruhigte sich wieder, setzte sich.

»Nachher ist die Franzi aufgetaucht …«, erzählte Paul.

»Die Franziska?«

»Genau, dem Liszt sein Mädchen. Wissts eh, die kleine Hex.« Paul lachte schäbig. »Die Monika war noch fuchsteufelswild, irgendwie haben sie sich jetzt alle wieder vertragen.«

»Und wieso erzählst das alles jetzt erst?«, fragte Berenike. »Und wieso uns und nicht der Kripo?«

Paul sah sie lange an und zuckte vielsagend mit den Schultern. »Dann sind sie gemeinsam aufs Eis hinaus. Der Bernd hat Monikas Hand genommen … Ich weiß nicht, was der wollt.«

»Liebe halt.«

»Liebe? Ich weiß nicht.«

»Seltsame Liebe.«

»Oder er wollt sich von Anfang an rächen. War's seine Idee, das mit dem Eis?«, fragte Berenike.

»Weiß nicht. Auf einmal wollten alle raus. Auch der Kurt, Monikas Verflossener …«

»Der war dabei?«

»Jawoll. Alle hatten sich wieder lieb und waren lustig. Super, gell? Die Monika hat sich heimlich – hat sie gedacht – nach Max umgesehen. Und dem Kurt zugezwinkert.«

»Und wie hat der Kurt reagiert?«

»Ist leidenschaftlich an ihrer Seite geblieben. Der wird sich Hoffnungen gemacht haben, sie zurückzugewinnen, aber umsonst.«

»Zu blöd, dass wir mit dem Kurt nicht reden können«, überlegte Berenike.

»Dann war der Bernd der Mörder? Aus Eifersucht?«, fragte Sepp.

»Der Bernd?« Ragnhild lachte schräg auf. »Und sich selbst hat er dann ebenfalls gemordet oder wie?«

»Selbstmord als Schuldeingeständnis?«

»Reinhard, sag doch was dazu«, bat Berenike.

Ragnhild neigte sich dem Gerichtsmediziner zu. »Könnte Bernds Tod vielleicht Selbstmord sein?«

»Geh, Ragnhild – du hast ihn nicht gesehen, wie soll der sich selber auf ein Mühlrad flechten, ha?«, sagte der.

»Dann haben wir unter Umständen zwei Mörder«, überlegte Berenike laut. »Bernd bringt Monika um, weil er sich von ihr betrogen fühlt. Und dann tötet Kurt seinen Konkurrenten um Monikas Gunst – den Bernd, den er – vielleicht zu Recht – für Monikas Mörder hält. Um Monikas Tod zu rächen.«

»Und schießt auf Jonas, weil er Angst hat, überführt zu werden?«, fragte Sepp.

»Oder er hat beide umgebracht.« Berenike stützte sich nachdenklich auf der Theke ab.

»Kurt hat ihr seinerzeit den Verlobungsring quasi aufgedrängt«, erzählte Paul und trank endlich von seinem Tee.

»Hätt' sie ihn geheiratet?«

»Glaub ich kaum.«

»Da bist nicht der Einzige«, ergänzte Ragnhild und nahm den Handarbeitskorb auf. »Ich geh dann mal rüber zum Seminar.«

»Berenike, was sagt denn dein Jonas zu der ganzen Geschichte?«, fragte Reinhard.

»Mein Jonas …« Sie schluckte. »Da müsst ihr ihn schon selbst fragen. Ihr … ihr wisst doch, dass die Polizei ihre Ermittlungen lieber für sich behält.«

»Klar.«

Berenike nahm die leeren Tassen und flüchtete Richtung Küche. Noch im Weggehen hörte sie Reinhard sagen: »Hier geht's wirklich fidel zu.«

Von wegen.

Und dann achtete keiner mehr darauf, weil Stefan hereingerannt kam. »Ich hab was gefunden. Endlich. Das Buch von der Sylvie. Also die Seiten, aus denen sie gelesen hat. Das könnt doch eine Spur sein. Endlich eine Spur.«

*

Alle stürmten hinaus, während eine kleine Frau mit dicken Zöpfen aus der Gegenrichtung gegen den Menschenstrom ankämpfte. Die Kursleiterin, Paula. »Salut«, sagte sie und streckte Berenike ihre Hand entgegen.

Berenike ergriff Paulas Hand. »Grüß dich und herzlich willkommen«, sagte sie mit erhobener Stimme, um die anderen zu übertönen.

»Bei dir ist viel los«, meinte die junge Frau und warf ihre Zöpfe nach hinten.

Berenike ging nicht darauf ein, zeigte ihr stattdessen gleich den Raum, erklärte alles. »Wenn du noch was brauchst, sag Bescheid, okay?«

»Okay«, erwiderte Paula fröhlich. Unpassend fröhlich zu der Situation mit Sylvies Verschwinden, doch Berenike wollte sie nicht mit dem Wissen belasten und schwieg. Ragnhild war ihnen bereits gefolgt und stellte Fragen zum Kurs. Zwei weitere Frauen kamen herein, wollten ebenfalls am Kurs teilnehmen. Ihnen folgte ein Mann. Ungewöhnlich. Berenike überließ sie alle ihrer Fachsimpelei und ging hinüber in den Teesalon.

Sie beobachtete, wie draußen die nächste Suchaktion startete. Mara stand in der Mitte des Grüppchens und gab wild gestikulierend Anweisungen. Einige Uniformierte waren dabei, desgleichen die Taucher von der Feuerwehr. Jonas hingegen war nicht zu sehen.

Doch außer den zuvor entdeckten Buchseiten fand sich nichts Neues. Bedrückt kamen die Suchtrupps eine Weile später zurück in Berenikes Salon. Es war, als stünde die Zeit still, bis irgendwas passierte. Nur: Was?

10

Auch am nächsten Tag nichts Neues. Keine Fundstücke, keine Erkenntnisse. Nicht die geringste Spur zu Sylvie.

Berenike entschied, ihren Salon etwas früher zu verlassen und nach Bad Aussee zu fahren, zum Laden von Bernd Flatscher, dem ermordeten Trachtenschneider. Sie parkte und schlenderte ins Zentrum.

Die Sonne schien, die Auslage des Trachtenschneiders lag im Abendlicht golden da. Darin Dirndl in den Ausseer Farben Grün, Lila, Rosa. Andere Dirndl in Himmelblau oder Dunkelblau. Knöchellange Dirndl, kniekurze Dirndl. Die passenden Seidentücher. Dirndlblusen. Berenike stand und starrte die Idylle an. Die Schaufensterpuppen hatten blonde Haare und lächelten ihr steinernes Lächeln. Ob man sie mochte oder nicht oder sie gar beschimpfte, es kümmerte sie nicht – sie lächelten unbeirrt weiter. Selbst dann, wenn niemand sie beachtete. Sie lächelten. Beneidenswert.

Berenike atmete tief durch und drückte die Tür des Ladens auf. »Grüß Gott«, sagte sie, weil man das hierzulande eben so sagte. Immer noch dieses Gefühl, gute Stimmung machen zu wollen, zu müssen, sich anzupassen, um nicht aufzufallen. Überhaupt hatte sie jetzt noch mehr Gründe, das zu tun. Wann sollte sie ihre Untat eigentlich beichten? Und wem? Sie wagte nicht, Jonas anzurufen. Wollte er in Ruhe gelassen werden? Und da war etwas wie Angst. Vor einer endgültigen Abfuhr. Vor dem, was er nach einem Geständnis von ihr denken mochte.

Eine grauhaarige Verkäuferin im bodenlangen, hellgrün glänzenden Dirndl stürmte auf sie zu. »Grüß Gott.« Sie verzog die Lippen zu einem Lächeln, was ihr nicht recht gelingen mochte. Abrupt verschwand das Lächeln, und sie fuhr sich mit einem dünnen, knochigen Finger an ihre geröteten Augen, tastete nach ihrem Haarkranz. Geflochtene Zöpfe, um den Kopf gewunden. Kaum jemand trug heute noch eine solche Frisur, doch dieser Frau stand sie. Ihre Haut war glatt, das Gesicht wirkte schmal, elegant.

»Womit kann ich dienen? Ich weiß nicht, ob Sie wissen, dass – ich meine, wir wissen nicht, wie … Ach!« Schnaufend unterbrach sie sich und hielt inne.

»Ich habe von dem Unglück gehört, es tut mir leid«, sagte Berenike. Die richtigen Worte für einen solchen Anlass kannte sie immer noch nicht. Trotz aller Erfahrung mit dem Tod, es gab sie nicht, diese Worte. »Wie furchtbar. Es tut mir leid für Sie!« Berenike stotterte fast.

»Der Chef war ein guter Mann«, schniefte die Verkäuferin. »Er hat uns fein behandelt, wie kaum noch ein Arbeitgeber heutzutage. Was man immer in der Zeitung liest …«

Berenike nickte und dachte an ihren früheren Boss in der Event-Agentur in Wien. Der Job war kein Honiglecken gewesen, obwohl sie ihn lange Zeit gemocht hatte, aufregend wie er war.

»Wissen Sie, man hätte das von einem jungen Mann gar nicht erwartet. Heute ist alles – na, Sie wissen schon. Auf billig sind alle aus, die Kunden kaufen das Zeug aus dem Ausland, das natürlich nur eine Saison hält, aber wen kümmert das?«

»Geiz ist schließlich geil. Leider, so sind die Leute«, murmelte Berenike.

»Die traditionellen Firmen wissen nicht mehr, wie sie noch einsparen können, kürzen die Löhne ihrer Mitarbeiter, damit sich der Laden überhaupt rentiert. Der Herr

Bernd hingegen war so …« Ein Schniefen, die Verkäuferin tastete in den Dirndlfalten und holte aus irgendeinem geheimen Täschchen ein Taschentuch hervor. »Und … und diese Sache … also … ich weiß gar nicht, wie ich sagen soll …«

»Herrn Flatschers Tod?«

»Ja. Er ist nicht weit von hier gestorben. Während das Geschäft geöffnet war. Wenn ich es g'wusst hätt', ich wär ihm zu Hilfe gelaufen und …«

»Wer weiß, wann genau der Mord passiert ist«, versuchte Berenike zu trösten, auch wenn das nie ein Trost sein konnte. Die Verkäuferin nickte trotzdem.

Die Regale waren voll mit Stoffballen in den typischen Ausseer Farben. Fotos von lächelnden Kundinnen und Kunden hingen dazwischen. »Man weiß nur, wann Ihr Chef tot aufgefunden wurde. Zu welchem Zeitpunkt er getötet wurde, ist noch Gegenstand der Ermittlung.« Sie hörte sich schon wie ein Kriminalpolizist an!

»Sie haben recht. Wahrscheinlich hätte ich gar nichts mehr machen können. Oder ich wäre selbst … Ach, wie kann jemand so etwas Böses tun?«

»Das weiß ich nicht«, sagte Berenike, weil sich diese Frage ihrer Meinung nach jeglicher Vorstellungskraft entzog. »Was Anderes. Ich habe keine Ahnung, ob Sie mir helfen können, in dieser Situation. Es wäre wirklich dringend. Ich brauche ein Dirndl.« Na ja. »Für eine Trachtenhochzeit«, schob sie nach.

Die Verkäuferin schniefte weiter. »Ich weiß nicht. Wenn es tatsächlich um einen Notfall geht … Wie Sie sehen, die Stoffe sind da und die Schneiderinnen auch.«

»Meinen Sie, wird jemand die Werkstatt übernehmen?«, fragte Berenike, während die Verkäuferin bereits ihre Hände über die Stoffballen gleiten ließ. »Hatte Ihr Chef Kinder?«

»Nein. Ich weiß es nicht, ob es Interessenten geben wird. Ob das überhaupt Sinn macht heutzutage.«

»Die Menschen gehen hier in Tracht.«

»Natürlich kaufen die Menschen immer noch Handgefertigtes!« Die Grauhaarige straffte sich. Augenblicklich wirkte sie einen halben Meter größer. »Tracht ist etwas Besonderes. Vor allem bei uns im Ausseerland. Hier trägt man das G'wand ganz normal im Alltag, nicht wegen der Touristen. Das wird auch so bleiben. So ein Ensemble hat man ein Leben lang, mitunter.« Sie stockte und riss ihre Hand vor den Mund. »Oh. Das war jetzt …«

»Ich versteh Sie schon. Hat nicht jeder so ein ungeplant kurzes Leben wie Ihr Chef.«

»Ja-haha«, heulte die Verkäuferin auf.

»Gibt's noch viele Handwerkstätten in der Gegend?«, versuchte Berenike, die Arme abzulenken.

»Immerhin ein paar.« Die Verkäuferin zog die Nase hoch. »Eine Sache wie das Narzissenfest auszustatten, da hatte unser Herr Bernd die Nase vorn, wenn ich das mal in dieser Form sagen darf.«

»Gab es Neider?«

»Wer hat die nicht, wenn er erfolgreich ist? Zumal der Herr Bernd die Werkstatt in der dritten Generation führt. Also geführt hat. Seine Großeltern haben das Geschäft aufgebaut.«

»Eine tolle Sache, diese Tradition.«

»Die Familie war immer stolz drauf. Seit den 30er-Jahren haben sie die Werkstatt geführt.«

»Würde denn jemand so weit gehen und ihn aus Neid …?« Berenike sah der Verkäuferin in die Augen.

Schöne graublaue Augen, wenn sie nicht so gerötet gewesen wären.

»... umbringen? Noch dazu auf so grausame Art und Weise? Ich bitte Sie, wer macht das.« Heftig schüttelte die Verkäuferin den Kopf. Eine Nähmaschine begann irgendwo hinten zu rattern. »Also, was haben Sie sich vorgestellt für Ihr Dirndl? Haben Sie eine Idee, welche Farben es werden sollen?«

»Ich weiß nicht ...«

»Gibt es eine Kleiderordnung bei Ihrer Hochzeit? Wann ist es denn so weit, wann heiraten Sie?«

»Nein, das ist ein Irrtum!« Berenike spürte den kalten Fels in ihrer Brust. »Nicht ich heirate. Eine – ähm – Freundin.«

»Ach so.«

»Ja ... ähm ... rosa darf es nicht sein, das ist der Braut vorbehalten.«

»Verstehe.« Die Verkäuferin legte den Kopf schief, betrachtete Berenike, kniff die Augen zusammen und kletterte dann auf eine Leiter, holte Stoffballen aus Regalen, breitete sie vor ihr aus. Saftiges Grün mit kleinen weißen Blümchen, Violett mit zartem Muster. Baumwolle, Seide. »Grün würde Ihnen besonders schmeicheln zu Ihren dunklen Haaren!« Die Verkäuferin holte geschäftig einen Stoffballen nach dem anderen, rollte auf, zeigte einen Spiegel, hielt die Stoffbahnen neben sie. Wie ungewohnt, diese Vorstellung, sie nach all den Jahren wieder in einem Dirndl!

»Ich kann mich nicht konzentrieren, Entschuldigung«, murmelte Berenike. »Diese Todesfälle ... die Freundin von Ihrem Herrn Chef soll auch tot sein. Man fängt an, sich nicht mehr auf die Straße zu trauen.«

Das hätte sie besser nicht sagen sollen. Die Verkäuferin schlug ihre Hände vor der Brust zusammen. Neue Tränen schossen ihr in die Augen. »Die Frau Monika, ja. Der Herr Bernd war glücklich mit ihr! So verliebt waren die zwei.«

»Ich hab dagegen gehört, die Beziehung wäre nicht ideal gelaufen.«

»Aber gehn'S. Das sagen die, die den Herrn Bernd nicht bekommen haben. Die selbst kein solches Glück in der Liebe haben. Nur weil der Herr Bernd ein bisschen eifersüchtig war …«

»War er das?«

Die Verkäuferin wand sich. »Nein, so schlimm wars nicht.«

»Und hatte er Grund dazu?«

»Also, ich weiß nicht. Die Frau Monika hatte sich schon sehr schnell mit dem Herrn Bernd getröstet, nachdem sie sich von dem Busunternehmer getrennt hat. Also der Herr Bernd war da ein bisserl unsicher, das hat man ihm manchmal angemerkt, wenn er die Monika angeschaut hat und geglaubt hat, sie bemerkt das nicht. Die beiden haben sich im Zuge der Vorbereitungen fürs heurige Narzissenfest kennengelernt.« Sie stapelte langsam einen Stoffballen nach dem anderen aufeinander, bei einem mit schwarz bedruckter Baumwolle hielt sie inne, rieb den Stoff zwischen den Fingern. »Das hier würde gut zu Ihrem dunklen Teint passen!«

»Hm, ich weiß nicht, Schwarz im Hochsommer?«

»Wie Sie meinen.« Der schwarze Stoffballen wanderte zur Seite. »Wir waren alle stolz darauf, dass wir heuer die Narzissenkönigin und ihre Prinzessinnen ausstatten sollten. Der Herr Bernd hat schon ganz bestimmte Ideen gehabt, was er für die Damen schneidern wollte. Traditionell und trotzdem modern. In den Ausseer Farben natürlich.« Die Verkäuferin sah abrupt von ihren Stoffen auf, packte das Zentimetermaß, das sie um den Hals hängen hatte, spielte mit fahrigen Fingern daran.

»Also gab es kein wirtschaftliches Motiv für den Mord? Keine Rivalitäten?«

»Nicht unter den alt eingesessenen Schneidereien. Natürlich gibt's welche, die haben weniger Kundschaft. Es kommen viele Urlauber und kaufen Tracht. Immerhin gibt's nicht alle schon so lange wie uns. Die Großeltern vom Herrn Bernd, die hätten ja fast den Hitler bedient.«

»Wie bitte?«

»Wenn der tatsächlich ins Ausseerland gekommen wäre. Das war dann nicht mehr der Fall. Na, lange her. Komisch, dass wir jetzt darüber reden. Erst neulich ist hier eine junge Frau reingestürmt und hat Fragen gestellt. Nach damals. Weil das Geschäft angeblich früher Juden gehört hat. Sie hat geschimpft auf die immer gleichen Trachten, die sich seit den Nazis nicht mehr verändert hätten. Als Nazis hat sie uns beschimpft. Nur weil die Großeltern vom Herrn Bernd das Geschäft 1938 übernommen haben.«

»Wurde es denn arisiert, das Geschäft?«

»Was weiß ich. Ich bitt' Sie, das alles ist 20 Jahre vor meiner Geburt passiert. Woher soll ich das wissen? Deswegen tötet man nicht, nicht nach all dieser Zeit, oder?«

Berenike zuckte die Achseln. »Das kann man nie wissen.«

»Wieso fragen Sie überhaupt so komisch?« Die Grauhaarige kniff die dünnen Brauen zusammen. »Sie wollen gar kein Dirndl! Jetzt weiß ich's! Sie sind von der Presse! Sie schamlose Person! Ihr wollt alle den Herrn Bernd verleumden! Raus hier!«

»Nein, ich bin …«

»Nix. Gehen Sie!«

Berenike hob die Hände, öffnete die Tür, trat hinaus. Die Verkäuferin kam ihr nach, drückte die Tür von innen fest ins Schloss.

Draußen erreichte die untergehende Märzsonne nur mehr die Spitzen der Dächer. Im Schatten war es kalt. Berenike schlug den Mantelkragen hoch.

*

Sie eilte an den Geschäften in der Ischler Straße vorbei, die bereits zum Großteil im Schatten lag. Bald war Feierabend, an der Trafik wurden die Ständer mit den Ansichtskarten hineingerollt. Berenike wunderte sich, dass überhaupt noch wer Karten kaufte und schrieb, wo jeder mit dem Handy ein Foto schießen konnte, sogar mit sich selbst drauf, und dieses dann an die Lieben daheim senden konnte, fast ohne Kosten, in Echtzeit. Nur die Uroma, die keinen Internetanschluss hat, hat's damit schwer. Wenn daran überhaupt noch jemand denkt …

Letzte Sonnenstrahlen beleuchteten den Turm der Pfarrkirche, tauchten die Fassaden in goldenes Licht. An der Bushaltestelle wartete eine Gruppe Jugendlicher, zwei ältere Leute verließen das Postamt und überquerten die Straße. Berenike atmete tief durch und versuchte zu rekapitulieren, was sie jetzt eigentlich erfahren hatte. Immerhin, durch den Rauswurf hatte sie sich den Kauf eines Dirndls gespart!

Sie dachte an die neuen Informationen. Was für amouröse Verwicklungen überall! Wie bei dem Filmtitel: Auf der Alm, da gibt's ka Sünd. Gut, es war Frühling, aber dass die Hormone dermaßen verrücktspielten? Monika hatte sich von Kurt getrennt, hatte etwas mit Bernd angefangen, hatte ein Techtelmechtel mit Max. Sylvie sollte ein Verhältnis haben – behauptete zumindest ihr Freund Stefan. Berenike beschlich eine böse Ahnung, dass der selbst etwas mit dem Verschwinden seiner Freundin zu tun hatte. Dieser Bademeister, der sich dermaßen cool vorkam – und sich irgendwie seltsam verhalten hatte bei Sylvies Buchvorstellung.

Wo war Sylvie nur? War die Neo-Chick-Lit-Autorin einfach nur abgetaucht? Vielleicht mit Stefans Wissen? Berenike dachte nach – oder gab es etwas, das Sylvie zum Untertauchen veranlasst hatte? War sie bedroht worden? Hatte sie tatsächlich eine Liebschaft?

Es sah alles nach einer durch Leidenschaft hervorgerufenen Mordserie aus. Musste man einen Eifersüchtigen festnageln – der mit Eifer sucht, was leiden schafft? Ziemlich viele Verdachtsmomente schienen auf Monikas ehemaligen Verlobten Kurt hinzuweisen. Er wäre nicht der Einzige, der das Ende einer Beziehung nicht verkraftete, der die Liebste für immer besitzen wollte – tot oder lebendig. Weil alles bleiben sollte, wie es war. Typisch mordende Männer …

Nur – was hatte Kurt mit Sylvie zu tun gehabt? Ein traditioneller Reiseveranstalter mit einer schrägen Autorin? Niemand hatte eine Verbindung zwischen den beiden erwähnt. Und wie seltsam, wenn ausgerechnet er sich eine Schießerei mit der Polizei geliefert hätte. Dann könnte er sein Reisebüro zusperren, für alle Zeit. Noch seltsamer: Wäre Kurt der Mörder, hätte er Monika und Bernd ebenfalls mit seinem Schießeisen töten können, statt mit ihren eigenen Kleidungsstücken. Ein Polizeipsychologe wüsste, was davon zu halten war. Sie musste mit Mara reden. Und dabei gleich beichten, was bei dem Zeltfest vorgefallen war. Aber auch dafür musste sie erst den Mut aufbringen.

Mit Schrecken fiel ihr etwas Anderes ein: Wenn tatsächlich Eifersucht als Motiv hinter den Taten steckte, wenn es wirklich um Monika ging, dann war Max genauso in Gefahr. Berenike sah auf die Uhr. Kurz vor sechs. Gerade richtig, um im ›Grünen Kakadu‹ zu Abend zu essen und dabei mit Max zu reden. Ihn aushorchen – und warnen.

Kurz entschlossen überquerte sie die Straße, eilte durch den düster daliegenden, einsamen Kurpark. Vorbei am Denkmal Erzherzog Johanns. Der Sand auf den Wegen roch feucht nach Kindheit und Spielplätzen und ein wenig nach Traurigkeit. Klumpenweise blieb er an ihren Schuhen kleben. In der Traun paddelten ein paar verwegene Enten und quakten laut.

Ein Streifenwagen fuhr außen am Park vorbei. Ihr kam der Gedanke, die Polizisten nach Jonas zu fragen. Oder ob Inspektor Kain aufgetaucht war. Nein, der Moment passte nicht.

Lieber eilte sie weiter. Autos mit bereits eingeschaltetem Abblendlicht passierten den Park. Etwas hinter ihr knackte, ein Zweig vielleicht, oder ein Vogel, der in der Dämmerung nach Würmern suchte. Berenike drehte sich um. Sie war die einzige Fußgängerin weit und breit. Vielleicht eine umherschleichende Katze, die nach Vögeln Ausschau hielt. Apropos Katzen, ihre drei warteten vermutlich schon auf das abendliche Futter. Das würde später Beschwerden geben …

Die weit voneinander entfernten Straßenlaternen flammten auf. Das war etwas am Landleben, woran sich Berenike erst hatte gewöhnen müssen, nachdem sie die

Großstadt verlassen hatte. Es knackste hinter ihr. Sie fuhr herum – nichts außer einem Ast im Wind … Jetzt nur nicht paranoid werden!

Das China-Restaurant war seit Jahren geschlossen. Berenike passierte eine Trafik, ein weiteres Trachtengeschäft. Dabei dachte sie an das Gespräch in Bernds Werkstatt. Ob die Grauhaarige sie tatsächlich nur aus Angst vor der Presse aus dem Geschäft geworfen hatte? Sie hatte ihren Chef ein bisschen sehr verteidigt. Womöglich hegte sie mehr als mütterliche Gefühle für ihn. Kam vor … Amouröses war eben allüberall.

Berenike schüttelte den Kopf. Sie bekam diese vielen Fäden einfach nicht recht auseinandersortiert!

Endlich war sie beim Grünen Kakadu angelangt. Ein traditionelles Wirtshaus, das Gebäude selbst uralt. Rundherum alles finster, einsam. Die Geschäfte hatten geschlossen, jetzt gab's keinen Grund mehr, zu Fuß unterwegs zu sein. Typisch Dorf. Dabei besaß Bad Aussee Stadtrecht … mit nicht einmal 5.000 Einwohnern. Haha.

Berenike hielt einen Moment inne, ehe sie zur Klinke griff und die Tür aufstieß. Im Vorraum waberte ihr Küchendunst entgegen, vermischt mit dem Geruch von verschüttetem Bier, Rauchschwaden. Sie durchquerte den Vorraum. Das Stimmendurcheinander wurde lauter, je näher sie dem Schankraum kam. Noch eine Schwingtür, und sie stand in einem mit dunklem Holz möblierten Raum, dessen gepflegte Einrichtung schon Jahre oder Jahrzehnte auf dem Buckel hatte. Auf den schweren Tischplatten lagen kleine, rot karierte Deckchen, darauf standen Vasen mit Frühlingsblumen. Löwenzahn, Veilchen. Von der Decke baumelten Lüster, die die Form von Hirschgeweihen hatten. Altmodisch und doch stilvoll. Nur die Vorhänge sollte man austauschen, verstaubt und grau wie sie waren.

Breitschultrig stand Max hinter seiner Bar und zapfte Bier. Natürlich steirisches. »Ah, Berenike! Grüß dich!«, rief er ihr dröhnend zu.

»Servus Max!«

»Und Franzi! Zwei unwiderstehliche Frauen in meinen unwürdigen Hallen!« Er lachte fröhlich.

Berenike fuhr überrascht herum, bemerkte erst jetzt, dass hinter ihr noch jemand eingetreten war. »Oh, Franziska, hallo. Ich habe dich nicht bemerkt, bist du grad gekommen?«, sagte sie überflüssigerweise.

Die junge Frau nickte. Sie war ganz in Schwarz, wie schon bei ihren früheren Aufeinandertreffen. An diesem Abend trug Franzi ein barock anmutendes Kleid mit weitem Ausschnitt und bauschigem, sehr kurzem Rock, unter dessen Saum schwarze Strapse hervorschauten. Dazu hatte sie geschnürte Stiefelchen à la Kaiserin Sisi angezogen.

»Was wollt ihr trinken?«, fragte Max und sah Berenike tief in die Augen.

Sie musste lächeln. Draufgänger! Ein charmanter allerdings. »Machst mir eins?« Sie deutete auf den Zapfhahn.

»A Halbe?«

»Natürlich. Was sonst?«

Max pfiff anerkennend. »So ist's recht, Berenike.« Er stellte das volle Glas ab und griff nach einem frischen leeren. Ein paar Männer an der Bar sahen interessiert zu.

»Und du, Franzi?«

»Eine Melange, bitte.«

Berenike setzte sich auf einen Barhocker. Sie stellte sich vor, wie Max und Monika bei dem Zeltfest einander nähergekommen waren. Sie unterdrückte ein Grinsen. Max wusste wohl nicht, dass sie wusste ... und er war wohl noch stolz drauf.

Die Tür zum Festsaal stand offen, Frauenstimmen erklangen. Nur ein oder zwei Bassstimmen mischten sich darunter. Irgendein Volkslied, Berenike hatte es schon mal gehört. Gar nicht so schlecht.

»Meine Güte, was für eine Katzenmusik!«, stöhnte Franzi, die sich auf der Theke abstützte. »Kann man die nicht ausschalten?«

»Geh, Franzi«, besänftigte Max wie ein lieber Onkel. »So, einen Moment, gleich bin ich bei euch, ich bring nur die Bestellungen rüber. Dann mach ich eure Getränke.« Er trug ein Tablett mit vollen Biergläsern nach nebenan. In dem Festsaal hatte Berenike selbst einmal beim Trachtenball, einem der Höhepunkte der Ausseer Faschingssaison, getanzt.

Max kehrte zurück und kickte die Tür hinter sich zu. Dabei warf er einen langen stummen Blick auf Franziskas Kehrseite und zog eine Braue hoch. Er trat hinter die Bar und warf die Kaffeemaschine an, schäumte Milch auf, goss sie auf den Kaffee, schob Franzi ihre Tasse zu. »Bitte schön.«

»Deine blöden Hirschgeweihe sind so was von out«, murrte die Schwarzgewandete statt eines Danks.

Max verdrehte die Augen. »Dein Bier kommt gleich, Berenike.«

»Schon recht«, nickte sie.

Franziska stellte ein Bein auf die Fußstütze vor sich und streckte dabei ihren Po ausladend nach hinten. Tatsächlich, sie trug Strapse. Jetzt sah man's genau. Auch was darüber war – nämlich nichts, oder fast nichts. Außer der straffen Haut. Das musste man ihr lassen. Ein Raunen ging durch den Raum.

Ein Knall – ihr Bier. Berenike sah auf, lächelte.

»Wohl bekomm's!«, sagte Max.

»Danke.«

Sein Gesicht war nah, sehr nah.

»Du, Max …« Sie hielt inne. »Vielleicht sollt ich was essen. Gibt's Kasnocken?« Damit war das mit der schlanken Linie wohl gegessen. Egal. Dünn war sie lang genug gewesen, früher, als gestresste Businessfrau, doch deswegen nicht glücklicher. Zumindest hatten sich die Magenprobleme mittlerweile vertschüsst.

»Kannst du haben«, grinste Max und schaute ihr tief in die Augen. Er drehte sich um und rief ihre Bestellung durch eine Durchreiche in die Küche. Franziska rutschte von ihrem Sitz und ging Richtung Toilette.

»Gibt's was Neues von deinem Jonas?«, fragte Max mit eigentümlicher Betonung und lehnte sich zu ihr. »Wie laufen die Ermittlungen?«

»Keine Ahnung. Du weißt ja, wie Polizisten sind. Sie halten sich lieber bedeckt.«

»Ich weiß.« Max verzog die Mundwinkel. »Im Ernst, ich hab Jonas schon eine Weile nicht gesehen.«

»Ach …« Berenikes Hände spielten mit dem Bierglas.

Max beugte sich näher zu ihr. »Sei kein Schaf«, sagte er leise und seine Stimme klang fast ein wenig väterlich, »oder zumindest nicht so ein sturer Bock wie ich. Lass den nicht laufen, wenn er dir wichtig ist. Den Blödsinn hab ich einmal gemacht. Sie ist nie wiedergekommen.«

»Das tut mir leid, Max.« Berenike hustete. »Es ist nicht so wie du denkst. Er wurde angeschossen.«

»Spital?«

»Nein, zum Glück nicht.«

Max sah interessiert an. Er weiß es, dachte sie. Er weiß, dass ich keine Ahnung habe, wo Jonas ist. Wie's ihm geht, was er macht. Und wenn es Max wusste, wussten es alle. Hier blieb wirklich nichts geheim. Sie seufzte. Dann lieber ein Themenwechsel.

»Wie ich hör, ist es bei dir ja … sagen wir, fidel zugegangen auf dem Schützenfest.« Berenike grinste betont lässig.

»Ermittelst du wieder?«, fragte Max.

»Och.« Sie hob die Schultern. »Man hört halt einiges über Leut, die man gut zu kennen meint.«

»Wirklich?« In seinem Blick stand zu lesen, dass ihm klar war, worauf sie anspielte. Und er war noch stolz darauf … Männer!

»Es tut mir leid um die Monika«, sagte Max und seufzte.

»Was für ein Tod. Sie war mir nicht grad sympathisch. Dass sie Nazi-Größen als Ehrengäste einlädt …«

»So nah ist sie mir ja nicht g'standen.«

»Geh, Max … Ich weiß Bescheid.«

»Ich auch. Nämlich dass du bei der Demo warst.« Max kniff die Augen zusammen und sah sie forschend an.

Shit, noch ein Zeuge … Nur weil sie die Menschen in der Menge kaum erkannt hatte, hieß das nicht, dass man umgekehrt sie nicht wiedererkannt hatte. »Max, lass uns von was Anderem reden. Du könntest in Gefahr sein.«

»Oh, Berenike, du machst dir Sorgen um mich?« Sein Blick wirkte prüfend. Er roch nach Tabakqualm. Nicht unangenehm. Nur ungewohnt, weil sie selbst nicht mehr rauchte. Womöglich hatte er sich Sylvie und Paul angeschlossen, fiel ihr ein – als die nach der Lesung eine ›Friedenspfeife‹ rauchen wollten. Und was das hieße …

»Wenn tatsächlich Eifersucht die Morde ausgelöst hat, Max, dann könntest du der Nächste sein.«

»Hast du das von Jonas?« Max starrte sie lauernd an und griff nach einer Schachtel Zigaretten. Camel ohne Filter. Passte zu ihm.

»Man bekommt halt einiges mit, in meinem Salon und bei privaten Gesprächen, du kennst das doch.«

»Natürlich.« Raschelnd fingerte er sich eine Zigarette aus der Packung, ohne recht hinzusehen, steckte sie zwischen die Lippen und redete daran vorbei weiter. »Im Gegensatz zu den anderen kann ich mich wehren, Berenike.«

Etwas klimperte neben ihr. Franziska war zurück, saß auf ihrem Hocker. Berenike hatte gar nicht gehört, wie sie zurückgekommen war. Gerade hatte sie klirrend den Löffel auf die Untertasse geworfen. Das Geschirr war mit einem Muster aus fliehenden Hirschen bemalt. »Was für ein Alpenkitsch! Fällt dir nichts Besseres ein, Max?«

Max verdrehte erneut die Augen und zündete sich seinen Glimmstängel an.

»Und du, Berenike, du bist wohl eng befreundet mit dem da?« Ein harter Blick traf Berenike, wanderte zu Max und zurück.

»Und wenn schon?« Berenike ließ Franziska nicht aus den Augen. »Warst du auf dem Schützenfest eigentlich auch so … schräg gekleidet?«

»Gefällt's dir?«, antwortete Franziska, jetzt zuckersüß. Es stimmte, was irgendwer auf Sylvies Lesung gesagt hatte – dass Franzi auf Lob total versessen war. »Ich mixe gern ungewohnte Stile zusammen. Das ist mein Markenzeichen.« Mit großen Augen wartete Franziska darauf, dass Berenike weitersprach. Wie sie lächelte, wirkte sie gleich viel jünger. Und verletzlicher. Um Aufmerksamkeit, Zustimmung und Lob heischend. »Normalerweise«, fuhr Franziska fort, »bin ich nicht für solche Feste zu haben. Aber in der Not frisst der Teufel Fliegen. Was soll man denn hier sonst unternehmen am Abend? Ich bin nur auf Besuch, weißt du.«

»Das habe ich gehört. Du hast ein eigenes Modelabel? Da kannst du stolz drauf sein.«

»In England, ja.«

»Ich habe selbst eine Weile in England gelebt.«

»Hast du da studiert?«

»Nein, nein, ich war für einen Job in London. Eventbranche, weißt du.«

»Muss geil sein.« Franziska schaufelte mit ihrem kleinen Löffel das Schlagobers vom Kaffee, leckte das weiße Zeug langsam ab und trank in großen Schlucken.

»Schon.« Berenike zuckte die Achseln. »Eine Weile zumindest. Irgendwann hatte ich genug von der Hektik.« Sie musste der fast Unbekannten nicht alles auf die Nase binden, die erlebte Gewalt genauso wenig wie den folgenden Zusammenbruch. »Jetzt bin ich froh, meine eigene Chefin zu sein.«

»Das hat was, gell? Übrigens – du kennst meinen Vater, glaub ich. Fabian heißt er.«

»Fabian, den Bergretter?«

»Genau, der ist mein Vater.«

»Ich hab ihn letzten Winter kennengelernt, als diese schreckliche Lawine vier Menschen mit sich gerissen hat.«

»Das waren keine natürlichen Todesfälle, hab ich gehört?«

»Zwei davon nicht, das hat sich später herausgestellt.«

»Mein Vater hat davon erzählt.« Franziska zeigte grinsend ihre Zähne, ihre Kiefer mahlten. Sie spielte mit dem Löffel, klimperte damit gegen die Tasse, trommelte auf die Untertasse, als wäre sie Teil eines Schlagzeugs. Eine Weile sahen sie beide Max dabei zu, wie er noch mehr Bier zapfte.

»Und jetzt haben wir einen neuen Mordfall. Hast du Kurt beim Zeltfest erlebt?«, fragte Berenike dann. »Er soll wahnsinnig eifersüchtig sein.«

»Tödlich eifersüchtig war er schon immer.« Franziska zuckte betont lässig die Achseln. »Was glaubst du, wer der Mörder war, Berenike? Oder dein schicker Polizeifreund, was denkt er? Wo ist er eigentlich?«

Etwas polterte laut, enthob Berenike einer Antwort. Die Tür zum Festsaal war aufgestoßen worden und gegen die Wand geschlagen. Der Gesang war kurz lauter zu hören, ehe die Tür zufiel. Ein grauhaariger Kerl in grün-grauem Trachtenanzug und Goiserern stapfte auf die Bar zu. Schräg sah er Franzi in ihrer Kostümierung an.

»Ah, Franzi. Was macht die Meisterklasse? Studium bei Vivienne Westwood!« Er tippte sich kopfschüttelnd an die Stirn, eine Strähne fiel ihm in die Augen. »Du spinnst ja, Franzi. – Max, eine Halbe noch, bitte schön.«

»Mach ich, Anselm.«

»Ich komm gleich zurück.« Der Trachtenmann wankte Richtung Toiletten.

»Berenike …«, fing Max an.

»Der alte Trottel weiß nicht, was er sagt«, murmelte Franziska und nahm die Tasse in die Hand. Sie setzte sie an die Lippen, merkte, dass sie leer war, drehte sie in den Händen hin und her.

»Wie wäre es«, schnurrte Max und lehnte sich zu Berenike, »ich habe morgen Ruhetag, wie wäre es, wenn wir was zusammen unternehmen?«

Franziska besah sich immer noch ihre Tasse, von allen Seiten, runzelte die Stirn, stand auf. Sie ging zur Tür, drehte sich um und mit einer plötzlichen Bewegung donnerte sie die Tasse gegen die Wand hinter der Theke.

»Oha, Franzi«, machte Max. »Schön ruhig bleiben.« Die Tasse schlug hinter ihm auf dem Boden auf. Berenike zuckte zusammen, glotzte Franziska nach, hinter der bereits die Tür zufiel. Max bückte sich nach der Tasse, hob sie auf. »Heil geblieben, nur der Henkel ist ab, na so was. Und Berenike, wie sieht's aus?«

»Netter Vorschlag, Max.« Sie stockte. Vielleicht wäre es gut, rauszukommen. Vielleicht – irgendwann. Später. Wenn dieser Fall geklärt war. »Nur hab ich keine Zeit. Tut mir leid.« Und das tat es wirklich.

MÖRDERISCHES LOGBUCH – EINTRAG 4

Und dann ist es vorbei. Einfach vorbei. Ganz plötzlich.

Dann ist sie tot und du weißt nicht mehr, wie es gekommen ist.

Du hast es getan. Du hast es tatsächlich getan.

Du stehst da und plötzlich fehlt dir jedes Gefühl. Außer dem, dass die Tote zu stinken anfängt. Und dass du irgendwas tun musst, das weißt du. Damit du nicht auffliegst, damit alles weiter seinen Gang geht. Hast dir nicht überlegt, was mit dem toten Körper geschehen soll.

Du musst was tun.

Nur: was?

11

Telefon. In der Dunkelheit der Nacht. Unbarmherzig, schrillend wie ein Schuss. Berenike fiel aus dunkelsten Träumen zurück ins Jetzt, fühlte sich, als würde ihre Seele hart auf dem Boden aufkommen, als würde ein schwarzer Ball auf weichem weißem Grund platzen.

Sie wartete, hörte Regen ans Fenster trommeln, der das Läuten fast übertönte. Knipste die Nachttischlampe an, die rosigen Schein auf das Bett warf, und streckte die Hand nach dem Telefon auf dem Nachtkästchen aus. Ein leichtes Zwacken in der Hand – Miss Marple, die neben dem Polster lag, hatte sie gebissen.

Mit der anderen Hand krallte Berenike endlich das Mobiltelefon. Unterdrückte Rufnummer. Auch das noch. 3 Uhr 57 brüllten ihr die Leuchtzahlen des Weckers entgegen. Vielleicht war es Jonas, die Dienststelle hatte eine geheime Rufnummer. Berenike zitterte, es war kalt im Schlafzimmer, Wind rüttelte an den Fensterscheiben, sie drückte auf die Annahmetaste. »Ja bitte?«

»Ein Toter paddelt in der Traun. Bei der Mercedes-Brücke in Bad Aussee.« Die Stimme hörte sich emotionslos an. Irgendwie verstellt. Wie durch Computer verzerrt. Solche Programme gab es, das Internet hielt für jeden irgendwas parat, das wusste sie.

»Wer spricht da?«

Tuten. Aufgelegt. Ein Scherz, hoffentlich nur ein Scherz. Vielleicht sollte sie nun Jonas anrufen. Sämtliche Kraft verließ sie. Sie sank gegen das Kopfteil des Bettes, Miss Marple, nunmehr die Sanftheit in Person, legte ihr Köpfchen in Berenikes Schoß. Müde besah sie ihre Hand. Kleine Striemen, halb so wild.

Berenike überlegte hin und her, was sie am besten tun sollte. Sie dachte an das letzte Beisammensein mit Jonas. Sie müsste ihm endlich gestehen, dass sie Monika angegriffen hatte. Damals bei der Demo. Am Tag, bevor ihre Leiche aufgetaucht war. Je mehr Zeit verging, umso peinlicher wurde es. Umso verdächtiger machte sie sich. Sie vermisste ihn. Vermisste, wie er sie in einer solchen Situation tröstete. Und vielleicht war bereits Gras über ihre Überreaktion gewachsen – wenn bis jetzt nichts davon an seine Ohren gedrungen war. Darauf musste sie hoffen.

Und irgendetwas musste sie unternehmen. Womöglich war der Anruf kein blöder Scherz. Berenikes Gedanken drehten sich im Kreis. Den Polizeinotruf alarmieren! Genau. Das würde jeder tun. Und niemand würde ihr komische Fragen stellen. Weil sie dort niemand kannte.

»Wir kümmern uns drum«, sagte ein ihr unbekannter Beamter nach ihrer Schilderung und ließ sich ihren Namen buchstabieren.

Nach dem Auflegen lehnte sich Berenike zurück. Sie fand keine Ruhe mehr, ihre Gedanken kreisten um die Frage, wie viel Wahrheit hinter dem Hinweis auf eine Leiche steckte. Nach einigem Hin- und Hergewälze, das sogar Miss Marple vertrieb, sprang sie auf und zog sich an. Sie würde an den – angeblichen – Ort des Geschehens fahren. So erfuhr sie wenigstens, ob die anonyme Ankündigung am Telefon stimmte. Konnte mit eigenen Augen sehen, ob … und wer … und wie … warum … Nein, der Grund für einen Mord war nichts, was man sehen konnte. Man musste raten, sich einfühlen, erkennen. Jonas war gut darin, seine Kollegin Mara erst recht. Sie erkannten die Botschaft, das Motiv. Oft ging es dem Täter darum, gehört, verstanden zu werden – endlich verstanden zu werden. Weil ihm niemand zuhörte.

Die Katzen maunzten, als Berenike das Haus verließ, als ob sie sie davon abhalten wollten, den Tod aus der Nähe zu sehen. Dabei schreckten die drei Gauner selbst vor Totschlag nicht zurück, zumindest in Sachen Mäuse und Vögel.

An der Tür empfing sie Nässe. Der Regen trommelte auf die Erde, rann in Bächen die Straße entlang. Zumindest ging kein Wind. Im Dunkel fuhr sie los, vorsichtig, die Brille auf der Nase. Es war dunkel, wie es nur sein konnte.

Die Fahrt war ein Katzensprung. Berenike parkte beim Kurhaus. Einen Moment saß sie still, lauschte dem Prasseln der Regentropfen auf dem Autodach.

Zögernd stieg sie aus und betrat den Kurpark. Ihre Haare hingen ihr binnen Minuten triefend in die Augen, Wasser rann ihr Gesicht hinab. Das Licht der Laternen verschwamm in der feuchten Nacht. Kein Geräusch außer dem des intensiven Regens. Kein Mensch weit und breit zu sehen. Der Regen hatte bereits Lachen auf dem Boden gebildet, denen Berenike vorsichtig auswich. Fröstelnd passierte sie das Erzherzog-Johann-Denkmal. Erst vor wenigen Stunden war sie genau hier durchgegangen! Sie schauderte. Womöglich war zu dem Zeitpunkt schon etwas passiert! Nein, das hätte sie bemerkt. Sich jetzt nicht irre machen lassen!

Sie näherte sich der Traun, das Rauschen des Flusses vermischte sich mit dem des Regens. Lichter wurden erkennbar. Scheinwerfer, die die Ermittler aufgestellt hatten. Deren grelles Licht ließ das Geschehen wie eine Filmszenerie wirken. Fehlten noch Kameramann, Schauspieler, ein zappelnder Regisseur und jede Menge Kabel. Und neugierige Passanten. Die trafen allerdings langsam ein, einige mit Schirm bewaffnet, andere mit Wetterfleck oder Trachtenjanker.

Berenikes Schritte knirschten auf dem feuchten Kies. Etwas in ihr sperrte sich dagegen, näher zu gehen, ein anderer Teil wollte unbedingt wissen, was los war. Dem Tod ins Angesicht sehen. Irgendwo quakten leise Enten.

Überall gluckste und gluckerte es. Von allen Seiten Wasser. Der Regen trommelte auf die Brücke im Zentrum des Kurparks, so laut, dass Berenike sich die Ohren zuhalten wollte.

Hier sollte es also sein, dem Telefonanruf nach zu schließen. Und tatsächlich, da lag eine Gestalt, unter der Brücke, ein verkrümmter Körper, von grellem Licht beleuchtet, blutige Verletzungen im Gesicht. Der nackte, blasse Oberkörper des Toten am sandigen Ufer, die behosten Beine bewegten sich in der Strömung der Hochwasser führenden Traun, als würde er tatsächlich paddeln. Der ganze Körper nass, selbst die Haare, als wäre er von der Traun angeschwemmt worden.

Ein Vogel piepste, ein Wunder, dass seine Stimme gegen das Geprassel überhaupt ankam. Der Regen hatte tatsächlich nachgelassen, die Tropfen trafen nur mehr sachte auf die Blätter, wie ein Streicheln. Kalt war es immer noch. Berenike kuschelte sich in ihre Lodenjacke – ein Zugeständnis an das feuchtkalte Ausseer Klima. Der Himmel wurde grauer, heller. Morgendämmerung. Ein Mann mit Nordic-Walking-Stöcken betrat weit entfernt den Kurpark, nichts ahnend. Er hatte sich eine Kapuze tief ins

Gesicht gezogen. Breite Hüften, Bauch. Ein zweiter Mann begleitete ihn, ohne Stöcke hastete er neben dem anderen her.

»Nike?«

Berenike schrak zusammen. Sie hatte nicht auf die schwarz gekleidete Gestalt geachtet, die von der Leiche aufsah und näher kam.

»Jonas. Jonas!« Sie wusste mit einem Mal nicht weiter. So viel, was sie ihm sagen wollte – und davon kein einziges Wort parat. »Ich habe schon gedacht – ich weiß nicht …« Einen endlosen Moment lang sahen sie sich an. Als gäbe es keine Leiche, keine Vogelstimmen und keine Zuschauer. Als gäbe es überhaupt nichts mehr. Als wären sie allein auf der Welt. Auf einer Insel, die nur ihnen gehörte.

»Was machst du denn hier, Berenike?«

»Ich … habe den Notruf gewählt.«

»Ach, das wusste ich nicht. Der Kollege hat nur eine Zeugin erwähnt, ich habe mich noch nicht darum gekümmert. Also, was ist passiert? Hast du die Leiche entdeckt?«

»Nein. Mein Telefon hat mitten in der Nacht geläutet.«

»Und?«

»Und … eine Stimme hat mir eine Leiche angekündigt.«

»Und da hast du den Notruf unter 133 angerufen.« Es klang nicht wie eine Frage.

»Na ja, ich bin aus dem Schlaf hochgeschreckt.« Mit einem Mal kam es ihr komisch vor, dass sie nicht ihn informiert hatte. »Ich war durcheinander.« Sie scharrte mit einem Fuß über den nassen Kies. Jonas bewegte sich nicht, stand immer noch knapp vor ihr. Sie hätte nur die Hand ausstrecken brauchen und …

Was sollte sie sagen? Sie war eben ausgezuckt. Weil man

sie zu oft im Leben aus dem Weg geschoben hatte. Weil sie das alles satthatte, und weil sie die Nazi-Geschichten nicht mehr hinnehmen wollte. Dieses Grinsen im blondumrahmten Gesicht … da hatte sie mitten hineingeschlagen. In das Lächeln.

Tief durchatmend blickte Berenike zu Jonas auf. Sie stand so nahe bei ihm, dass sie sehen konnte, wie sich seine Brust hob und senkte, ja, sogar hören konnte sie, wie er Luft holte. Ein paar letzte Regentropfen rannen in ihren Nacken. Eine Krähe saß schwarz und stumm auf einem Ast über ihr. Schlug ihr Herz überhaupt noch? Offensichtlich. Sie fror, wusste nicht weiter, ließ die Schultern kreisen.

»Langsam, Berenike.« Jonas machte einen winzigen Schritt auf sie zu, endlich. Blieb stehen, der Kopf ganz nahe an ihrem. Dann verschränkte er die Arme vor dem Körper. Er trug nur einen dünnen schwarzen Pulli, weißes Verbandszeug lugte unter dem Ärmel hervor, leuchtete im sanften Zwielicht. Der Himmel hinter dem Kurpark färbte sich zaghaft violett. Jonas stand da, seine Augen nahmen die Farbe des Himmels an. Die Wolkendecke riss auf, färbte sich rosa und plötzlich, wie eine Verheißung, trat golden gleißend die Sonne hervor. Wenn Jonas noch einen Schritt – nur noch einen einzigen – machen würde. Dann könnte sie, würde sie …

Berenike verlor den Gedanken, wie alle anderen zuvor.

»Nike, bitte, erzähl der Reihe nach. Jemand hat dich angerufen?«

»Genau.« Sie nickte heftig, der Nacken knackste. »Um 3 Uhr 57. Ich hab auf den Wecker geschaut. Ich bin ziemlich erschrocken.«

»Ein Anruf am Handy«, sagte sie schnell, damit sie

alles hinter sich hatte. »Jemand sagte, hier an der Mercedes-Brücke sei eine Leiche.« Sie schnappte keuchend nach Luft.

»Und die Nummer?«, fragte Jonas hoffnungsvoll.

»Wurde unterdrückt.«

»Hast du etwas an der Stimme erkennen können?«

»Nein ...«

»Irgendeinen Hinweis?«

»Nichts.«

»Könnte es jemand gewesen sein, den du kennst?«

»Nein – ich weiß es nicht, ich glaube nicht. Ich war noch im Traum verfangen, nicht richtig wach – mein Herz klopfte heftig.«

»Natürlich, jeder würde sich bei einem Anruf um die Uhrzeit erschrecken, Nike.« Er sah sie lange und intensiv an. Würde er sie jetzt endlich in den Arm nehmen? Sie wärmen? Nein. Er blieb stehen, ganz der aufmerksame Ermittler, der trotz Müdigkeit 100 Prozent gab. Natürlich, so kannte sie ihn. Deshalb fragte sie jetzt auch nicht, wo er neulich hingegangen war.

»Meinst du, der Anrufer war eher ein Mann oder eine Frau?«

»Ich weiß es echt nicht«, sagte Berenike und versuchte, den Anruf geistig Revue passieren zu lassen. Er war einfach zu kurz gewesen. »Die Stimme klang ... unecht.«

»Verstellt?«

»Kann sein. Oder durch Computer verändert.«

»Danke, Nike.« Ein langer Blick streifte Berenike. Sie hob die Hand. Da, jetzt zitterte sie tatsächlich, ihre Knie fühlten sich furchtbar wackelig an. Sie griff nach dem Brückengeländer, stützte sich ab. »Geht es, Nike? Soll dich jemand heimbringen?«

Du, wollte sie sagen und brachte das Wort nicht heraus. »Danke, es geht mir sicher gleich besser.«

»Na gut, wie du meinst. Du kannst immer noch Bescheid geben, wenn du möchtest. Ich werde deine Aussage vorbereiten«, sagte er geschäftig, »dann ersparst du dir wenigstens, alles noch einmal zu erzählen. Du kannst sie doch beim Posten unterschreiben kommen?«

»Bei Inspektor Kain?«

»Nein, der ist vorläufig suspendiert.«

»Also ist er aufgetaucht?«

»Ist er. Man wird erst noch sehen, was aus ihm wird. Vielleicht bekommt er irgendeinen Innendienstjob.«

»Das wäre typisch. Gut, ich komme am Posten vorbei.« Wäre schön gewesen, wenn er den Wisch zu ihr nach Hause gebracht hätte. Aber er hatte natürlich zu tun, sie verstand das.

Berenike sah Jonas nach, wie seine schwarze Gestalt sich dem Toten näherte. Zielstrebig, nach allen Seiten wachsam bewegte er sich durch den Park. Bei der Leiche am Flussufer angekommen, sagte er etwas zu den Kollegen. Berenike folgte ihm. Von der Brücke aus erkannte sie Reinhard, den Gerichtsmediziner. Er hob grüßend eine Hand in ihre Richtung. Und für einen Moment sah Jonas noch einmal zu ihr auf. Sein Gesichtsausdruck war undefinierbar.

*

»Nichts zu machen – tot«, kam es von Reinhard, dessen blonder Haarschopf im Licht der Scheinwerfer leuchtete.

»Scherzkeks«, brummte Jonas.

Jonas sah zu Berenike auf. »Es ist besser, du gehst, Berenike«, rief er. »Willst du das wirklich alles sehen?«

»Doch, das will ich. Ihr kennt mich ja.«

»Hm, nun gut. Bitte bleib, wo du jetzt bist – du weißt, wegen der Spuren.«

»Natürlich.« Sie kannte ihn lange genug. Heutzutage wusste jedes Kind vom Fernsehkrimikonsum, dass man einen Leichenfundort nicht betreten durfte. Hätte man glauben können. Nicht so die Neugierigen, die immer mehr wurden und ständig von den Uniformierten zurückgehalten werden mussten. Leute mit großen Einkaufstaschen in der Hand oder Aktenmappen unter dem Arm. Menschen, die sich verhielten, als wollten sie zum Kurhaus und dann doch einen Haken Richtung Schauplatz schlugen. Die näherkamen, wie zufällig, betroffen wirkende Fragen stellten. Gemeinsam war ihnen nur ihre Spekulation darüber, wer der Tote war. Und ob es sich um einen Unfall handelte. Und wenn nicht, was als Mordwerkzeug gedient haben mochte. Und natürlich wer in einem solchen Fall der große Unbekannte war: der Täter. Zum Glück war von Johnny, dem Mann vom Regionalfernsehen, nichts zu sehen.

Zwei Uniformierte bewachten die Absperrungen. Funkgeräte knatterten. Vor die Sonne hatten sich neuerlich dichte, schwarze Wolken geschoben. Die Luft roch feucht, erdig. Gleich würde es regnen, ganz sicher. Eine Kirchenglocke läutete zur Morgenmesse.

Reinhard machte langsame Schritte um die Leiche herum, hob leicht den Kopf an, drehte ihn vorsichtig.

»Ihr seht, wie sich die Halswirbelsäule bewegen lässt. Demnach würde ich sagen: Genickbruch.« Reinhard, ganz in Schwarz, deutete auf den Hals des Toten. »Oder erschlagen. Was ursächlich für den Tod war, muss man noch untersuchen. Diese Kopfverletzung hier an der Stirn könnte tödlich gewesen sein. Je nachdem, was zuerst geschehen ist. Das wird erst die Obduktion zeigen.«

»Woher könnte die Kopfverletzung stammen?«

»Der Form nach zu schließen …« Er sah den Toten nachdenklich an.

»Eine Flasche?«, mutmaßte Berenike.

»Nein, in dem Fall müsste man blutige Kratzer und Schnittwunden sehen. Und schaut hier die kleinen, geformten Schürfungen innerhalb der halbrunden Verletzung an.«

»Und das heißt?«

»Spann uns nicht auf die Folter«, machte Jonas.

»Ein Schuh«, sagte Reinhard.

»Ein Schuh?«

»Ein Schuh. Das Einzige, was mir zu dieser Sache einfällt. Stell dir eine Sohle vor und deren Absatz.«

»Worauf willst du hinaus?«

»G'nagelte. Die Abdrücke der Nägel könnten dieses Muster ergeben auf der Haut.«

Jonas kramte in seiner Jackentasche, zog eine Brille heraus, setzte sie auf. Die musste neu sein! Stand ihm gut, das Gestell mit dem dunklen Rahmen. Aufmerksam besah er sich von allen Seiten die Verletzungen. »Könnte sein, dass du recht hast. Das heißt, ein Wanderschuh als Tatwaffe?«

»Muss was Robustes gewesen sein. Handarbeit, nix aus China, wo alles nur geklebt ist.«

»Und nicht lange hält«, mischte sich Berenike automatisch ein. Irritiert sahen die Männer zu ihr hoch. Jonas mit Brille auf der Nase wirkte fremd. Und chic.

»'tschuldigung, fiel mir nur so ein.« Sie schüttelte den Kopf über sich selbst.

»Also Goiserer«, sagte Jonas und nahm die Brille ab.

Mit dem eigenen Schuh erschlagen, dachte Berenike und

sah die nackten Füße des Mannes an. Goiserer. Zweifach genähte, robuste Fußbekleidung, die der Legende nach ein Bergführer erfunden hatte, nachdem er sich bei einem Unfall über sein steifes Schuhwerk geärgert hatte, das ihm die Rettung erschwert hatte. Später ließ sich Kaiser Franz Josef als passionierter Jäger ebenfalls Schuhe in Goisern anmessen. Sein Hofstaat machte es ihm prompt nach. Ein Paar Schuhe kostete damals einen Monatslohn.

»Oder Haferlschuh. Irgendwas in der Art.« Reinhard ließ einen Finger über die Wunden gleiten. »Etwas, womit man in den Bergen unterwegs ist. Das würde die Schwere des Schlages erklären.«

Jonas schaute auf, weil sich ein dicklicher Mann um die 50 mit schnellen Schritten vom Hauptplatz her näherte. »Was ist mit Motorradstiefeln?«

»Verdächtigst du etwa mich?« Reinhard lachte dröhnend. Ein Seitenblick traf Berenike. »Oder deine Freundin? Oder gar dich selbst?«

»Haha. Es ist nur …« Jonas unterbrach sich, an der Absperrung entstand Unruhe. Der Dicke war nahe heran gekommen, versuchte, einen Uniformierten wegzuschieben.

»Moment, bleiben Sie stehen!«, rief Jonas.

Der Dicke stoppte abrupt. »Um Himmels willen!« Er keuchte und sah Jonas an. »Was für ein Unglück!«, rief er und zupfte an seinem rot karierten Hemd, das um die Mitte spannte. »Ich bin der Tourismusdirektor, Karger mein Name.« Er deutete eine Verbeugung an, räusperte sich. »Man hat mir von einer Leiche …« Dann bemerkte er den Toten. »Jössas – das ist ja der Klein Anselm. Der hat dort drüben seine Schuhwerkstatt. Und wohnen tut er im Stock direkt darüber. Was ist denn passiert? Ein Unfall?«

»Ermordet«, sagte Jonas und sah Karger abwartend an.

»Nein! Wie gibt's denn das? Was für ein Unglück. Was sollen wir denn, wer wird jetzt ...« Der Dicke schnaufte, zerrte ein Taschentuch hervor. Blütenweiß, nicht kariert wie sein Hemd.

»Was meinten Sie mit den letzten Worten?«, fragte Jonas sanft und blinzelte, weil ein vorwitziger Sonnenstrahl zwischen den Wolken hindurchkam und ihn traf.

»Ich meine«, der Tourismusdirektor hustete in das Taschentuch, »ich meine, dass Anselm für das Narzissenfest die Schuhe für die Hoheiten herstellen wollte. Uns kommen sämtliche Ausstatter abhanden, das ist nicht zu fassen! Zum Verrücktwerden! Nach Bernd nun der Schuhmacher.«

»Gab es Konkurrenz unter denen, die gern ausgestattet hätten?«, fragte Jonas.

»Gehn's, bei uns in der Region ist das kein Thema. Wir ziehen hier alle an einem Strang.« Karger schnäuzte sich und sah halb zu Jonas auf. »Sagen Sie, Herr ... ähm ... Inspektor ...?«

»Lichtenegger«, brummte Jonas automatisch.

»Herr Lichtenegger, Sie und Ihre ... Kollegen, wie lang brauchen Sie hier? Sie sind doch bald fertig? Und weg? Und er da auch?« Karger deutete mit seiner Schuhspitze auf den Toten. »Also, weg?«

Fast hätte Berenike laut gelacht, wie Jonas mit offenem Mund dastand, für einen kurzen Moment sprachlos.

»Bad Aussee ist Kurstadt, meine Herren«, fuhr Karger fort, nunmehr mit weinerlicher Stimme. »Wir leben von unseren Gästen. Wir möchten ihnen unsere Stadt von ihrer besten Seite präsentieren. Ohne Mordopfer. Das haben unsere Herrschaften daheim zuhauf!«

»Dann müssen Ihre Gäste eben eine Weile ohne Kurpark auskommen«, zischte Mara, die gerade hinzutrat. »Stellen Sie meinetwegen Baustellenschilder auf oder tarnen Sie das sonst wie.«

»Was?« Unwillig drehte sich Karger zu der Sprecherin herum. »Wer sind Sie denn?«

»Wander, Kripo Graz. Sonst noch was?«, schnappte Mara.

»Nein. Natürlich nicht. Ich ...«, Kargers Tonfall wurde untertänig. »Ich hoffe ... ähm ... Was wollte ich sagen? Egal. Viel Erfolg bei den Ermittlungen. Dass Sie mir das so rasch wie möglich aufklären, ja?«

Keiner der Ermittler sagte was. Versteinerte Gesichter. Nur Reinhard, der etwas entfernt stand, verzog die Lippen, als wolle er sich ein Grinsen verkneifen.

»Und jetzt entschuldigen Sie mich. Ich habe viel zu tun.« Der Dicke deutete auf ein Gebäude gegenüber vom Park. »Sie halten mich über die Entwicklung auf dem Laufenden?« Als niemand antwortete, lüpfte er einen imaginären Hut und eilte den Weg zurück, den er zuvor gekommen war.

»Was war das denn?«, murrte Mara und zum ersten Mal, seit Berenike sie kannte, hörte sie sich durch und durch unfreundlich an.

»Vergiss ihn«, brummte Jonas. »Wir haben viel zu tun.«

»Alle Ermordeten haben mit dem Narzissenfest zu tun«, murmelte Berenike. »Und alle waren in Tracht. Er hier ebenso. Dirndl, Trachtenhemd, jetzt Trachtenschuhe als Mordwaffe.«

»Da könntest du was Wichtiges sagen.« Mara war hinzugetreten und sah Berenike interessiert an. »Eine Gemeinsamkeit. Außerdem wurde wie bei den zwei anderen Opfern hier eine Waffe eingesetzt, zu der man dem Opfer nahe kommen muss.«

In diesem Moment trafen die Bestatter ein und hoben auf Reinhards Erlaubnis hin den Toten in einen Sarg. Etwas fiel zu Boden. Berenike versuchte mehr zu erkennen. Jetzt hätte sie ihre Brille gebraucht! Die lag wie üblich an einem Ort, an den sie sich nicht erinnerte.

Das konnte kein Zufall mehr sein. Monika hatte sich fürs Kartenlegen interessiert, okay. Spätestens jedoch bei der Tarot-Karte neben Bernds Leiche an der Mühle hätte sie stutzig werden sollen. Und jetzt überhaupt. Denn neben dem toten Schuhmacher lag eine Karte mit dem Gehängten. Ausgerechnet.

Während die anderen die Karte etwas ratlos betrachteten, wandte sich Berenike zum Gehen.

»Grüß euch!« Sie hob die Hand.

»Servus!«, rief Reinhard. Jonas winkte, ohne sich zu ihr umzudrehen. Am Kirchturm blinkte die Sonne. Und wieder hatte sie die Chance verpasst, Jonas von ihrer Verfehlung zu erzählen. Sie musste einen Moment finden, in dem keine weiteren Zeugen dabei waren.

12

Während der ganzen Fahrt hinauf nach Altaussee durch das seltsam wechselnde Licht ging es in Berenikes Kopf ebenso so durcheinander wie beim Wetter: Sonne, Wolken, Regen, alles wechselte, und das ständig. Typisch Ausseerland, zu jeder Jahreszeit. Und in ihrem Kopf – drei Tote. Die tote Frau im Fluss, der Mann an der Mühle, jetzt der Schuster unter der Brücke. Und: drei Tarotkarten. Dazu Sylvie, die immer noch vermisst wurde. Das Narzissenfest als verbindendes Element – mit Ausnahme Sylvies. Dann die Trachtenkleidung. Auch in diesem Punkt lief Sylvie außer der Reihe – sie trug nie Tracht und interessierte sich nicht für alpine Traditionen. Genau darum war sie bei ›Pessoas Erben‹ gelandet, weil die Autorengruppe abseits der üblichen Pfade tätig war …

Und doch spürte Berenike, spürte es, wie sie es immer spürte, dass all diese Dinge zusammenhingen – auf tödliche Weise. Ihr war nicht klar, auf welche Weise. Wenn der Täter etwas gegen das große Fest hatte, das man in der Nachkriegszeit für die Touristen erfunden hatte – warum hatte er dann nicht eine Narzissenkönigin getötet? Das würde mehr Aufsehen erregen. Es musste um etwas Anderes gehen. Etwas, das zwar mit dem Fest zusammenhing, jedoch nicht allein damit.

Die Tarotkarten! Sie musste ihre eigenen konsultieren. Sich von deren Anblick inspirieren lassen. Hoffentlich fand sie die Karten endlich. Berenike parkte und öffnete schwungvoll die Tür zu ihrem Salon. Und prallte zurück. Etwas blitzte.

»Frau Roither, es ist mir ein Vergnügen ...«

Ein Reporter, auch das noch! Wenigstens nicht Johnny. Doch hinter dem Zeitungsmann, den sie von einem früheren Mordfall kannte, saßen und standen jede Menge Leute und wogten ihr entgegen.

»Was für eine morbide Morgenbeschäftigung, Frau Roither!«, tönte eine Männerstimme von hinten. Gleichzeitig leuchtete direkt vor ihr ein Blitzlicht auf. Irgendwie musste sich herum gesprochen haben, dass sie die Nachricht von der neuen Leiche als Erste erfahren hatte.

»Das Foto werden Sie vernichten, haben Sie mich verstanden?« Berenike sagte es leise und sah den Burschen mit den leicht fettigen Haaren lange an, bis dieser den Blick senkte. Na also, ging ja.

Sie kämpfte sich den Weg frei Richtung Theke. Alle Tische waren besetzt, eigentlich mehr als das. Selbst um die Bar drängten sich die Gäste.

Es roch nach Schweiß und muffigen Klamotten und nach noch etwas Undefinierbarem, Süßlichem. Der Geruch erinnerte Berenike an etwas. Hinter den vielen Köpfen und Hindernissen erkannte sie den aufgetürmten braunen Haarschopf von Lieselotte, eine große rote Masche obendrauf. Ihr rettendes Ufer.

»Da bist du endlich!«, rief die Kellnerin. »Ich weiß nicht, wo mir der Kopf steht!«

»Jetzt bin ich ja da. Wir werden das gemeinsam schaffen. Alles eine Frage der Zeit.« Berenike sah sich um. »Also, wer hat noch nichts bestellt?«

»Ich«, meldete sich einer der Fischer, »ich hätt' gern einen Earl Grey, aber lass dir nur Zeit.«

»Wir können warten, Berenike«, lächelte ein anderer.

Berenike spürte, wie trotz des Trubels etwas von der

Spannung von ihr abfiel. Das hier war ihr Zuhause, hier gehörte sie hin. Mit einer Intensität, die sie selbst überraschte, war sie dankbar für all das, was hier entstanden war, für all die Menschen, die nun zu ihrem Leben gehörten.

»Du hast also wieder was erlebt, wie man hört«, sagte Lieselotte.

»Kann man sagen. Man hat mich telefonisch von einer neuen Leiche informiert.«

»Oh nein, wie grässlich.« Die Kellnerin deutete auf einen Riesenstapel Kartons. »Das ist übrigens gerade geliefert worden.«

Berenike griff nach einer Schachtel. ›Oster-Freuden‹ stand darauf gedruckt. Inhalt: Schwarzer Tee, Sonnenblumenblüten und Eierlikör-Aroma. Eierlikör! Berenike schlug sich vor die Stirn. »Na klar, daher der Geruch. Darauf hätte ich von selbst kommen können.«

Lieselotte grinste. »Müssen wir nachher probieren«, sagte sie etwas entspannter und nahm Kuchen aus der Vitrine. »Ist ein wenig umfangreich ausgefallen, deine Bestellung.«

»Das verkaufen wir locker. Alle wollen gern Kleinigkeiten verschenken, selbst zu Ostern. Wo sind übrigens die Geschenkkörbchen?«

»Hinten im Büro.«

»Okay. Soll ich Susi holen, damit sie hilft? Den Mittagstisch muss auch irgendwer kochen.«

»Wäre gut.«

»Okay, dann bis gleich, ich bin im Büro.«

Eine Weile später hatte sie Susi telefonisch um Hilfe gebeten. Danach bereitete Berenike eine Frühlingssuppe aus wilden Kräutern vor. Alles Grüne durfte diesem Gericht beigefügt werden. Schöner Gedanke, dass es in alter Zeit zu Ehren Freyas, der Göttin der Fruchtbarkeit, gegessen worden war. Heute war die Speise fast in Vergessenheit geraten, vielleicht weil sie als Armeleuteessen an harte Kriegszeiten erinnerte. Ging Berenike Kräuter sammeln, war sie fast immer die Einzige weit und breit, die das tat. Apropos – sie musste bald einmal nach Bärlauch Ausschau halten gehen. Dann könnte sie endlich Pesto machen. Diesmal gab sie in ihre Suppe neben den Erdäpfeln Brennnesseln, Gundelrebe und Sauerampfer und verfeinerte mit Sauerrahm und etwas Petersilie.

Als sie zurück in den Gastraum kam, hatte sich das Chaos an der Theke wundersamerweise gelichtet, die Gäste saßen zufrieden vor ihren Getränken, Susi und Lieselotte sortierten gemeinsam Osterschmuck.

»Wir werden die grünen Tischdecken nehmen«, entschied Berenike. »Die passen zur Jahreszeit. Und darauf kommen die kleinen Körbchen mit den Häschen und den Küken.« Kitsch as Kitsch can, die Touristen erwarteten so was. Zumindest achtete Berenike darauf, dass alles immer adrett und elegant aussah, niemals verstaubt. Ein Crossover eben.

»Berenike, hallo!« tönte es mit voller Bassstimme hinter ihr. »Du hast was Interessantes erlebt?«

»Oh, servus, Paul! Wie geht's?« Immer schön freundlich bleiben.

»Danke. Hab gerade eine Besprechung wegen unserem Narzissenfest gehabt. Die Zeit vergeht und flugs wird es so weit sein.« Er kratzte sich am Kopf. »Wenn sich bis dahin nur alle Probleme in Wohlgefallen auflösen.«

»Gut, dass du davon anfängst. Ich …« Jetzt nur taktisch klug vorgehen. »Ich könnte vielleicht etwas beisteuern zum Fest.«

»Du?«, fragte Paul skeptisch. »Ich dachte, du bist dagegen?«

»Wegen der Demo, meinst? Geh. Das Fest an sich finde ich schön.«

»So.« Er verschränkte die Hände auf der Theke vor sich und blickte sie aufmerksam an. »Aber?«

»Nix aber. Das Fest ist toll. Ich bin nur gegen Nazis als Ehrengäste. Über deren Teilnahme sollte man echt noch einmal nachdenken.«

»Meinst du …?«

»Meine ich, ja. Ich bitte dich, ein Politiker, der die Türken in Wien mit Juden vergleicht, von denen die Stadt gesäubert werden soll? Wenn das nicht ewiggestrig ist, was dann? Der ist keine Auszeichnung für Altaussee.«

Paul räusperte sich. »Vielleicht hast du recht. Man wird das diskutieren müssen. Nur wie lädt man wen aus, ohne das Gesicht zu verlieren? Das ist diplomatisch äußerst blöd. Er ist der Geschäftspartner von meinem Chef.«

»Das versteh ich schon. Dir fällt sicher was ein, Paul.«

»Ist es nicht schlauer, die Kerle einfach mit Verachtung zu strafen?« Paul lächelte sie an und griff nach der Karte.

»Und hoffen, dass sich das von alleine auswächst? Nein, Paul – es tut mir leid –, das tut es nie.«

»Klement ist immerhin Vize-Parteivorsitzender der Nationalen Bewegung. Der Mann hat viel für die Region getan.«

Ach ja, diese rechte Partei gab's immer noch. Obwohl vor Jahren einer ihrer führenden Politiker ermordet worden war. Hier in Aussee.

»Dann red halt mit dem Klement. Ich bin sicher, viele Gäste würden sich von so einem Ehrengast abgeschreckt fühlen und erst gar nicht herkommen. Glaub mir.«

Paul nickte. »Wir werden sehen.«

»Und ich würde mich gern an der Organisation beteiligen. Immerhin liegt mein Salon nahe an der Bootskorso-Strecke. Was muss man tun, um mitwirken zu dürfen?«

»Müssen muss man gar nichts, Berenike. Können kann man alles.« Er lachte. »Wir können jede Hand gebrauchen. Schließlich arbeiten alle ehrenamtlich. Hast du übermorgen am Abend Zeit? Da haben wir Besprechung im Grünen Kakadu.«

»Beim Max, soso.«

Paul zwinkerte. »Soso?«, fragte er und es klang zweideutig.

Berenike nahm den Kalender und blätterte darin. Das ging leichter als gedacht. »Also, übermorgen hab ich noch nichts vor. Ich schreib's mir gleich auf.« Sie griff nach einer Füllfeder, die immer mit grüner Tinte gefüllt war, grün wie eine der Farben ihres Salons. »Und jetzt, Paul, die wichtigste Frage: Was möchtest du trinken?«

Nachdem Paul und ein paar andere Gäste ihren Tee bekommen hatten, kehrte ein wenig Ruhe in Berenikes Salon ein. Einige Touristen zahlten, zwei Frauen stöberten bei den neu erschienenen Büchern im Literatursalon, allen voran den ›Do It Yourself‹-Guides. Schien groß in Mode, Selbermachen unter englischem Namen. Was Omas noch wie selbstverständlich handgestrickt hatten, war eine Weile darauf verpönt gewesen – und jetzt zum kreativen Hobby geworden. Obwohl das Ergebnis immer dasselbe war: Pullover, Schals und Co.

Berenike wechselte die CD, legte asiatische Instrumental-Musik auf. Und jetzt die Tarotkarten suchen. Sie kramte unterhalb der Theke. Sie hatte die Karten doch erst kürzlich gesucht und war abgelenkt worden.

Sie richtete sich auf und schüttelte den Kopf. Es musste sich was ändern. Mehr Konzentration, bitte! »Lieselotte, sag, hast du hier irgendwo Tarotkarten liegen gesehen?«

»Tarot? Willst du unter die Wahrsagerinnen gehen? Sicher ein netter Zuverdienst.«

Berenike verdrehte die Augen. »Du siehst doch, dass genug zu tun ist hier. Nein, ich brauch die Karten für mich. Ich bin ganz sicher, dass ich sie hierher mitgenommen hab.«

Paul schlürfte geräuschvoll an seinem Tee und beobachtete sie, wie sie suchte und Sachen durchwühlte. Unter der Theke waren sie nicht, stattdessen jede Menge Staub und Brösel. Und eine Teetasse mit Katzenmotiv, die sie seit Langem vermisst hatte. Die Karten jedoch waren weg. Wenn sie nur niemand gestohlen hatte. Es war schließlich ihr persönliches Set. Jeder Mensch, der es berührte, würde seine Schwingungen darauf hinterlassen, Spuren seiner Gefühle und Gedanken. Deshalb bewahrte sie die Karten in einem eigenen Täschchen auf. Und wenn sie ab und zu Räucherzeug verbrannte, getrockneten Salbei oder Weihrauch, dann hielt sie die Karten zur Reinigung darüber. Und jetzt waren ihre Karten von Crowley also weg …

Am Weg nach Hause dachte sie über deren Verbleib nach. Wie ärgerlich, dieser Verlust!

Die Straßen waren noch nass vom Regen, doch der Himmel hatte aufgeklart. Erste grüne Spitzen leuchteten an den Bäumen, die Erde in Frau Gasperls gepflegtem Garten war dunkelbraun und fest vor Feuchtigkeit.

Berenike fröstelte, als sie ausstieg und zum Haus ging. Oben in ihrer Wohnung kamen alle drei Katzen zur Begrüßung angehopst, fanden es wohl zu klamm für Spaziergänge im Freien, maunzten vorwurfsvoll, als hätte sie den Regen bestellt. Berenike kraulte sie, spielte ein bisschen mit ihnen. Genoss das weiche Katzenfell, Miss Marples Anhänglichkeit.

Nachdem die Katzen gefüttert worden waren, bereitete sie sich Lindenblütentee zu. Vielleicht wurde ihr davon endlich wärmer und ruhiger ums Herz. Der Vorrat an den duftenden, gelblichen Blüten ging bereits zur Neige. Wurde Zeit, dass es Frühling wurde und die Linden zu blühen anfingen! Berenike freute sich schon auf den süßen Duft in ihrem Teegarten.

Mit Kanne und Tasse setzte sie sich an ihren Küchentisch. Die Stille dröhnte in den Ohren, als würden ihre Gedanken zu viel Lärm veranstalten. Sie drehte das kleine Radio an. Klassische Musik erklang. Die Katzen warteten rund um Berenike, Miss Marple eroberte ihren Schoß. Clever, die Kleine. Und kuschelig warm …

Doch nach der ersten Tasse packte Berenike die Unruhe. Sie nahm Miss Marple hoch, setzte sie trotz der mit heller Stimme gemaunzten Beschwerden auf die weich gepolsterte Sitzbank und stand auf. Sie musste diese Tarotkarten finden! Zielstrebig marschierte sie auf das Regal im Wohnzimmer zu. Nichts, obwohl sie von oben bis unten alles durchging. Als Nächstes die Kommode im Schlafzimmer: Negativ. Dafür viel Kleinkram, den sie nicht benötigte. Einiges wanderte gleich in den Müll. Passte zum Frühling, das Ausmisten. Aber keine Tarotkarten. Nirgends.

Sie war sich schon zuvor sicher gewesen, dass die Karten im Salon lagen. Gelegen waren. Irgendwer musste sie genommen haben.

Berenike schauderte zum zweiten Mal.

13

Am Morgen schien strahlend die Sonne, als wäre es nie anders gewesen, als würde sie in der Südsee wohnen und nicht im wettermäßig launischen Salzkammergut. Berenike beschloss, zum ersten Mal in diesem Jahr, mit dem Motorrad zu fahren. Weit besser gelaunt als am Vortag ging sie hinunter und wollte es zur Vorbereitung aus der Garage schieben. Und da stand er.

»Servus, Nike.«

Jonas. Sein Blick unstet, verweilt kurz bei ihren Augen, wandert zu seinen Schuhen, zur Tür, hinter der Frau Gasperl rumort, wieder zu Berenike.

Ein Lächeln stiehlt sich in ihre Mundwinkel, noch zögernd, wärmt ihr Herz. »Komm rein!« Sie nimmt seine Hand, zieht ihn ins Haus, die Stiege hinauf in ihre Wohnung. Die Berührung mit seiner Haut, mit seinem lebendigen, warmen Körper ist wie ein elektrischer Schlag. Ein Prickeln schießt von ihren Fingern ausgehend durch ihren Körper, in ihren Bauch, ihre Brüste, hoch in den Kopf und zurück.

Oben drückt sie ihre Wohnungstür von innen zu und lehnt sich dagegen. Aber wie er sie ansieht … Diese dunklen Augen, Jonas-Augen, sein violettes Hemd, sie kennt sonst niemanden, dem diese Farbe steht. Verwuschelte schwarze Locken, Bartschatten, und Ringe unter seinen Augen. Da ist endlich wieder Feuer in seinem Blick und sie möchte sich wärmen daran, hat das Gefühl, zu erfrieren, wenn sie nicht endlich …

»Nike, ich …«

»Jonas.« Mehr bringt sie nicht heraus.

Sie stehen so nah beieinander, dass sie seinen Atem in der Halsbeuge spürt. Der nächste Stromschlag. Ein ganzes Kraftwerk. Sie kann ihn riechen, den Duft seines Körpers, Jonas-Duft, sonst nichts. Noch näher – sie legt einen Arm um seine Hüften – ,wie von selbst kommt jede ihrer Bewegungen. Allem, was in letzter Zeit war, zum Trotz.

Sein Kopf, seine Wange an ihrer. Ihre Brüste berühren seinen Oberkörper, Kribbeln, Hitze. Er küsst ihren Hals, mit ihrer Beherrschung ist es vorbei. Sie erwidert den Kuss so wild, mitten auf den Mund, dass sie kaum Luft bekommt, Atem holen muss. Er ist jetzt selbst unbeherrscht, Zungen, Lippen, Bartstoppeln. Umfasst sie mit beiden Armen, sie lehnt sich gegen die Wand, plötzlich kraftlos, eine Stütze suchend. Er steht ganz nahe bei ihr, kein Bogen Papier würde zwischen sie passen. Dann stößt er sich ein wenig von ihr ab, sieht sie an, lässt seine Finger langsam über ihre Schultern, ihre Arme, ihre Brüste tanzen, dass sich ihre Spitzen verräterisch aufstellen, ihm entgegenrecken. Seine Hände gleiten über ihre Hüften, er drückt Berenike näher an sich, noch näher. Sie packt mit beiden Händen seine Pobacken, zieht ihn heran, so nah es geht. Das Eis ist geschmolzen, endlich geschmolzen, nur mehr flüssige Lava übrig. »Nike, Nike …!« Seelenverwandtschaft in all ihrer Körperlichkeit.

Später liegen sie im Bett, Miss Marple maunzt.

»Nike, ich …« Er auf dem Rücken, stößt keuchend den Atem hervor. Seine Arme umfangen sie. Die Hitze zwischen ihnen tut wohl, verbindet.

»Nike, erschrick nicht. Bitte. Mara hat einen Hinweis erhalten. Über dich.«

»Was?« Ihr Ton muss so seltsam sein, dass die Katze erschrocken wegläuft, vor sich hin maunzend. »Von wem denn?«

»Das … wird sie dir selbst sagen. Mara wollte dich vorladen.«

»Stehe ich unter Verdacht, oder was?« Sie hat zu lange geschwiegen. Blöd. Trotzdem diese Wut!

»Nike, bitte! Ich hab versprochen, dich abzuholen – unauffällig. Wegen deines Lokals. Du weißt schon.«

»Und das sagst du mir jetzt!« Wie kalt ihr ist. »Du bist nur deswegen hergekommen«, flüstert sie und ihre eigene Stimme kratzt in ihrem Hals. Sie sitzt plötzlich, ohne sich an die Bewegung erinnern zu können, nur an die Wärme kurz zuvor. Seltsame Höhe, aus der sie auf ihn herabsieht, wie er daliegt, braune Haut in ihrem Bett. Wie er sie anschaut, einen Arm unter den Kopf geschoben.

»Was, ich meine … Weswegen, Jonas?« Zeit schinden, sie weiß nicht, ob das noch was bringt. »Und wieso hast du das nicht gleich gesagt?«

»Es tut mir leid.«

»Du mit deinem *Tut mir leid.* Hör auf damit!« Sie will nur mehr weg von ihm. Verdammte Kälte. »War's schön, ja?«, schreit sie die Wand an. »Geilt dich das auf mit einer Verdächtigen? Träumst du davon?«

»Was für ein Blödsinn. Ich …«

»Und was ist mit Franzi, gefällt sie dir?«

»Ich bin ein Mann, Nike …«

»Ich hab euch gesehen, vergiss das nicht. Hast du es mit ihr auch gemacht?«, schreit sie.

Er streckt eine Hand aus, sie weicht ihm aus. »Nike, ich hab doch nur … Ich reagiere nun mal auf solche Reize.«

»Hau ab!« Sie springt auf. »Hau endlich ab! Verschwinde! Aus meinem Bett und aus meinem Leben!«

»Nike …«

Jetzt fehlen ihnen beiden die Worte. Die Matratze ächzt, als er sich bewegt, seine Füße tapsen über den Holzboden. Stoff raschelt, dann Schritte Richtung Küche. Sie atmet einmal tief durch, schlüpft in einen Kimono. Sieht sich im Spiegel, ihre Wangen glühen rot. Sie schaut aus dem Fenster, reibt mit beiden Händen über ihre Oberarme unter dem Seidenstoff, über die erhitzte Haut. Aber ihrer Seele ist kalt.

Im Flur scheppert etwas. »Ich habe fast drauf vergessen …« Jonas steht in der Tür. »Ich hab was für Miss Marple.« Er hält eine grüne Spielmaus in der Hand.

»Ich werde mit ihr reden, Jonas.« Einatmen, ausatmen. Kann man zu atmen aufhören? Lässt dann die Kälte nach? »Mit Mara. Ich verspreche es. Aber jetzt geh, bitte.« Draußen vor dem Küchenfenster maunzt Kater Spade, eine Amsel fliegt auf, zetert wütend.

Berenike spürt seinen Körper hinter sich, die Wärme, die Jonas ausstrahlt, seinen Atem, der ihr Ohr streift, ihren Nacken. Er geht vorbei.

»Geh!«, flüstert sie, der Hals tut ihr weh.

»Ja. Ja, ich geh ja schon. Es … Servus, Nike.«

Die Tür klappt hinter ihm ins Schloss. Und dann ist sie allein.

Allein …

*

»Ich bin froh, dass du gekommen bist«, sagt Mara Wander und streicht die langen blonden Haare nach hinten.

Wie schick sie immer ist! Draußen scheint die Sonne, es ist Nachmittag. Was für ein Tag! Berenike hat in ihrem Salon angerufen, Lieselotte etwas von Halsweh erzählt und sie gebeten, im Notfall Susi als Aushilfe zu holen. Und dann ist sie losgegangen, zu Fuß, hinunter zum Hotel Seesturm, in dem die Kriminalpolizei ihr Quartier aufgeschlagen hat.

Berenike nickt Mara zu. Sie fühlt sich erledigt – und aufgekratzt. Sich jetzt nur nichts anmerken lassen! Vielleicht geht es um ganz was Anderes.

Wie nebenbei sieht sich Berenike um. Schickes Hotel, der Seesturm. Mara sitzt allein in dem Raum, der als Büro dient und mehr wie eine Suite wirkt. Ein großer, glänzend lackierter Tisch in Schwarz, jede Menge Unterlagen, ein schnurrendes Notebook. Eine leere Kaffeetasse, daneben eine Thermoskanne. Zumindest keine Leberkässemmel. Hat sie Jonas noch nie essen gesehen – zumindest darin untypisch Polizei. Er schätzt ihre fleischlosen Gerichte und das allein ist mehr, als manch ein Mann in ihrem Leben geschafft hat.

Die roten, plüschigen Sessel sehen gemütlich aus, wenn der Anlass des Kommens ein anderer wäre. Von Jonas ist nichts zu sehen oder zu hören. Nur ihre Haut riecht noch nach ihm und seinen Berührungen …

Berenike streicht sich über die nackten Arme. Ihr ist kühl, obwohl sich ihre Haut immer noch heiß anfühlt. Ob Mara ahnt, das Jonas und sie gerade eben miteinander geschlafen haben? Berenike schiebt das Bild weg, dieses Bild von sich und ihm, ihre einander so nahen Körper, seine Wärme. Mit aller Macht schiebt sie es weg. Alles in ihr sträubt sich dagegen, doch es muss sein.

Danach ist ihr letztes bisschen Kraft versiegt und sie

sinkt auf einen der Sessel Mara gegenüber. Er ist weich und bequem, man könnte sich erholen darin. Erholen von allem, was vorgefallen ist. In all den Jahren. Wenn man Geld hätte. Und hier Urlaub machte. Viel Geld. Der Seesturm ist nicht billig. Berenike starrt auf die Tischplatte, hinter der Mara sitzt. Die Polizistin wirkt lässig, hat ein Bein über das andere geschlagen. Sie trägt enge helle Jeans. Es ist, als würde Mara überhaupt nicht altern, keine Falten bekommen, nicht zunehmen. Da ist sie wieder, Berenikes alte Eifersucht. Als würde Jonas mit einer Kollegin was anfangen.

Aber was weiß sie eigentlich wirklich von ihm! Berenike zwingt sich, nur auf das zu achten, was rundum sie ist. Ganz im Hier und Jetzt sein, ist denn das so schwer? Verdammt! Die Tischplatte vor ihren Augen. Ihr Blick bleibt an einem Kratzer im Holz hängen, so schnell tauscht man ein Möbelstück auch hier nicht aus. Sie hat Lust, mit dem Finger über die Rille zu streichen, lässt es sein. Der Kratzer erinnert Berenike an ihre Schulzeit. Und justament an Armin, ihre erste Liebe. Sie blieb unerwidert, leider oder zum Glück, wer könnte das heute sagen. Seinen Namen hat sie ins Holz der Schulbank geritzt, unter Gekicher ihrer Banknachbarin Alexandra. Und dann Gregor, der coolste Knabe des Viertels. Fußballer, Schulabbrecher, von daheim weggelaufen – vor der Alkoholikerfamilie im Gemeindebau, vor dem prügelnden Vater. In der bürgerlichen Josefstadt wirkte seine Wildheit bedrohlich auf manches alte Mütterlein, das die herrschende Ordnung in Gefahr glaubte. Aufregende Zeiten … Was wohl aus ihm geworden war? Alternativer Politiker?

Und nach Gregor viele andere, viele, viele, und schließlich: Jonas. Jonas …

Sie muss an etwas anderes denken, schnell. Statt an die Berührung seiner Haut, seiner warmen braunen Haut. Schluss damit!

»Was möchtest du, Mara?« Berenike hört, wie ihre Stimme zittert. Reiß dich zusammen, sofort! Sie zwingt sich, ihre Hände in den Schoß zu legen und die Kriminalpolizistin gerade anzublicken. Maras runde blaue Augen wandern über sie hinweg, sie ist schön, Mara, zu schön für ihren Beruf …

»Berenike, mir ist da etwas zu Ohren gekommen, das ich mit dir besprechen möchte. Tut mir leid für die Unannehmlichkeiten.« Mara benimmt sich schon so förmlich wie Jonas. Und wieder denkt Berenike an ihn!

»Danke, dass du nicht mit Blaulicht vor dem Salon aufgekreuzt bist.«

»Na ja«, seufzt Mara, »Jonas hatte diese Idee.«

»Es hätte im Ort viel Gesprächsstoff gegeben.«

»Das glaube ich.« Mara lächelt kurz, wird ernst, schaut zum Fenster raus, das direkt zum See geht. Sie sucht offenbar nach Worten. »Also, Berenike …«

Sie weiß es. Schlagartig wird Berenike das klar. Sie weiß alles. Wie konnte sie annehmen, eine Kriminalpolizistin wie Mara würde nichts von der Sache mit Monika erfahren?

»Ja?« Berenike bemüht sich um ein Pokerface.

»Jemand hat dich beobachtet. Außerdem ist Jonas als Ermittler befangen. Deshalb möcht lieber ich mit dir reden.«

»Ach.« Berenike braucht eine Dusche. Jetzt, sofort. Wenn sie Jonas nicht von sich abwaschen kann, wird der Wahnsinn nie aufhören. Diese ganze Sentimentalität. »Beobachtet«, keucht sie, »wobei?« Ruhiger atmen!

»Du hättest dich nicht hinreißen lassen dürfen, hm?« Mara sieht sie aus ihren Kulleraugen heraus an. Warmherzig, aber sachlich.

»Was … Wovon sprichst du?« Berenike schluckt. »Also, Mara«, sie versucht, ihre Stimme selbstbewusst klingen zu lassen. »Worum geht es?« Das konnte sie früher, die Businessfrau herauskehren, Nägel mit Köpfen machen, zur Sache kommen. Kühl, neutral. Na ja, nicht ganz. Nicht immer.

»Ich habe eine Aussage vorliegen, derzufolge du auf eines unserer Mordopfer losgegangen bist.« Mara zieht die Brauen hoch, was ihr nicht besonders gut steht. »Monika, um genau zu sein. Was hast du dazu zu sagen?«

Berenike starrt ihre Schuhe an. Sie hätte andere anziehen sollen. Der Dreck darauf, noch von der Wanderung zum Falkenstein, macht keinen guten Eindruck. Dass die Naht am rechten Fuß eingerissen ist, genauso wenig. Sie hätte auf ein seriöses Äußeres achten müssen. Das hier ist schließlich offiziell. Nun gut. Sie muss sich was einfallen lassen, damit Mara ihr glaubt – ihr abnimmt, dass alles ein Missverständnis war, dass es Gegenwehr war, Provokation und Gegenwehr, genau.

»Sie hat angefangen«, sagt Berenike und hört selbst, wie kindisch das klingt. Draußen vor dem Fenster trägt ein weiß gekleideter Kellner ein Tablett mit Kuchen vorbei.

»Unsere Zeugin sagt, du wärst auf Monika losgegangen.«

»Wer …?«

»Tut nichts zur Sache. Was ist passiert?«

»Ich habe niemanden angegriffen. Nur … Ein kleiner Unfall. Weil viel los war. Angerempelt hab ich sie und dann muss sie gestürzt sein.« Notlüge. Hm.

»Und davon hat sie sich das Nasenbein gebrochen?«, fragt Mara zweifelnd.

Berenike hebt die Schultern. »Davon weiß ich nichts. Ich meine, sie hat mich aus dem Weg geschoben, auf dieser Demo und …«

»Was für eine Demo war das?«

»Gegen Nazis als Gäste auf dem Narzissenfest.«

»Und?«

»Ich hab es satt, in dieser Art angegangen zu werden! Sie schiebt mich aus dem Weg, spuckt vor mir aus, da hab ich …«

»Was hast du?« Maras Blick ist gebannt, blaue Kulleraugen hin oder her.

»Ihr eine gflackt halt.«

»Und wie hat Monika darauf reagiert?«

»Na ja, ähm, ich … Sie wollte mich anzeigen.«

»Und dann?«

»Dann hat jemand sie Richtung Festzelt geschoben, und ich dachte die Sache ist ausgestanden. Ich hab mich entschuldigt, Mara! Es ist mit mir durchgegangen! Deshalb bring ich sie nicht um. Ich bitte, dich, du kennst mich. Es ist mir sowieso peinlich. Bist du denn für die ganzen Nazis oder was?«

»Natürlich nicht. Es geht nicht um meine Privatmeinung. Ich hab hier einen Job zu erledigen.«

»Und nun?«

»Du darfst heimgehen. Nur bitte bleib in der Gegend, sei so nett, hm?«

»Ah, aha, ah, danke«, stammelt Berenike, sie muss sich die Nase putzen, kramt nach einem Taschentuch, schnüffelt hinein. Hätte sowieso nicht vorgehabt, eine Reise zu tun. »Dann, äh, ja, Servus Mara.«

»Servus.«

Jetzt kann sie endlich ihre Dusche nehmen ... heimfahren und eine Dusche nehmen. Jawoll.

*

Wie im Nebel fuhr Berenike nach Hause. Draußen tatsächlich Nebel, in ihrem Kopf genauso.

Mara hatte alles gewusst, Jonas ebenfalls. Ob er sie deshalb mied? Der Herr Ach-so-korrekt?

Berenike wischte sich über die Augen und nahm eine weitere Kurve. Wie konnte er so leidenschaftlich zu ihr sein mit solchem Wissen im Hinterkopf? Sie fühlte sich ausgenutzt, verletzt ... Auch wenn sie sich an ihn rangeworfen hatte. Weil sie es gewollt hatte. Und er auch.

Endlich zu Hause. Nebel waberte um das Haus, durch den Garten, alles war verschwommen. Als ob die ganze Wirklichkeit ein böser Traum wäre. Berenike erledigte nur das Nötigste in der Wohnung, fiel früh ins Bett. Alle drei Katzen legten sich sanft zu ihr. Ungewöhnlich sanft ...

Am nächsten Morgen schon wieder keine Lust auf Frühstück. Also fuhr sie gleich hinunter nach Altaussee, diesmal tatsächlich mit dem Motorrad. Strahlend schien die Sonne. Als sie sich ihrem Salon näherte, bemerkte sie schon von Weitem eine ganz in schwarz gekleidete Gestalt, die offenbar auf sie wartete. Einen schrägen Moment lang hoffte Berenike, es sei Jonas. Dann erkannte sie Reinhard. Sie parkte, schob den Helm hoch. »Servus!«

»Grüß dich, Berenike.«

»Wartest du schon lang, Reinhard?«

»Kein Problem.« Er machte eine wegwerfende Geste. »Ich hab mich bei deinen Öffnungszeiten geirrt und wollte frühstücken.« Er rieb sich die Hände. Beim Eingang stand sein Motorrad.

»Das tut mir leid. Komm rein in die gute Stube.« Berenike schloss auf, ließ ihn eintreten. »Gleich wird dir wärmer.«

»Das hoffe ich«, lachte er sie an, fast wie Jonas. Fast. Er trat ein, Berenike folgte ihm. Drehte das Licht an, die Tür fiel hinter ihnen zu.

Nichts ist so leer wie ein leeres Lokal, dachte sie und ging an ihm vorbei, prüfte die Heizung. Alles okay. »Setz dich, such dir was aus in der Karte, ich komm gleich.«

Nun in eine bunte Tunika aus Afrika gekleidet, trat Berenike zurück an die Theke. »Und, was führt dich zu mir?«

»Ich habe frei und beschlossen, einen Ausflug zu machen.« Er verzog grinsend einen Mundwinkel. »Leichenfledderer brauchen mitunter kleine Pausen. Das schöne Wetter war zu verlockend!«

»Ja, nicht? Es tut gut, wenn es wärmer ist.«

Nachdem Reinhard bestellt und das Gewünschte erhalten hatte – Ceylontee und ein Croissant –, konnte sie sich nicht zurückhalten. »Hat man den neuesten Toten schon untersucht?«

»Man?« Hochgezogene Augenbrauen. »Ich. Du meinst mich, ja? Ich hab mir schon sagen lassen, dass du die Miss Marple vom Salzkammergut bist. Ja, ich hab den Toten untersucht.«

»Und? Komm, lass dich nicht bitten! Ich bin furchtbar neugierig, das muss sich bis zu dir herumgesprochen haben.«

Reinhard lachte. »Eigentlich dürfte ich dir gar nichts sagen. Du behältst doch alles für dich?«

»Immer. Du siehst doch – niemand außer dir hier.«

»Stimmt.« Erneut ein Lächeln. Sie begann, sich zu entspannen. Selbst wenn es nicht das Lächeln eines anderen Menschen war.

»Also?«

»Also ... der dritte Tote in dieser Serie wurde erschlagen. Wahrscheinlich tatsächlich mit einem Schuh.«

»Also doch.«

»Du hast die Spuren auf seinem Schädel selbst gesehen, Berenike. Eindrücke wie von genagelten Sohlen. Der Genickbruch ist zeitlich nach dieser Verletzung einzuordnen und könnte durch einen Sturz entstanden sein.«

»Anselm hatte die Werkstatt in der Nähe des Fundorts und wohnte direkt darüber.«

»Er könnte aus dem Fenster geworfen worden sein. Oder er ist selbst gestürzt und dann hat ihn der Fluss mitgerissen.«

»Und er kam unter der Brücke zu liegen.«

»So ungefähr. Daraus die richtigen Schlüsse zu ziehen, ist allerdings Sache von Jonas.«

Jonas, immer und überall Jonas. Krampfhaft dachte Berenike an was anderes, verscheuchte sein Bild vor ihrem inneren Auge. Aber ihrer Haut, der miesen Verräterin, gelang das Vergessen noch nicht.

Sie stützte sich auf die Theke, schnupperte an dem Obst im Körbchen. »Die Polizei wird die Wohnung sicher untersucht haben.«

»Hat sie, ich war dabei, um mich nach möglichen Tatwerkzeugen umzusehen. Die Blutflecke deuten auf einen Kampf hin, es war furchtbar unordentlich, sogar Möbel waren umgeworfen. Und die passenden Waffen, also Schuhe, lagen auch herum. Blutflecken daran.«

»Schön blöd, die nicht verschwinden zu lassen, oder? Wie willst du jetzt vorgehen?«

»Vergleichen. Abdrücke von den Schuhen machen, mit der Wunde vergleichen. Dann weiß man mehr.« Er lachte. »Also ich. Vielleicht ist DNA dran vom Täter. Oder Fingerabdrücke.«

»Glaubst du?«

»Nein. Nicht wirklich. Nur wenn es wirklich eine Tat im Affekt war, kann das sein. Sonst schützt sich heutzutage jeder Mörder mit Handschuhen, denn …«

»… das weiß heute jedes Kind aus den Fernsehkrimis.« Sie vermied, den Namen Jonas auszusprechen.

Reinhard sah sie wissend an. »Und jetzt lass uns von was Angenehmerem reden, Berenike. Wann machen wir unsere Motorradtour?«

Es klang verlockend. Raus aus dem Alltag, weg von den blutigen Taten. Etwas zu schnell ging ihr das im Moment. »Wenn ich mehr Zeit hab, okay?«

»Natürlich.« Reinhard lächelte sie rätselhaft an.

14

Endlich Abend. Sperrstunde. Draußen war es schon dunkel, als Berenike ihren Salon verließ. Und jetzt noch nach Bad Aussee, der große Moment: Sie durfte an den Planungen zum hehren Narzissenfest teilnehmen. Sie durfte sich nur ihren Schmerz nicht anmerken lassen, der sie überall hin begleitete.

Diesmal wich Berenike dem Kurpark weiträumig aus. Sie warf scheue Blicke in das dunkle, menschenleere Areal. Ihr war, als könnte man die Aura des Toten noch spüren, sein Leid, die erlittene Gewalt. Als würden seine Hände nach ihr greifen, sie um Hilfe bitten …

Schnell weiter, zum Grünen Kakadu. Der Gasthof lag hell erleuchtet da in der ebenso menschenleeren Straße, wie ein rettender Hafen.

Max begrüßte sie leutselig, wie immer hinter der Bar, Zigarette im Mundwinkel. »Ah, Berenike! Griaß di! Wie nett, dass du mich besuchst.«

»Na, nicht dich direkt – nimms nicht persönlich, Max!« Sie brachte mühsam ein Lächeln zustande. »Ich komm zur Sitzung fürs Narzissenfest.«

»Soso!« Er hob eine Augenbraue. »Allerhand, wennst dort dabei bist, bist wirklich schon eine von uns. Ein Bier?«

Sie nickte. »Gerne.«

»Kommt sofort.« Er griff hinter sich nach einem Glas, blinzelte den Rauch weg. »Von dir hört man wieder Sachen, Berenike!«

»So, hört man das?«

»Klar doch. Du bist unser Sherlock, so was spricht sich herum!«

Sie musste lachen. »So alt bin ich aber noch nicht.«

»Natürlich nicht«, sagte Max und sah sie anerkennend an. »Du erfährst schließlich vieles aus erster Hand.«

»Man hat mich telefonisch über die Leiche informiert. Ein anonymer Anruf. Ich konnte also nichts dafür.«

»Vielleicht doch. Dein Ruf spricht sich herum.« Max hielt das Glas unter den Zapfhahn, legte den Hahn um. Berenike sah zu, wie der helle Gerstensaft hinein rann.

»Geh, Max. Bis zum Mörder? Weißt du, es ist schon unheimlich, dass der Mord genau an dem Abend passiert sein muss, nachdem ich bei dir war.«

»Na und? Du bist hart im Nehmen, Berenike!« Max grinste anerkennend und ließ einen letzten Gupf ins Glas schäumen. Bier zapfen konnte er, der Max. »Du überstehst das schon.«

»Na ja. Nachträglich hätt' ich mich direkt fürchten können.«

»Du doch nicht, Berenike! Dann schon eher Franziska, die war schon als Kind ein Krewegerl, ein dünnes, und zum Sport ist sie nie gegangen wegen ihrem Rücken.«

»Ah so, wirklich?«

»Die hat irgendein angeborenes Leiden an der Wirbelsäule, glaub ich. Musst du den Paul fragen, der weiß das.«

»Ist mir eh egal.«

»Die Franzi muss neulich gleichzeitig mit dir gegangen sein, glaub ich. Hast du sie nicht mehr gesehen, Berenike?«

»Nein, eigentlich nicht.« Sie stutzte. »Wir hätten kaum den gleichen Heimweg gehabt, nehme ich an. Wo wohnt sie denn?«

»Das Haus ihrer Eltern steht in Lupitsch.«

»Und der Anselm? Der war hier an dem Abend. Ist er allein weggegangen?«

»Keine Ahnung.« Max zuckte mit den Achseln. »Ich weiß nicht mehr, wie lange der Gesangsverein probiert hat … Hab nicht auf die Uhr geschaut. Hab aufgepasst, dass mir keiner die Rechnung prellt. Weißt eh, wenn alle gleichzeitig zahlen wollen, entsteht Hektik und dann kann leicht was passieren. Unabsichtlich, sicherlich.«

»Sicherlich.« Sie sahen sich an und prusteten plötzlich beide laut heraus vor Lachen. Sie wussten, dass manche Gäste es darauf anlegten, absichtlich unabsichtlich eine Konsumation ›nicht genau zu nehmen‹. Drei Bier, vier Bier – was machte das schon, dachten sie. Und wenn der Gastwirt nicht alles boniert hatte, verlor er den Überblick, war der Loser, der Verlierer.

»Bitte schön!« Das Bier landete vor ihrer Nase. »Wohl bekomm's!«

»Danke!« Berenike hob das Glas und nahm einen kräftigen Schluck. Max nickte anerkennend und dämpfte seinen Glimmstängel aus.

Vorsichtig trug sie ihr Bier hinüber in den Nebenraum, wo die Besprechung stattfinden sollte. Der war wie der Schankraum mit alpinem Kitsch überladen, ein ausgestopfter Falke thronte vor einem der Fenster, mit ausgebreiteten Schwingen. Ein paar Leute saßen bereits wartend und untätig um einen großen Tisch, blickten neugierig zu Berenike.

Paul schälte sich aus einem Männergrüppchen und kam zu ihr herüber. »Grüß dich, Berenike. Schön, dass du da bist.« Eifrig schüttelte er ihr die Hand.

Berenike stellte ihr Bier ab und blieb stehen. Die Männer betrachteten sie neugierig von oben bis unten, ihre Blicke streiften ihr Glas, wechselten zwischen Anerkennung und Verwunderung.

Immer mehr Leute drängten herein. Max und ein junger Kellner, sehr schlank, etwas devot, servierten fleißig. Das Bier war genau richtig gekühlt, Berenike nahm einen großen Schluck, Paul prostete ihr mit seinem halb geleerten Bierglas zu.

»Also, meine Herrschaften!« Nach einer Weile klopfte Paul mit einem Kugelschreiber an sein Glas. »Fangen wir an! Ich darf um Ruhe bitten!«

Das Gegenteil trat ein. Sesselbeine scharten, es wurde getuschelt, jemand zischte: »Psst!« Endlich saßen alle und es wurde tatsächlich still.

»Ich eröffne hiermit die Sitzung des Narzissenfestvereins und begrüße euch zu dieser … traurigen Zusammenkunft. Wie ihr wisst, haben wir in letzter Zeit mehrere furchtbare Verluste hinnehmen müssen und …«

»Wie man's nimmt«, tönte eine kecke Stimme von der Tür her. Köpfe wurden gereckt, eine ganz in violett gekleidete Person schob sich durch die Tür.

»Franziska«, sagte Paul resignierend.

Über fliederfarbenen Leggins trug die junge Frau ein kurzes, ebenfalls fliederfarbenes, weit ausgeschnittenes Dirndl. Und dazu … hohe Stiefel. Nuttentreter. Schwarzes Leder. Na ja.

Paul nickte wie nebenbei grüßend, deutete auf einen Sessel und setzte hoffnungsvoll an: »Ich möchte gern eine Schweigeminute für unsere verstorbenen Freunde…«

»Freunde?«, unterbrach Franziska mit einer Stimme, die Berenike nicht recht einordnen konnte. Provokant blickte Franziska in die Runde.

Die meisten hatten ihre Köpfe gesenkt. In die Stille

schepperten Gläser, dazu ertönte die Stimme von Max, der irgendwas schimpfte.

Als die Minute vorbei war, ergriff Paul das Wort. »Ich danke euch.«

»Hat die Polizei eigentlich Kurt aufgetrieben?«, fragte eine ältere Frau und blickte Berenike fragend an.

Eine Wirtin vom Grundlsee, Berenike kannte sie vom Sehen. »Ich weiß nicht.«

»Und was ist mit Sylvie?«, tönte es von Franziska.

»Leider keine Ahnung«. Berenike zuckte die Achseln. Alle wussten um ihr Verhältnis mit Jonas. Sie würde das … – was eigentlich, Ende ihrer Beziehung? –, nicht mehr lange verheimlichen können. Und weiter in die Zukunft wollte sie gar nicht denken. Nicht jetzt. Sie griff zum Bierglas. Alkohol, alter Seelentröster.

Paul räusperte sich. »Gehen wir zur Tagesordnung über, es gibt vieles zu klären für unser Fest. Als Erstes möchte ich euch Berenike vorstellen, die meisten kennen sie bereits.«

Einige nickten ihr zu, viele freundlich. Immerhin.

»Sie möchte gern bei uns mitmachen. Wie ihr wisst, können wir jede helfende Hand brauchen. Das Fest wird von Jahr zu Jahr größer.« Zustimmendes Murmeln. »Ich weiß, einige haben gehört, dass sie sich gegen Klement als Ehrengast ausspricht und bei der Demo gegen ihn war. Ich meine, diese Einladung sollten wir noch einmal diskutieren, ein anderes Mal.«

»Unbedingt. Nikolaus Klement ist dem Ort seit Langem freundschaftlich verbunden«, murmelte die Wirtin, deren Name Berenike immer noch nicht einfiel. »Man kann ihn nicht einfach ausladen. Nichts gegen Berenike, aber sie ist nicht von hier. Sie kennt die Verhältnisse nicht.«

Meine Güte, fing das Thema wieder an, auch noch nach fünf Jahren hier!

»Lassen wir das«, sagte Paul, »das werden wir anschließend besprechen, Steffi.«

Ah ja. Steffi hieß die Frau. Und jetzt erinnerte sich Berenike, dass die Wirtin immer ein volles Haus hatte und während der Demo an Monikas Seite gewesen war.

»Nun, Leute«, Paul klimperte mit seinem Kugelschreiber gegen das Glas, »ich darf um Aufmerksamkeit bitten. Wer ist dafür, dass Berenike mitarbeitet?«

Viele Hände hoben sich.

»Wer ist dagegen?«

Keine Hand. Aha.

»Enthaltungen?«

Drei Hände. Okay. Damit konnte sie leben.

»Gut, wenn das geklärt ist«, fuhr Paul fort, »gehen wir zum Hauptpunkt. Durch den furchtbaren Tod unserer Mitstreiter sind große Lücken entstanden. Berenike hat angeboten, dass sie an Monikas Stelle Werbung und PR für das Fest übernehmen könnte. Das ist ein wichtiger Punkt.«

Applaus im Raum.

»Danke für das Vertrauen«, sagte Berenike und hüstelte. »Ich werde zusehen, dass ich mich schnell einarbeite, und alles Notwendige tun.«

Der Applaus wiederholte sich verhaltener.

»Hier hast du die bisherigen Unterlagen.« Paul schob ihr einen dicken Aktenordner zu. »Dann hat sich Elvira dankenswerterweise bereit erklärt, die Ausstattung zu koordinieren«, setzte Paul fort.

Eine kühle Blonde an die 30 stand auf und verbeugte sich knapp. Zustimmendes Murmeln im Raum.

»Bei der Ausstattung selbst müssten wir noch überlegen. Hat jemand Ideen, wer Kleidung und Schuhe beisteuern könnte?«

Stille. Scharrende Sesselbeine. Ein klirrendes Glas. »Ich habe doch…«, meldete sich eine Stimme von ziemlich weit hinten. Franziska. Ein schräges Grinsen im Gesicht, das eine Bein im Stiefel halb vorgeschoben.

Paul lächelte und runzelte gleichzeitig die Stirn. Lehnte sich zurück. Setzte sich noch breitbeiniger hin. Breitete die Arme aus. »Stimmt, Franzi, wir haben darüber gesprochen, dass du … Aber du weißt …«

»Was? Was weiß ich?« Franziska war aufgesprungen. Die Männer starrten ihr in den Ausschnitt. Fesch war sie, die Franzi, das musste man ihr lassen. Ihre Kleidung war gewagt – und interessant zugleich. Sehr interessant.

»Dein Stil. Du weißt, dass wir für das Narzissenfest im Gegensatz dazu …« Paul wischte sich plötzlich Schweiß von der Stirn. »Verdammt, Franzi, das hab ich dir alles erklärt!«

»Ach ja? Hast du das?« Die Stimme der jungen Frau war laut geworden.

»Ich habe es versucht, dir klarzumachen, und Monika genauso.«

»Stimmt. Monika.« Franziskas grüne Augen funkelten, ihre roten Haare standen wild vom Kopf ab. »Dieses Miststück hat mir beim Schützenfest reinen Wein eingeschenkt.« Sie wechselte Stand- und Spielbein und lächelte, als sie merkte, wie die Männer ihren Bewegungen mit den Blicken folgten. In der Luft lag der Geruch nach verschüttetem Bier und nach sehr viel männlicher Ausdünstung.

»Dabei haben wir uns gut unterhalten, die Monika und ich.« Franziska schickte ein hysterisches Lachen in den

Raum, schlug sich gegen den Kopf. Sie schüttelte sich, dass ihr Busen vibrierte. Die Männer bekamen Stielaugen. »Wie konnte ich dieses Gespräch nur vergessen, in dem mir Monika die Ablehnung meiner Bewerbung klargemacht hat? Die Bewerbung, für die du, Paul, mich extra eingeladen hast. Du hast mich sogar ermutigt, weil ich gute Chancen hätte.«

Paul lehnte sich vor, die Beine noch breiter, wenn das möglich war, ein Funkeln in den Augen. »Bitte, Franzi, möchtest du die Umstände deiner Bewerbung wirklich hier ausbreiten?« Er wies mit einer Hand über die Runde am Tisch, lächelte Franzi selbstgefällig an.

»Ja, möchte ich. Ich möchte das ausdiskutieren. Ich habe mich darum beworben, das Narzissenfest auszustatten. Das sollen ruhig alle wissen. Du selbst hast so getan, als hätten alle nur auf meine Ideen gewartet.«

»Dann«, sagte Paul ruhig, »dürfen ebenfalls alle wissen, warum wir deine Entwürfe abgelehnt haben. Man hat dir klar mitgeteilt, dass sie zu, sagen wir mal, modern sind.«

»Ihr Provinzkasperln! In London schätzt man meinen Stil. Ich wurde zur Modewoche eingeladen. Nur dieses beschränkte Bauernvolk hier will für immer an dem alten Krempel festhalten. Und Nazis gefallen! Bravo. Ich gratuliere.«

»Bitte Franziska.«

»Ich finde, sie hat recht.« Alle Augen wanderten zu Berenike.

»Findest du?« Pauls Blick glitt zwischen Franzi und Berenike hin und her. Sich seiner selbst sehr sicher, immer noch.

Rundum verschlossene Mienen. Verschränkte Arme. »Einen Nazi als Ehrengast, das ist jenseits. Und Traditionen müssen sich verändern. Nur auf diese Weise bleiben sie lebendig und entwickeln sich mit uns weiter. Wie wir uns entwickeln. Wer von euch lebt denn wie seine Großeltern? Wer heizt mit Kachelofen? Backt jemand von euch noch selbst Brot?«

»Natürlich nicht«, rief jemand.

Gemurmel im Raum. Nicht mehr ganz so unfreundlich.

»Berenike, du möchtest, dass unsere Narzissenkönigin wie eine Nutte auftritt?«

»Wie bitte?«

»Das war Franzis Idee.«

Alle blickten Franziska an in ihrem lila Outfit. Die reckte das spitze Kinn vor, lehnte sich an die Wand. »Na und? Warum nicht?«

»Glaubt ihr, jemand kommt zum Narzissenfest, wenn die Teilnehmerinnen Strapse tragen?«

»Warum nicht ...?«

»Wenn sie aussehen wie Drogennutten oder asoziale Jugendliche, von denen man in der Zeitung liest?«

Raunen kam auf.

»Und wenn die Narzissenkönigin ein schwarzes Dirndl trägt mit Löchern drin? An ganz bestimmten Stellen?«

»Ganz bestimmten Stellen?«

»Wie in einem ... einem ...« Paul rang nach Worten.

»... einem Alpenporno?«, half ihm Franziska und verschränkte die Arme.

Einige Männer lachten ein wenig schäbig.

»Bei uns ist die Welt noch in Ordnung.« Der alte Fischer Martin war aufgestanden. »Deswegen besuchen uns die Leut. Man sehnt sich nach dem Althergebrachten.«

»Ach, und was ist mit den Jugendlichen, die aus lauter Langeweile die Parkbänke kaputt machen?« Franziska stieß einen Sessel um. »Ihr werdet es nie kapieren!« Damit spuckte sie vor Paul aus, blieb einen Moment lang stehen, starrte ihn an, ging dann aus dem Saal. Jeder Zoll eine Königin.

15

Stille. Dunkelheit. Sterne. Kein Mond. Kühle Luft. Kein Mensch auf der Straße. Berenike blieb stehen, sah tief durchatmend zum nächtlichen Himmel. Wie lange die Sterne schon da waren, lange vor ihrer Zeit. Sie würden noch da sein, wenn sie tot war, lange nachdem ihr Körper zerfallen sein würde. Tod ... da war das Wort. Sie sah einen Stern besonders hell leuchten. Ihr war, als könnte sie die Hand nach ihm ausstrecken. Jetzt Jonas an der Seite haben. Nach seiner Hand greifen können. Zusammen sein ...

Der Schmerz hörte nicht auf. War immer da. Klemmte ihr Herz ab, die Luft zum Atmen. Dass es je so weit hatte kommen können. Nie zuvor hatte sie sich auf ernsthafte Beziehung einlassen wollen. War immer gut damit gefahren. Und jetzt hatte sie als Quittung dafür, dass sie es gewagt hatte, den Schmerz serviert bekommen. Dass es mit fast 40 noch so weh tat – noch mehr vielleicht – wie damals mit 15!

Langsam ging sie weiter. Die Luft roch feucht, erdig. Wie ein Versprechen. Eines, das nie eingelöst werden würde. Wie jeden Frühling. So wie die angebliche Einladung an Franziska, Entwürfe für die Narzissenhoheiten zu machen. Berenike konnte nicht glauben, dass es wirklich ein Scherz gewesen war. Vielleicht ernst gemeint und dann vergessen, als Geplänkel von Paul abgetan. Sie hatte doch gesehen, wie Paul da gesessen war, mit was für einem Raubtierblick er Franziska angesehen hatte.

Franziska, dieses Mädchen. Das man hinter ihrem koketten, frechen Äußeren sah, sehen musste.

Es lief doch immer auf dasselbe hinaus. Die Männer nahmen sich, was sie wollten. Mit allen Mitteln. Und die Frauen, die kämpften dafür so manches Mal mit Hinterlist …

Sie atmete tief ein. Vielleicht war alles nur ein Spiel. Das ganze Liebesleben. Ein Spiel, in dem es nie was zu gewinnen gab.

In der Stille war ein leises Geräusch zu hören. Es kam von irgendwo seitlich von ihr. Vielleicht nur ein Tier. Oder das Schleifen von Absätzen über Asphalt.

»Berenike!«

Also war doch noch wer unterwegs. Lila Umrisse tauchten schwach aus dem Kurpark auf, in dem bereits die Laternen ausgegangen waren. Franziska. »Gut, dass ich dich noch antreffe, Berenike! Ich habe auf dich gewartet. Ich fand es schön, dass wir gleicher Meinung sind in Sachen Nazis. Das war wichtig, was du gesagt hast und dass du dich getraut hast. Wir sollten …«

»Franziska, hallo. Ich dachte, du bist schon auf dem Weg nach Hause.«

»Fast.« Sie grinste wie eine Hexe. »Der Abend ist zu mild, um ihn nicht noch ein wenig zu genießen.« Die junge Frau sah zum Himmel hoch, wie vorhin Berenike. Dabei verschränkte sie ihre Arme vor der Brust. Das Licht aus den Gasthausfenstern brachte Franzis rote Haare wie von innen zum Leuchten. In den anderen Häusern rundum waren alle Fenster dunkel. Abwartend sah die junge Frau sie an.

Berenike seufzte. »Franziska, es ist spät, ich bin müde und möchte heim. Ich habe den ganzen Tag gearbeitet und morgen muss ich früh raus.«

Franziska schwieg, lächelte vage.

»Ich meine, ich finde es schön, Franzi, dass wir einer Meinung sind. Gibt es sonst noch was? Wenn nein, fahre ich jetzt. Soll ich dich ein Stück mitnehmen? Oder holt dich jemand ab?«

»Danke, das geht schon. Es ist nur … alles ein bissl viel für mich. Entschuldige, dass ich dich belästige.«

»So schlimm?«

Franziska nickte.

Berenike atmete tief durch. Lebenskrise unter 30, das kam immer früher. Und ausgerechnet spät in der Nacht. Sie schob ihre klammen Hände in die Ärmel ihrer Jacke. »Woran liegt's denn?« Noch während Berenike den Satz aussprach, wusste sie, dass es ein Fehler war. Eine Einladung zum Reden.

Franziskas breitete die Arme aus. »An allem. Und nichts. Die Leute. Ihre Engstirnigkeit. Ich passe nicht hierher.«

»Es ist ja nicht für lange, oder? Wann fliegst zurück nach London?«

»Nach Ostern. Da feiert mein Opa seinen 80. Geburtstag. Ich bin nur wegen ihm hier.«

»Ah, verstehe.«

»Und aus lauter … Ach, ich weiß nicht. Um mich abzulenken, bin ich mit auf dieses vermaledeite Schützenfest. Paul hat mich gefragt …«

»Paul? Der steht auf dich, oder?«

»Der Paul? Ha. Und wenn?« Franziska lachte ihr schräges Lachen und streckte sich. Die Rundungen ihrer Brüste zeichneten sich gegen das Licht des Gasthauses ab. »Früher, in der Schule, da hat sich jede nach ihm umgedreht. Aber jetzt … Vielen bekommt das gute Leben nicht, ausg'fressen schaut er aus, findest nicht?«

»Mag sein.« Berenike zuckte die Achseln und wartete

ab. Franziska benahm sich, als sei da noch was im Busch. Als habe sie sich noch nicht ausgesprochen.

»Dabei ist er nur zwei Jahre älter als ich. Mit 16 hab ich ihn angehimmelt. Erfolglos. Jetzt scharwenzelt er um mich herum. Das bringt mich zum Lachen, dich nicht?«

»Weiß nicht, Franzi.«

»Er hat für meine Kreationen nichts übrig. Hast du ja gehört. Der Trottel macht sich weiter Hoffnungen. Der Ärmste.« Sie lachte blechern.

»Meine Güte – so sind Männer, Franzi. Das ist nix Besonderes.«

»Ich Blödkopf hab ihn tatsächlich ernst genommen. Hab ihm geglaubt, wie er mir das vorgeschlagen hat. Dass ich das Narzissenfest ausstatten darf. Das hätt' einen super Werbeeffekt gegeben für mein Label.«

»›BBD LisztLabel‹, oder?«

»Genau.« Franziska lächelte erfreut. »Du kennst meine Modelinie?«

»Natürlich.«

»Er wollt mit mir in ein Hotel fahren.«

Berenike grinste. »Klar. So läuft das nun mal, Franzi.«

»Ich hab beinhart nein gesagt. Doch nicht mit dem! Nicht mehr. Früher hätte ich ... Erst wie ich mich gesträubt hab, ist er mit dieser Idee gekommen.«

Wirst es noch lernen, hätte Berenike am liebsten hinzugefügt, ließ es jedoch bleiben.

»Die Entwürfe haben mir wirklich Spaß gemacht, Berenike. Soll ich sie dir zeigen? Es wäre eine lustige Mischung geworden, Tradition und Moderne in einem.«

»Sicher schick, Franzi.« Berenike trat von einem Bein aufs andere. »Du, ich muss jetzt wirklich los. Ich bin hundsmüde.«

»Natürlich. Eins nur noch – hab ich dich nicht auch auf dem Schützenfest gesehen?«

»Hast du?«

»Ich glaube.« Franziska blickte sie aus zusammengekniffenen Augen an. Noch eine Zeugin, das war blöd.

Sie waren fast bei Anselms Schuhwerkstatt angekommen. Die Fenster lagen dunkel da, auf der Auslagscheibe klebte ein Zettel: ›Derzeit geschlossen‹.

»Egal.« Wissend sah Franziska sie an. »Für mich als Eingeborene war es wie immer. Der ganz normale Wahnsinn.« Franziska machte lachend ein paar Schritte weg von der Schuhwerkstatt, sah zum Fenster darüber hoch, öffnete ihre – natürlich violette – Handtasche. Raschelnd kramte sie darin, fischte eine Packung Zigaretten heraus. »Besoffene überall, die Monika auch nicht mehr nüchtern.« Sie klopfte eine Zigarette aus dem Päckchen. Irgendwas Langes, Dünnes. »Wir waren in einer Klasse in der Schule.« Franziska steckte die Zigarette zwischen die Lippen. »Die Monika und ich. Und Paul zwei Klassen höher. Ich hab sie lang nicht gesehen, alle beide. Nicht, dass ich sie vermisst hätte. Und dann kam dieses Schützenfest …« Schnipp, zischte das Feuerzeug. Die Flamme gab kurz Wärme ab, verlosch, ließ Dunkelheit und Kälte zurück, Berenike nahm Mentholgeruch wahr.

Berenike war der linke Fuß eingeschlafen. »Mir ist kalt, Franziska. Entweder setzen wir uns wo rein – oder ich fahr jetzt und du besuchst mich in meinem Salon. Dann können wir reden. Du könntest mir deine Entwürfe zeigen.«

»Interessieren sie dich? Schön, du hast recht, es ist spät. Wir sehen uns.« Franziska nickte ihr zu und machte kehrt. Minuten darauf war ihre Silhouette mit der Dunkelheit verschmolzen, nur ihre Stiefelabsätze waren noch eine

Weile auf dem Pflaster zu hören. Berenike stieg in ihr Auto, blieb einen Moment nachdenklich sitzen. Dann startete sie den Wagen und fuhr los. Zu müde für alles, zu müde, um irgendeinen Gedanken zu Ende zu denken.

MÖRDERISCHES LOGBUCH – EINTRAG 5

Und dann fragst du den Einzigen um Hilfe, der dir einfällt in deiner Not. Sagst ihm, dass du Blödsinn gemacht hast. Weil du bei ihm immer Verständnis gefunden hast. Und weil er selbst ein bisschen ein schwarzes Schaf ist … oder ein weißes unter den schwarzen. Wie man's nimmt.

Er verspricht, dir zu helfen, die Spuren zu verwischen, trotzdem steht plötzlich die Kriminalpolizei vor dir. Und du musst dir was Neues einfallen lassen. Damit du nicht den geringsten Verdacht erweckst. Weil jeder kleinste Fehler tödlich werden kann …

16

Ein Morgen. Viele Morgen. Ein Tag wie der andere. Zumindest wirkte es so. Wegen Gepolter aus dem Schlaf fahren. Katzen kraulen, die neben dem Polster sitzen und für das Gepolter verantwortlich zeichnen, es aber nie zugeben. Aufstehen, weil die Katzen es fordern. Katzen füttern, selbst frühstücken. Weil man musste. Und in den Salon fahren. Nein, diesmal zu früh.

Und das Telefon blieb stumm, seit Tagen schon blieb es stumm, schwarz und stumm, das alte Ding, noch aus der Greißlerei ihrer Großeltern früher in Wien.

Ablenken. Bärlauch pflücken, für Bärlauchöl und mehr. Wäre eine Idee. Kurz entschlossen packte Berenike einen Korb, eine Wasserflasche und verließ das Haus. Es sah regnerisch aus, düster, doch der Kirschbaum vor dem Haus hatte über Nacht erste, rosaweiße Blüten bekommen.

Eine Weile sah sie den Baum an. Sie wollte in die Nähe des Bad Ausseer Bahnhofs, dort kannte sie eine gute und geschützte Stelle, an der der ›Knofl-Spinat‹ üppig wucherte. Mutig schob sie das Fahrrad aus dem Schuppen …

Zumindest hinunter nach Bad Aussee ging es schnell. Sie schloss das Rad beim Bahnhof ab, an dem mehr die große Vergangenheit als Kurort zählte als eine großartige Gegenwart. Nur zum Narzissenfest kam noch etwas wie Prominenz, selbst die mit Porsche statt Bahn wie einst Hoffmannsthal oder Schnitzler. Mittlerweile waren nicht nur Fahrkartenschalter und Bahnhofsrestauration geschlossen, sondern auch die Trafik. Und Züge fuhren nur alle paar Stunden, der Fahrplan wurde immer mehr ausgedünnt in den letzten Jahren.

Am Rande des Bahnhofsgeländes passierte Berenike ein ebenfalls in die Jahre gekommenes Schild, das an einen im Dienst erschossenen Polizisten – damals hießen sie noch Gendarmen – gemahnte. Versuchter Postraub, 1984 war das gewesen. Berenike starrte das Schild an, bis die Buchstaben auf dem verwitterten Holz vor ihren Augen verschwammen. Jonas. Auch er war angeschossen worden. Sie hatte ihn für unverwundbar gehalten. Was natürlich Blödsinn war. Er war kein Held, selbst Achill war nicht vor Wunden gefeit gewesen.

Berenike wandte sich ab, wartete, bis sie die Straße überqueren konnte. Sollte es doch ein paar Gäste fürs Ausseerland geben …? Nein, die meisten Kennzeichen trugen die Abkürzung BA für Bad Aussee, was zum großen Ärger der Leute bald Geschichte sein würde.

Sie schlug den Fußweg entlang der Traun ein, der Richtung Hallstätter See führte. So weit würde sie nicht gehen. Sie sah zum grauen Himmel hoch. Vielleicht würde es bald regnen. Zumindest kam sie nicht ins Schwitzen.

Kaum blieb die Straße hinter ihr zurück, tauchte Berenike in Einsamkeit ein. Der Autolärm war bald nicht mehr zu hören. Nur das Rauschen des Flusses, der Weg und sie. Kies knirschte unter ihren Füßen, ab und an piepste ein Vogel. Berenike atmete die Waldluft ein und merkte nach einer Weile, wie gut der Spaziergang ihr tat. Es war fast wie Mediation. Schon lag der typische, leichte Knoblauchgeruch des Bärlauchs in der Luft. Sie würde noch ein Stückchen gehen, um sich weiter von der Straße zu entfernen, und dann zu pflücken beginnen.

Eine Amsel sang ungeachtet des kühlen Wetters. Berenikes Muskeln entspannten sich, der Druck ließ nach, ein wenig zumindest. Natur, du große Heilerin! Hatte sie schon so oft im Leben gesund gemacht.

Ihre Schritte fanden den Rhythmus des Wassers. Weiter, weiter, weiter. Ihre Gedanken lösten sich, waren nur mehr bei dem, was um sie war. Sich lösen vom Trauma, damit leben. Die schlechten Neuigkeiten loslassen. Eins werden mit dem Weg, der eigenen Bewegung. Ganz dem Herzen vertrauen. Ganz bei sich selbst bleiben.

Doch halt. Da ist etwas. Jemand. Etwas, das nicht hierher gehört. Etwas, das Berenikes Rhythmus stört, ihren Herzschlag. Schatten hinter ihr, Bewegungen. Sie dreht sich um – aber sie sieht niemanden. Kein Mensch außer ihr weit und breit. Töne einer leisen Melodie, wie von Weitem, verklingend.

Sie geht weiter. Wieder Schritte hinter ihr. Wieder fährt sie herum – wieder ist niemand zu sehen. Jetzt auch Bilder. Von schwingenden Dirndlschößen. Schöne Beine in schwarzen Schuhen, mit harten, kantigen Absätzen. Füße, die zutreten. Auf ein Opfer eintreten. Knochen knirschen. Angst in der Luft. Jemand flieht, auf allen vieren, getroffen. Wird eingeholt.

Egal, wohin Berenike sich dreht, da sind nur Schatten, sonst nichts. All das ist nicht real. Sie ist allein hier. Allein …

Etwas mischt sich in die Atmosphäre, das nicht hierher gehört. Ein Lachen, bei dem sich ihr die Nackenhaare sträuben. Das die feinen Vogelstimmen grausam übertönt.

Vielleicht nur das Plätschern des Wassers. Womöglich macht ihr überreizter Kopf Worte aus Geräuschen. Aus Wellen, aus rauschenden Wassermassen.

Ein Seufzen entfährt Berenikes Kehle, bringt keine Erleichterung. Sie will weglaufen, umdrehen, nur weg hier. Zwingt sich, auf dem Weg zu bleiben, sich von einem unsichtbaren Faden voranziehen zu lassen. Das Getose des Wassers wird lauter, dröhnt in den Ohren. Dunkle Aura unter den nunmehr hohen Tannen. Sie hat nicht bemerkt, wie sich die Vegetation verändert hat. Oben am Himmel kalte schwarze Wolken.

Da, der Bärlauch. Endlich. Das wird sie auf andere Gedanken bringen. Sich konzentrieren, abreißen, in den Korb legen. Ganz in der Sache aufgehen. Keine anderen Gedanken, als an das Grün vor ihr, die Hände, die davon pflücken.

An einem Baumstamm klebt ein ausgebleichtes Hinweisschild auf ein Einkehrwirtshaus. 30 Gehminuten von hier. Ob heute überhaupt noch wer zu Fuß geht … ›Jeden Mittwoch Hüttengaudi mit Branko‹ steht da. Ah, der berühmte Branko, eigentlich ein Jugo, aber hier aufgewachsen und von den Steirern als quasi Hiesiger vereinnahmt. Weil er schon als Jugendlicher besser hat jodeln können als die hier Geborenen.

Erneut meint Berenike, Schatten zu sehen, die sich auf sie zu bewegen. Dazu volkstümliche Geigenklänge.

Sie wird noch irre!

Berenike stellt ihren Korb ab, geht in die Knie, fängt an, das einzeln aus dem Boden wachsende Bärlauch-Kraut blattweise am Stängel abzupflücken, als wäre es eine Blume. So kann man es nicht mit Maiglöckchen verwechseln. Sie mag den Knoblauchgeruch, aber sie weiß, dass es nicht alle so empfinden, dass dieser die älteren Leute an die Armut nach dem Krieg erinnert, als es wenig zu essen gab außer wilden Kräutern. Und mit etwas Glück den einen oder anderen gewilderten Rehbock, da hatten die Leute hier ein wenig bessere Chancen als die in der Stadt.

Berenikes Finger riechen nach Knoblauch, je länger sie bei der Arbeit ist. Der grüne Saft klebt unter den Fingernägeln. Sie freut sich schon auf das Bärlauch-Öl, das sie machen wird, auf das Pesto sowieso. Das schmeckt gut zu Nudeln oder Erdäpfeln.

Berenike steht auf, rückt ein Stück nach links. Niemals an einer Stelle alles leerpflücken, sonst wächst später nichts mehr nach. So hat sie es gelernt, so hält sie es bis heute. Sie murmelt einen Dank an die Erdmutter, die ihren Kindern all dies im Überfluss spendiert.

Mühsam richtet sich Berenike auf, das Kreuz zickt boshaft. Ihr schwindelt. Sie wird wirklich alt! Der 40. Geburtstag ist nichts zum Feiern.

Und dann kippt das Bild voller Grün mit einem brutalen Schlag. Wird grau, hart und grau wie ein Schleier. Etwas stimmt nicht. Etwas mischt sich in den Frühlingsduft, was da nicht hingehört. Aasgeruch. Tod statt neuem Leben. Die dunkle Aura. Ahnung von etwas – Grausamen. Berenike weiß, was sie finden wird. Hat es vorher geahnt, nicht wahrhaben wollen. Sie weiß es … weiß es, wie so oft.

Sie weiß, es ist nicht der Knoblauch, den sie riecht. Nicht nur. Berenike schnuppert, geht dem Geruch nach. Vielleicht nur ein verendetes Tier, die Hoffnung, diese unscheinbare, hartnäckige Kreatur. Ein totes Tier … ein Kadaver … daneben muss man nicht gerade Kräuter ernten.

Da. Im Grün blitzt etwas auf. Was nicht dazu passt. Zum Wald, zur Wiese, zum Bärlauchfeld. Schräg rosa, künstlich, glitzernd. Berenike spürt ihr eigenes Stirnrunzeln. Die Bärlauchblätter wuchern hier ziemlich groß und hoch. Aber nicht groß genug, um zu verdecken, was in einer Senke liegt. Vielleicht stammt die Mulde von den Wurzeln eines gefällten Baums. Ein toter Menschenkörper. Männerkörper. Der Bartwuchs. Den kann Berenike erkennen. Seltsam, denkt es in einem Teil ihres Hirns, wie man selbst in einer Situation wie dieser Details wahrnimmt.

Berenike meint ein Kichern zu hören. Mädchenhaftes Kichern. Fährt herum, dreht sich im Kreis. Totentanz, die Arme ausgebreitet? Noch immer ist sie allein, kein anderer da im Wald. Nur ein Vogel sieht ihr von einem Ast darüber aus zu, stumm. Alles ist stumm, so stumm. Nicht einmal den Fluss hört man hier, der ist weit weg, sie hat ihn überquert, hinter sich gelassen, nicht darauf geachtet.

Komisch, da ist keine Angst. Viele Menschen, die meisten sogar, würden sich gruseln, davonrennen, keuchen. Aber von einem Toten geht keine Bedrohung aus. Er kann ihr nichts mehr tun, der Mann in der Wiese, in seinem Steirerjanker und der glitzernden Hose. Er kann sie nicht angreifen, nicht töten, keinen Arm nach ihr ausstrecken, kann ihr nichts mehr tun, er nicht. Nur wenn der Mörder noch in der Nähe ist … Berenike stockt der Atem. Sieht sich um. Der wird doch geflüchtet sein – oder?

Sie steht und starrt in die grüne Stille. Sie weiß nicht, wie lange. Mit müden, eckigen Bewegungen tastet sie schließlich nach ihrem Handy. Sie drückt mit ihren knoblauchstinkenden Fingerspitzen die Tasten, wählt den Polizei-Notruf. Stottert was von einer Leiche und bekommt sogar die Ortsangabe einigermaßen korrekt hin, sofern sie die Entfernung vom Bahnhof Bad Aussee eben einschätzen kann.

Nachdem sie aufgelegt hat, gibt sie dem Korb mit dem gesammelten Bärlauch einen Tritt. Ein ansatzweise mit Tod in Berührung gekommenes Kraut will sie – selbst ohne die Existenz von Leichengift – nicht in der Küche haben.

Die Zeit vergeht. Berenike greift nach der Wasserflasche, nimmt einen Schluck. Starrt die Leiche an. Vorsichtig tritt sie einen Schritt näher. Was für ein schrilles Rosa im Grün, wie sich die Farben schlagen. Ein schwarzer Knebel, riesig, ragt aus seinem Mund – womöglich ist der Mann erstickt. Vielleicht ist es sein Steirerhut. Ein gewalkter Hut, wie ihn viele Männer zum grau-grünen Steireranzug tragen, mitunter zur Jeans. Der Tote trägt nur einen Steirerjanker, dazu eine absurd glitzernde Hose. Wie seltsam das aussieht. Und wo ist das grüne Hutband? Für die Fesseln verwendet, aha. Grüne Fesseln an Händen und Beinen. Schaudern in Berenike bei jeder neuen Erkenntnis über den Toten, über die Gewalt, die über ihn gekommen sein muss wie eine böse Überraschung.

Fäulnisgeruch, dazwischen im leichten Wind ab und zu eine Prise Bärlauch. Berenikes Mageninhalt hebt sich wie von selbst, je mehr sie den Toten ansieht. Sie taumelt, nur weg von hier, stürzt halb, kniet sich ins Bärlauchfeld, erleichtert sich. Der Tote lässt sich nicht aus den Gedanken bringen.

Vorsichtig balancierend steht Berenike auf, tritt in eine nicht sichtbare Erdvertiefung, spürt einen Stich im Knie, das Kreuz jault auf von der unerwarteten falschen Bewegung. Wieder der Gedanke, dass sie bald 40 sein wird. Und die Erkenntnis, gerade hier, dass sie all der Vergänglichkeit etwas Springlebendiges entgegensetzen will. Etwas mit wilden Tänzen und Gelächter, das zum Himmel schallen und Tote lebendig machen soll. Ohne Jonas. Der Schmerz, in den letzten Tagen etwas abgeflaut, legt sich auf ihre Brust.

Der saure Gestank von Erbrochenem mischt sich mit dem schrillen Duft-Potpourri aus Fäulnis und Knoblauch samt Tannenduft. So viel Tod, so viel Gewalt in ihrem Leben. Ihre jüdischen Verwandten von Vaterseite, getötet, verschwunden. Die ›arischen‹ Großeltern mütterlicherseits, der Opa, der in der Freizeit gern in Jägergrün gegangen ist, die Oma Roither in ihrem seltsamen Fantasie-Dirndl, das keinem Berenike bekannten Ort zuordenbar war. Ein ermordeter Journalist in ihrem ersten Jahr hier im Ausseerland. Später ihre Tanzlehrerin, grausam zerstückelt, zur Schau gestellt in einem Frisiersalon. Und doch gibt es auch das: Dass sie einem Menschen den Tod vergönnt: Jenem Mann, der sie angegriffen und fast umgebracht hat.

All diese Gesichter! Todesfratzen tanzen durch ihren Kopf, ein absurdes Marionettenspiel, als wäre Berenike die einzige Lebendige weit und breit.

Stille. Wie vor einem Gewitter, einem Unwetter. Keine einzige Vogelstimme mehr. Kein Lüftchen, nicht ein Ast bewegt sich. Niemand, der vorbeispaziert. Das hat sie jetzt von ihrer Sehnsucht nach einsamen Wegen!

Sie zwingt sich, ein paarmal durchzuatmen. Auf die Ermittler warten. Die Augen zumachen, an nichts denken. Wozu übt sie sich in Yoga und Meditation, also bitte!

Und dann ist endlich die Polizei da …

*

Die Ermittler waren schon von Weitem zu hören. Sirenengeheul. Immer diese absurde Hektik im Angesicht des Todes. Als ob das einmal jemanden gerettet und lebendig gemacht hätte.

Berenike nickte Mara Wander grüßend zu, die den Konvoi anführte. »Ist Jonas nicht mit euch gekommen?«, fragte sie.

»Nein«, sagte Mara und lächelte. Es wirkte ein wenig mitleidig. Oder routiniert.

Der übliche Zirkus nahm seinen Lauf. Tatortgruppe, Reinhard, der ihr grüßend zunickte. Der Polizeifotograf, der alles ablichtete, sogar Berenikes Korb. Absperrungen wurden aufgestellt, obwohl sie die einzige Person war, die nicht zu den Ermittlungstrupps gehörte. Der Polizeijurist traf ein, beriet sich mit Mara.

»Normal sterben die Leute an der Verwechslung von Bärlauch mit Maiglöckchen – nicht nur im Bärlauchfeld«, murmelte ein Kollege Maras, ein junger Blonder, der sich lässig wie ein begnadeter Surfer bewegte.

»Meine Güte, der Branco!«, rief ein anderer. »Gestern war er noch im Fernsehen. Live. Und heut ist er tot.«

»Weit ist er jedenfalls nicht gekommen. Der Täter muss ihn beim Bahnhof abgepasst haben.«

»Er fährt immer öffentlich – das ist bekannt.«

»So schnell kann's gehen.«

»Kaum berühmt, schon tot.«

»Als Musiker hat er's geschafft – er war in einer Sendung mit Hansi Hinterseer.«

»Jetzt wird der Branco noch berühmter werden. Die Leut werden seine CDs kaufen wie die Geier.«

»Hat gute Musi g'macht, der Jugo, fast wie einer von uns.«

»Dabei war er nur a Tschusch.«

»Is' 1992 herkommen, vorm Bosnienkrieg geflüchtet mit seinen Eltern, da war er grad einmal vier oder so.«

»A Tschusch bleibt imma a Tschusch.«

»Trotzdem geile Musik. Und das Hüterl war sein Markenzeichen.«

»Ist er … erstickt?« Berenike sah fragend in die Runde.

»Sieht so aus. Oder erwürgt.« Reinhard blieb heute wortkarg. Er winkte dem Fotografen, ließ die Knebelung aus der Nähe ablichten. Dann holte er den herausstehenden schwarzen Knebel aus dem Mund des Toten. Der ließ sich tatsächlich zu einem Hut entfalten. Bei diesem Anblick bekam Berenike selbst keine Luft. Der Arzt hielt das feuchte, gewalkte Ding in der Hand, sah auf den Toten, dann fiel etwas zu Boden. Eine Tarotkarte. Das konnte wirklich kein Zufall mehr sein.

Allein ging Berenike den Weg zurück zu ihrem Fahrrad. Diesmal war sie brav gewesen, hatte auf ihre Aussage gewartet, alles zu Protokoll gegeben, was ihr einfiel in der Aufregung. Sogar die grünen Bärlauchfingernägel hatte sie hergezeigt. Einer der Uniformierten, ein älterer Polizist, hatte sich das Lachen verkniffen.

Sie fröstelte. Als würde es Eiszapfen schneien, die ihre Haut durchbohrten und mitten ins Herz trafen. Sie meinte, ein Kichern zu hören, ein leises Mädchenkichern. Aber da waren nur die Polizeibeamten, die hinter ihr zurückblieben.

Ansonsten: grün. Helle Blattspitzen, gerade erst ausgetrieben. Das dunklere Grün der Nadelbäume. Und überall der Bärlauch. Es verschwamm vor ihren Augen. Alles schien sich zu drehen. Ihr schwindelte. Bärlauch, Bäume, grünes Hutband, Trachtenstutzen. Grün … Tracht … Etwas rumorte in Berenikes Kopf, wirbelte wild durcheinander, dass sie es nicht zu fassen bekam, nur Zipfel davon … Zipfel … grüne Wipfel … Zipfel … Stoffzipfel …

tanzende Rockschöße … Landler, Pascher, der Rhythmus halb synchron mit dem Herzschlag, der immer wieder ausscherte, Rhythmus, kein Rhythmus, Musik, Herz, grün, der Himmel, Steiermark, das grüne Herz Österreichs …

Grün.

Grau.

Tracht.

Franziska.

Und ihre Entwürfe.

Ihre Interpretation des Althergebrachten.

Wie sie auf der Brücke gestanden war. Ganz am Anfang. Als Monikas Leiche am Wolfgangsee geborgen worden war. Die Frau in Schwarz.

Wieder wirbelten die Gedanken in Berenikes Kopf durcheinander. Franziskas Ablehnung des Alten, Traditionellen – was auch Berenike als Stagnation empfand, als Verharren, wo doch das Leben Bewegung, Veränderung war.

Die Lichtung, die Straße. Endlich. Das Fahrrad.

Schloss aufsperren, aufsteigen und los. Ein Pochen hinter der Stirn, nicht jetzt noch Kopfweh!

Zügig durch den Ort, zur Straße nach Altaussee hinauf, hier musste sie kräftiger in die Pedale treten. Sie spürte wieder, wie ihr die Bewegung guttat. Sollte sie wirklich öfter tun.

Als sie vor dem Salon abgestiegen war, fiel ihr der Schlüssel für das Fahrradschloss aus der Hand. Endlich war das Rad aber doch abgesperrt.

»Wie siehst du denn aus?« Lieselotte starrte Berenike an, nachdem sie eingetreten war. Wieder trug die Kellnerin eine absurde Frisur, zwei Zöpfe, geflochten mit lila Bändern.

»Danke – es geht mir sicher gleich besser.« Berenike ging an Lieselotte vorbei, ließ ihren Korb achtlos im Korridor zum Büro fallen. Ein stummes Brauenhochziehen von Lieselotte. Zum Glück sagte sie nichts.

Ich bin hier die Chefin, verdammt noch mal!

Berenike schwieg.

17

Ohne Bärlauch musste ein anderes Menü auf den Tisch. Berenike prüfte die Vorräte. Erdäpfel, Porree, viel mehr war nicht da. Dann also eine Suppe, das passte zu dem kühlen, grauen Wetter.

Und los. Zwiebel schneiden, Öl heiß werden lassen. Chilisamen zerkleinern, dazugeben. Rühren. Rühren! Wo war sie mit ihren Gedanken?

Klar, wo sie war. Bei dem Bild im Wald.

Berenike legte den Kochlöffel weg, fast wäre er ihr heruntergefallen. Sie stützte sich mit beiden Händen ab, schnaufte. Wie sollte das noch weitergehen!

Konzentration! Zwiebel anbraten, Porree dazu. Warten. Aufgießen. Salzen. Salzen! Dann die klein geschnittenen Kartoffeln. Umrühren. Umrühren!

Na endlich. Jetzt konnte sie die Suppe ein Weilchen allein vor sich hin köcheln lassen. Sie drehte die Flamme klein und stellte den Wecker auf 20 Minuten, ging hinaus in den Salon. Fast wäre sie gegen Franziska geprallt, die eben hereinstürmte. Heute in einem Ausseer Dirndl, allerdings mit sehr tiefem Ausschnitt und extrem kurzem Rock. Feste schöne Beine hatte sie ja, das musste Berenike ihr lassen. Franziska lächelte beim Gehen, sehr aufrecht, sehr stolz. Dabei fuhr sie sich durch die roten Haare.

»Servus!« Berenike griff nach der Kreide, um das Tagesgericht an die Tafel zu schreiben.

»Grüß dich, Berenike.« Franziska kam langsamen Schrittes um die Theke herum. Sah aus, als hinke sie. Berenike sah unauffällig hin. Tatsächlich, Franziska hinkte, kaum merklich zwar, aber doch. An der Theke angekommen, richtete sich gerade auf, selbstbewusst. Lehnte sich an und streckte dabei ihre üppigen Brüste Berenike entgegen. Schönes Mädchen. »Wie geht's?«

»Danke, und dir? Hast du dir weh getan?« Berenike hoffte, dass sie mitfühlend klang.

»Was? Wieso? Ach so, das. Bin umgeknickt, nichts Schlimmes.« Franziska wippte auf den Absätzen hin und her, wodurch noch mehr Haut zu sehen war. Schlagartig war es still im Salon. Alle Augen richteten sich auf Franziska, auf ihre Kehrseite.

»Ich hab dir einige Entwürfe zum Anschauen mitgebracht. Wir haben ja neulich darüber geredet.« Mit einem Lächeln, das wirkte, als wäre es einstudiert, wandte sich Franziska an Berenike. Sie hob vorsichtig ihren Dirndlrock an. Alles im Raum schien den Atem anzuhalten, bis sich Franziska auf einen Barhocker gesetzt hatte.

Franz, einer der Fischer, lehnte sich neben Franziska über die Theke. »Bringst mir noch«, fing er mit rauer Stimme an und stockte, sah Franziska an, hüstelte. »Entschuldige, Berenike, einen Lindenblütentee. Ist immer noch kalt.«

»Ja, gell. Dein Tee kommt gleich, Franz.«

»Schon gut, ich hab Zeit«, antwortete Franz. Franziska lächelte ihm zu, drehte sich zu Berenike.

»Franziska, dann könntest du mir doch ein Dirndl nähen, oder?«

»Gerne, Berenike. Das freut mich sehr. Du möchtest sicher was Originelles, oder?«

Berenike stellte Wasser zu und räumte einige Tassen in den Geschirrspüler. »Ich brauche etwas, das in Richtung Tracht geht, für offizielle Anlässe, weißt du. Aber es müsste Pepp haben.« Sie nahm eine weiße Kanne und ließ im Abwaschbecken heißes Wasser darüberrinnen. An Teekannen ließ sie kein Spülmittel, das den Geschmack des Tees trüben konnte.

»Da bist du bei mir genau an der richtigen Stelle«, lächelte Franziska.

Während das heiße Wasser in und über die Kanne rann, sah Berenike ihr Gegenüber prüfend an. Sie erinnerte sich an die Trachtengewänder der vier Ermordeten– klassische Kleidung, bis auf den letzten Toten. Und Franziskas Ablehnung gegenüber allem Traditionellen.

Sie musste selbst auch etwas trinken, ihr Hals war trocken. Kamillentee vielleicht. Zuerst die Gäste. Lindenblüte für Franz. Sie goss auf, servierte.

»Bitte sehr, wohl bekomm's! – Was kann ich dir anbieten, Franziska?«

»Empfiehl mir was, bitte. Du bist die Spezialistin.« Franziska lächelte immer weiter. »Ich bin keine große Teekennerin.«

»Lieber grünen Tee oder schwarzen? Oder vielleicht Kräuter?«

»Bloß nicht, mit Hagebutten hat mich schon meine Oma geplagt. Ihr einziger Fehler zum Glück.« Ein klingendes, fast klirrendes Lachen, sodass Franziskas Brüste hüpften. Gänsehaut kroch Berenikes Nacken hoch. Der Leichenfund, sicherlich. Und diese Gedanken … ob Franziska dahintersteckte. Ob sie schuld dran hatte. Gut, dass das Lokal voll war.

»Dann vielleicht einen der Ostertees? Da gäbe es zum Beispiel grünen Tee mit Sonnenblumenblüten und ein wenig Eierlikör-Aroma.«

»Klingt interessant.«

»Dann mach ich dir eine Kanne. Und keine Angst, der Eierlikör ist völlig harmlos und alkoholfrei.« Zum wiederholten Mal deutete Berenike auf das Schild an der Wand. »Strictly tea is served!«, sagte sie.

Franziska lächelte, nunmehr milde. Berenike hantierte mit dem Teegeschirr, wählte eine hellgrüne Kanne mit einer ebensolchen Tasse, die beide wie das Frühlingsgras leuchteten. Oder der Bärlauch im Wald …

Nicht dran denken.

Sie maß Teeblätter ab und gab sie in das Filter, goss Wasser auf. Der süße Duft nach Eierlikör mischte sich mit dem herben Geruch des Grüntees. Berenike stellte die Teeuhr und schob Franziska das Tablett über die Theke zu.

»Danke.« Franziska kramte in ihrer Tasche, legte ein Ringbuch auf den Tisch, blätterte die Seiten auf. Verschiedene Mode-Zeichnungen kamen zum Vorschein. »Hier wären ein paar Ideen. Was hast du dir vorgestellt?«

»Wenn ich das wüsste. Zu gewagt soll es nicht sein, aber auch nicht langweilig.«

»Das hab ich mir gedacht. Ich habe dir Entwürfe mitgebracht, Spielereien, schau mal.« Sie blätterte um, zeigte auf die Zeichnung. »Das hier würde dir gut passen.« Franziska zögerte einen Moment und sah zu Berenike auf. »Nike. Darf ich Nike sagen?«

»Ja, natürlich.« Niemand außer Jonas nannte sie so. Aber das war jetzt egal.

»Vielleicht möchtest du einen mit astrologischen Symbolen bedruckten Stoff? Schau, hier habe ich ein Modell mit Sonne, Mond und Sternen.«

»Lass mich sehen.« Berenike ging außen um die Theke herum und beugte sich über das Papier.

Franziska rückte näher. »Ich hab Stoffmuster mitgebracht, hier. Zum Beispiel dieser blaue Stoff. Er würde«, Franziskas Stimme wurde leiser, dunkler. »Er würde perfekt zu deinen schwarzen Haaren passen … Nike.« Die letzten Worte waren nur gehaucht. Franziska rückte noch ein Stück näher, berührte wie zufällig mit dem Arm Berenikes Busen. Es kribbelte in ihrem Nacken, gleichzeitig ergoss sich Hitze über ihren Körper.

Dann erst registrierte sie Franziskas Worte. Sterne, Astrologie. Ob das was zu bedeuten hatte? Für den Mordfall? »Interessierst du dich für Sterndeutung, Franziska?«

Die zuckte mit den Achseln. »Meine Oma ist gut darin. Sie war immer ein wenig übersinnlich, weißt du. Und nachdem ich viel bei ihr war in ihrem Häuschen in Fürberg … Das etwas färbt ab.«

»Ah, Fürberg, das ist in der Nähe vom Falkenstein, oder irre ich mich?«

»Genau. Du kennst dich gut aus hier, Berenike.«

»Ich lebe schon ein paar Jahre hier, Franzi.«

»Klar. Ich wollt dich nicht beleidigen.«

»Ich weiß nicht so viel über Astrologie, aber ich mag Tarot sehr gern«, sagte Berenike und hoffte, ihre Worte wirkten nicht allzu plump. »Kann deine Oma Karten legen?«

Franziska nickte. »Sie tut es nicht mehr oft, seit sie alt ist, sie sieht nicht gut.«

»Und du?«

Schulterzucken. »Nur ein bisschen. Bist du gut bei der Kartendeutung, Berenike?«

»Wie man's nimmt.« Berenike lächelte. »Leider kann ich mein Tarotdeck nirgends finden. Hoffentlich wurde es nicht gestohlen.« Berenike ließ Franziska nicht aus den

Augen. Keine Reaktion. Kein Zusammenzucken, kein Erschrecken. Nur der Löffel in ihrer Hand klimperte mit einem Mal in der Tasse. Das machte sie immer so, Berenike erinnerte sich.

»Was für ein Kartendeck hast du denn, Berenike?«

»Crowley.«

»Ach, der Satansjünger.«

»Mir haben die Zeichnungen gefallen.« Schaudernd rieb sich Berenike die Arme. Sie hatte Gänsehaut beim Gedanken an die Karte des Gehängten, die man bei einem der Ermordeten gefunden hatte.

Franziska zog eine Braue hoch. »Du denkst an die Toten, nicht wahr, Nike?«, fragte sie lauernd und ließ sie nicht aus den Augen.

»Vor allem an die Tarotkarten, die man gefunden hat.« Berenike schlug sich auf den Mund. »Oh, das sollte eigentlich nicht nach außen dringen, nehme ich an.«

»Du warst dabei, Nike. Und ich auch.«

»Die gefundenen Karten stammten alle von einem Crowley Deck.«

»Wenn du das sagst, du musst es ja wissen. Schließlich bist du mit einem Polizisten liiert.«

Dieser Schlag saß. Berenike schluckte. »Und du? Was für ein Deck hast du, Franziska?«

»Gar keines. Karten besitzt nur meine Großmama. Und die verwahrt das Set an einem Ort, den ich nicht kenne.«

Franziska begann, auf ihrem Handy herumzudrücken, rief irgendwelche bunten Webseiten auf, gab mit heftigen Tastenhieben etwas ein. »Also, Berenike – überleg dir das wegen dem Kleid. Ich fliege bald zurück nach London.« Damit sprang sie auf, warf ein paar Münzen auf den Tisch, steckte das Handy in die Tasche, schnappte sich die Mappe mit den Bildern und drängte sich zur Tür durch.

*

Berenike sah ihr nach. Was für ein plötzlicher Aufbruch. Franziskas Teetasse war noch fast voll, ebenso die Kanne. Merkwürdig. Normalerweise hätte sich Berenike jetzt mit Jonas ausgetauscht. Jonas …

»Wenn man nur wüsst, wo Kurt ist.« Paul stand auf einmal vor Franziska, schnitt ihr mit erhobenen Händen den Weg zur Tür ab.

»Was, wieso?« Franziskas Blick wanderte langsam, sehr langsam von Pauls Gesicht über sein rot kariertes Hemd zur Lederhose – und verweilte dort. »Was interessiert dich an dem?« Erst jetzt sah sie ihm in die Augen.

»Nur so.« Schulterzucken, wie nebenbei. »Ich hab ihn schon eine Weile nicht gesehen. Und da immer mehr Leut verschwinden und dann tot aufgefunden werden …«

»Da machst dir Sorgen?«

»Natürlich.«

»Keine Bange. Der Kurt ist bei mir.«

»Und das sagst du jetzt, Franzi?«, fuhr sie Franz, der Fischer mit seiner rauen Stimme an. »Die Polizei sucht den Mann überall!«

»Das wusste ich nicht. Wir sind – verliebt – und …« Franziska wurde tatsächlich rot und kam ins Stottern. Interessant. Womöglich hatte sich Kurt schon am Schützenfest mit der schrägen jungen Frau getröstet. Nur dass er sich dann eine Schießerei mit Jonas lieferte und untertauchte – das war merkwürdig.

»Er hat nichts getan«, fuhr Franziska fort.

»Nichts? Und was war mit dieser Schießerei?« sagte Paul und ließ seine Arme sinken, während er felsenfest zwischen ihr und der Tür stand.

»Was soll damit sein?«

»Wenn der Kerl nicht der Mörder ist – wer war es dann? Du, Franzi?« Paul fixierte die junge Frau mit seinem Blick.

»Klar, ich.« Franziska verzog einen Mundwinkel.

Paul lachte auf. Auch der Fischer kicherte. Ein Scherz? Ein Scherz. Berenike sah von einem zum anderen. Offenbar nahm keiner das scheinbare Geständnis ernst. Franziska schon gar nicht.

Berenike überlegte fieberhaft. Was tun? Mara verständigen?

Paul verwickelte Franziska gerade in ein Gespräch, lachte sie an. Sie hat recht, dachte Berenike. Er flirtet immer noch auf Teufel komm raus, so breitbeinig, wie er da vor ihr steht.

Berenike wählte Maras Nummer. Kurz darauf tauchte erst Jonas persönlich auf. Berenike stockte der Atem. Er nickte ihr knapp zu, sie tat es ihm gleich. Ihre Kehle war trocken. Aber sie war ja nicht weiter verdächtig, das hatte Mara gesagt. Nach einem langen Blick zu Berenike ging er auf Franziska zu.

Zum Glück berichtete Paul. »Ihr sucht Kurt? Der ist bei Franzi.« Er deutete auf die junge Frau im knappen Dirndl.

»Jetzt nicht mehr«, lachte sie und machte ein paar Schritte auf ihn zu, plötzlich ohne zu humpeln. »Ich hab ihn vorhin verabschiedet.«

Jonas stand vor ihr, groß aufgerichtet. »Danke für den wichtigen Hinweis«, sagte er.

Franziska drückte ihre Brüste heraus, als wäre sie käuflich – und lachte ihr schräges Lachen.

»Sie hat gestanden, die Mörderin zu sein«, sagte Berenike, aber alle lachten nur laut. Jonas zwinkerte ihr zu. So kurz, dass es Berenike unwirklich vorkam.

Berenike sah, wie Jonas das Lokal mit Franziska verließ. Sie würde ihn zu Kurt bringen, schließlich hatte sie behauptet, der Busunternehmer sei bei ihr. Und dann war zumindest diese Sache geklärt ... wenigstens diese.

Ablenkung!, dröhnte Berenikes Hirn. Zudröhnen! Mit irgendwas! Egal was! Saufen kam nicht infrage, obwohl sie ab und zu ein Bierchen trank. Drogen waren nie ein Thema gewesen, nicht einmal in ihren wildesten Jahren als Eventmanagerin. Also losziehen ... was erleben ... Ihr würde schon was einfallen. Auch hier, am Land. Irgendwen anrufen, reden.

*

Sperrstunde. Lieselotte war schon weg, Berenike schloss den Salon. Draußen stand Paul an seinem Auto. Er winkte ihr im Vorbeigehen. Sie zwang ein Lächeln in ihr Gesicht. Geschäftslächeln, das konnte sie – seit Jahren konnte sie das, schon von früher, als sie mit Brian Erfolge gefeiert hatte in seiner Agentur in Wien. Damals hatte sie ihr Herz nie an irgendwen gehängt. Niemals. War frei gewesen, unabhängig, stark. Bis ihr Leben bei dem Angriff wie eine kaputte Säule in sich zusammengefallen war. Aber bis dahin – was für ein Leben! Sex, Partys, Geld, viel Geld. Reisen, wilde Nächte voller Tanz und Wahnsinn. Von all dem hatte sie sich zurückgezogen, hatte durch die Krise erkannt, wie sehr sie genug davon hatte. Hatte ihren Salon für Tee und Literatur eröffnet ... und auf einmal war Jonas in ihr Leben getreten, wie ein Wunder. Und jetzt, wo sie nicht mehr ohne ihn sein hatte wollen ... passierte das hier ... dieser ganz und gar merkwürdige Zustand.

Sie seufzte und fuhr sich über die Stirn. Keine Falten machen!, schalt sie sich und musste darüber lachen. Ein Lachen, das ihr in der Kehle stecken blieb.

Sie sah Paul nach, wie er die Schultern hängen ließ und ins Auto stieg. Sie war nicht die Einzige, die litt, die sich verstellte.

Die Kirchturmuhr schlug siebenmal. Irgendwas musste sie tun. Neue Tarotkarten kaufen, zum Beispiel, nur wo? Wo waren die Läden länger geöffnet? In Bad Aussee sperrte man um sechs oder sieben. In Bad Ischl gab es ein Shoppingcenter mit einer großen Buchhandlung. Dort müsste es solche Dinge zu kaufen geben. Und eine Landkarte der Region brauchte sie ebenfalls. Sie hatte da eine Idee ...

Gerade, als sie sich ins Auto setzen wollte, bog Helena in ihrem Lieferwagen um die Ecke.

Helena bremste und streckte den Kopf aus dem Fenster. »Griaß di, Berenike. Wohin des Weges? Noch was vor?«

»Och, nichts Besonderes. Nur nach Ischl ins Einkaufszentrum.«

»Du schaust ...«, Helena kniff die Brauen zusammen, »irgendwie müd schaust du aus. Geht's dir nicht gut?«

»Na, diese Morde, die zehren an meinen Nerven.«

»Verstehe. Entschuldige, es geht mich eigentlich nichts an, aber ...«

»Aber?« Berenike strich sich eine Strähne hinters Ohr. »Sag schon. Wir reden doch sonst auch offen miteinander, Helena.«

»Ich meine nur, willst du dich in deinem Zustand hinters Steuer setzen? Nicht dass du einschläfst ... Gibt schon zu viele Tote.«

»Ist lieb von dir, Helena, aber so schlimm wird es schon nicht sein.« Oder doch? Doch.

»Was brauchst du überhaupt so dringend, Berenike? Kann ich dir mit irgendwas aushelfen?«

Da war sie wieder, die dörfliche Nähe. Schön, aber auch distanzlos. In der Stadt vermisst, hier mitunter zu viel, zu nah.

»Es ist nur«, Berenike unterdrückte ein Gähnen, »meine Tarotkarten sind weg.«

»Wie weg? Du glaubst doch nicht...?«

»Du hast es auch gehört?«

»Dass eine Tarotkarte bei der Leiche aufgetaucht ist?«

»Bei allen Leichen, Helena.«

»Oh.« In Helenas Augen glomm etwas wie Verstehen auf, gefolgt von Misstrauen, das so schnell, wie es gekommen war, wieder aus ihrem Blick verschwand. Hoffentlich würde Helena nicht ausgerechnet sie verdächtigen! Immerhin hatte sie mehrere Mordserien mit aufgeklärt.

»Und du bist sicher«, sagte Helena langsam, jedes Wort abwägend, bevor es ihr über die Zunge rollte, »du bist sicher, dass deine Tarot-Karten nur ... zufällig ... verschwunden sind?«

»Natürlich, was sonst?«

»Die gefundene Karte stammt aus einem Deck von Crowley, oder? Hast du nicht erzählt, du besitzt ein solches?«

»Das ist kein Beweis. Crowleys Karten werden seit Jahrzehnten verkauft.«

»Natürlich kann es Zufall sein, Berenike. Und du hast sicher Alibis für sämtliche Taten.«

»Na ja …«

»Also nicht.«

»Nein. Nicht für alle.«

»Ist Jonas deshalb kaum noch bei dir?«

Berenike wollte auffahren und merkte, dass es keinen Sinn hatte, dass sie es nicht abstreiten konnte. »Das weißt du also auch, Helena.«

»Komm, sei nicht traurig.« Helena kletterte aus dem Wagen, legte einen Arm um Berenikes Schultern. »Gehen wir was trinken? Zu mir? Alkoholfrei, wenn du willst. Na komm.« Sie sagte nicht mehr, zum Glück, sonst hätte Berenike glatt losgeheult.

Sie schluckte mehrmals und sah Helena mit neu erwachter Energie an. »Sag, Helena, hast du denn Tarotkarten? Ich muss da was überprüfen. Also, wenn du mir traust …«

»Ich traue dir, Berenike. Lass uns fahren.«

18

Es war ein schöner Abend, die Sonne schien. In Helenas Atelier nahe am Waldrand waren sie allein, hatten ihre Ruhe.

»Hast du eine Landkarte von der Gegend?« Berenike ließ ihre Fingerspitzen über Helenas Tarotkarten gleiten, die sie ihr vorhin gleich gegeben hatte.

Helena hantierte mit einer Flasche Aperol. »Müsste hier irgendwo sein.« Sie kramte in einer Lade unterhalb der Glasvitrine, brachte alte Kugelschreiber zum Vorschein, ein paar Papiere, ein kaputtes Gummiringerl. »Sag, was hast du damit vor?«

»Warte einen Moment. Ich muss mich konzentrieren.« Gedankenverloren blätterte Berenike in ihrem Buch über Tarot, das sie noch aus dem Salon geholt hatte. Sie legte vier Karten nebeneinander, zwei Motive kannte man, über die anderen konnte man nur spekulieren.

»Hier hast du die Straßenkarte, was Besseres habe ich nicht.« Helena reichte ihr einen abgegriffenen Autoatlas.

»Danke, damit wird es gehen. Darf ich darauf was markieren?« Berenike blätterte zu der Seite, auf der das Salzkammergut dargestellt war.

Helena reichte ihr wortlos bunte Aufkleber in Kreisform. »Jetzt sag schon, Berenike, was geht dir durch den Kopf?« Die Malerin schenkte Aperol ein, Prosecco, goss mit Wasser auf und fügte eine Orangenscheibe hinzu. Dann setzte sie sich neben Berenike. Beide beugten sich über die Karten und den Atlas.

»Die Fundorte der Toten. Nummer 1 in Strobl – hier.«

Ein rosa Punkt wanderte auf den Ort am Wolfgangssee auf der Landkarte. »Nummer 2 in Bad Aussee. Hier haben wir die dritte Leiche – Bad Aussee. Und die vierte – im Wald nahe Bad Aussee. Siehst du, was ich sehe?«

»Der Weg.« Helena starrte mit aufgerissenen Augen auf die Punkte auf der Karte des Salzkammerguts mit seinen blauen Seen, grünen Wiesen und braun eingezeichneten Bergen. »Das innere Salzkammergut als Tarot-Legemuster?«, flüsterte sie hinter vorgehaltener Hand, als ob jemand mithören könnte außer ihnen beiden. Ein Geist. Satan. Der Mörder …

»Genau. Eine Tarot-Legung. Der Weg oder das Entscheidungsspiel. Nur für wen? Und worüber?«

»Und – von wem gelegt?«

»Glaubst du das wirklich?« Helena fuhr mit einem Finger über die Karten und den Straßenplan.

»Oh ja.« Berenike nickte heftig. »Und wie ich das glaube. Was für ein Zufall sollten die Karten bei den Ermordeten sonst sein? Vier Mal! Vier Tote und vier Tarotkarten! Ich bitte dich. Nur, was ist mit Sylvie?«

»Du glaubst nicht, dass sie noch lebt, oder?«

»Ich …« Berenike fühlte in sich hinein. Trauer kam hoch. »Nein, ich kann's mir nicht vorstellen, beim besten Willen nicht. Nicht nach all der Zeit, die vergangen ist.«

»Scheiße. Ich auch nicht.« Helenas Finger spielten mit ihrem Glas, ohne davon zu trinken. »Das bedeutet …«

»Das bedeutet, dass wir mit noch mehr Toten zu rechnen haben.«

Helenas rechter Zeigefinger, wie alle Finger beringt mit silbernem Schmuck, wanderte wie von selbst über die Karte. Setzte den Weg fort, die Linie, die zwischen Strobl und Bad Aussee verlief.

»Dort wird, wenn wir Pech haben, Sylvies Leiche auftauchen.«

Sie starrten sich an. Draußen wurde es dunkel. Helena stand auf und brachte Kerzen, zündete sie an. Es sah unheimlich aus, der Kerzenschein, die Tarotkarten.

»Bist du sicher?«

Berenike nickte. »Es macht nur auf diese Weise Sinn.«

»Dann ist der Falkenstein das Ziel, das Ende. Hier.«

»Am Falkenstein wird sich das Rätsel lösen.«

»Der Weg könnte in die andere Richtung fortgesetzt werden. Und wenn der Täter so clever ist wie bisher …«

»… werden wir dort nur das letzte Mordopfer finden.«

»Und wenn die Serie zu Ende ist, ohne dass der Mörder geschnappt wird – dann wird es schwer, ihn jemals zu finden.«

»Wenn die Spur einmal erkaltet ist …«

»Wir müssen Jonas informieren.«

»Meinst du, er glaubt dir diese Geschichte?«

»Er muss«, lachte Berenike auf, weil das alles zu absurd war. »Oder noch besser, ich rede mit Mara.«

Sie rief sofort an.

»Ich komme vorbei, Berenike, okay?«, erklang die tröstende Stimme der Polizistin, nachdem Berenike alles erklärt hatte. »Wir können wirklich jeden Strohhalm bei dieser Ermittlung gebrauchen. Jonas ist zwar an irgendeiner Spur dran, aber bis die was ergibt …«

*

Mara konnte jedoch nicht viel sagen. Oder sie wollte nicht. Baff stand die Blonde vor den Tarotkarten, hörte sich Berenikes Erklärung an. Ließ sich ihre Theorie schildern, wonach jede Karte einem Ort entsprach, an dem eine Leiche gefunden wurde. Mit dem Finger fuhr sie die Orte nach, fotografierte die Landkarte ab. Immer noch nachdenklich, versprach Mara, alles nachzuprüfen.

»Danke für diese Idee, Berenike – wir wissen zu wenig über diese Karten«, sagte sie. Und dass sie sie auf dem Laufenden halten werde, wenn es was Wichtiges gäbe. Und schon fuhr sie weiter, schick wie immer, engagiert, tatkräftig.

Als Berenike endlich erschöpft zu Hause ankam, rief sie bei Jonas an. Sie musste wissen, was er von ihrer Theorie hielt, egal was zwischen ihnen vorgefallen war. Er kannte sie, sie könnten auf einer anderen Ebene miteinander reden. Teilnehmer nicht erreichbar, teilte ihr die Blechstimme mit. Berenike warf das Telefon aufs Sofa.

Miss Marple strich maunzend um Berenikes Beine und lief durch die Wohnung. Jonas hatte sich sofort in das kleine Tier verliebt, als er es bei einem Bauern weiter oben an der Straße gesehen hatte. Berenike hatte gedacht, zwei Kater seien genug, aber Jonas konnte sich nicht sattsehen an dem Fellbündel, bis sie entschieden hatten, es mit heim zu nehmen. Die Bäuerin war froh gewesen, einen Platz für das Jungtier gefunden zu haben. Wer weiß, vielleicht hätte sie die Jungen sonst ertränkt. Keiner gab das heute zu. Berenike schauderte bei dem Gedanken. Sie nahm Miss Marple hoch, kuschelte ihre Wange an ihr weiches Fell. Die kleine Miez war wirklich zutraulich. Sie hielt einen Moment genießerisch still, miaute dann, wollte runter und lief vorwurfsvoll in die Küche. Maunzte eine Beschwerde über den miserablen Service. Es ging nur ums Fressen – und kaum um die Moral, nicht nur bei Menschen.

Und wieder ein Frühstück. Wieder die Orangenmarmelade, wieder der Tee, die Kanne, die Katzen. Aber nur eine Tasse. Und noch immer kein Appetit. Wenn sie so weiter machte, würde sie bald ähnlich dünn sein wie in ihrer Zeit als Eventmanagerin.

Statt zu essen, griff sie zum Telefon. Jonas war nicht zu erreichen. Wie merkwürdig. Oder auch nicht.

Na guat, dann net.

Sie dachte eine Weile nach, während sie Miss Marple automatisch streichelte. Ein plötzlicher Sprung – die Katze hatte mit einer Pfote nach der Butter auf Berenikes Teller gelangt und das Stückchen tatsächlich erwischt.

Egal, Berenike hatte immer noch keinen Hunger. Apathisch nahm sie einen Schluck Tee, ohne ihn recht zu schmecken, und rief Ellen an, die sie seit dem Fund der ersten Leiche nicht mehr gesprochen hatte.

»Grüß dich, Ellen, Berenike hier. Wie geht's?«

»Alles okay – bei dir hoffentlich auch?«

»Danke, geht so. Sag, gibt's was Neues von Kurt? Hast du ihn zufällig gesehen?«

»Ich habe nichts gehört. Niemand scheint ihn gesehen zu haben.«

»Franziska hat behauptet, sie und er seien ein Paar.«

»Ach.«

»Ja. Dann hat sie ein angebliches Geständnis über die Morde abgelegt, woraufhin ich Jonas angerufen hab.« Berenike stockte. Ellen wusste noch nichts von den neuen Entwicklungen. »Alles soll nur ein Scherz gewesen sein. Er ist mit Franziska gegangen. Und seither … erreich ich ihn nicht.«

»Ich dachte, ihr beiden seid sowieso …«

»… auseinander? Hier spricht sich wirklich alles herum.«

»Das ist unser idyllisches Landleben, Berenike.«

»Danke für den Hinweis. Dabei weiß ich gar nicht, wie es um uns steht, Ellen. Um ihn und mich. Aber deswegen ruf ich nicht an.«

»Sondern?«

»Ellen, irgendwie mach ich mir Sorgen … Du kennst Kurt ein wenig, oder?«

»Schon … warum?«

»Ist er an Tarot interessiert?«

»Tarot? Wie kommst du jetzt darauf?«

Berenike fasste zusammen, was sie und Helena über die gefundenen Karten und ihre Bedeutung auf der Landkarte mutmaßten.

»Gute Frage«, meinte Ellen, »Monika könnte Kurt damit angesteckt haben. Er war immer so für schwarze Magie.«

»Ich trau der Sache nicht. Was, wenn Kurt der Mörder ist und Franziska ihn schützt? Wenn sie Jonas eine Falle gestellt hat?«

Ein Seufzen drang durch die Leitung. »Er ist dir also doch noch wichtig.«

Berenike ging über die Bemerkung hinweg. »Lass uns zu Kurts Reisebüro fahren und nachsehen, ob er zurück ist. Wir können tun, als ob wir uns für eine seiner Fahrten interessieren. Ich als Zuagraste könnte mir tatsächlich mal dieses Sound-of-Music-Zeug angucken, meinst du nicht?«

Ellen prustete los. »Blödsinn.«

»Ich hole dich ab, Ellen, okay?«

»Na schön.«

Kurts Reisebüro lag mitten in Sankt Wolfgang, dem von Touristen am meisten besuchten Ort rund um den Wolfgangsee. Endlich war schönes Wetter und das berühmte Weisse Rössl leuchtete im Sonnenschein, als wäre es nie anders gewesen. Sie parkten den Wagen und gingen durch die engen Gassen zu Fuß weiter. Menschen drängelten sich vor den Souvenirgeschäften und an Aussichtsplattformen, fotografierten den See, stiegen Berenike auf die Zehen und sahen dann noch böse drein …

Kurts Reisebüro lag in einer Seitengasse, in der es erstaunlich still war. In den Auslagen wurde mit teils handschriftlich beschriebenen, bunten Zetteln für Busfahrten nach Nah oder Fern geworben. Sound of Music, Salzburg oder gleich Großglockner mit Heiligenblut – alles zu haben. Es gab sogar Fahrten nach Deutschland. Berenike stieß die Tür auf, ein Glöckchen bimmelte leise, als sie beide eintraten. Nur eine einzelne verhärmte Angestellte tippselte etwas hinter einem Computerbildschirm, Kunden waren keine im Raum. An der Wand hing etwas, das wie ein Buschmesser aussah, daneben eine Maske, deren dunkle Augenhöhlen sie zu verfolgen schienen.

»Grüß Gott, ist der Kurt vielleicht da?«, fragte Ellen in förmlichem Tonfall.

»Der Chef«, murmelte die Angestellte abwesend und starrte den Bildschirm an. »Moment.« Sie klickte ein paarmal, runzelte die Stirn, hackte etwas in die Tasten und sah endlich auf. »Entschuldigung, ich musste diese Buchung fertigstellen, sonst ist alles weg. Dieses Internet! Also, Sie wollen zum Chef. Ja, der sollt auf Fahrt nach München sein. Für drei Tage. Wieso fragen Sie?«

Ellen machte den Mund auf und wollte was sagen, Berenike kam ihr zuvor. »Was Privates. Ich hab ihn leider telefonisch nicht erreichen können. Und da wir zufällig in der Gegend sind, dachte ich mir …«

»Ach so. Beim Fahren hat der Chef das Handy immer aus, wegen der Sicherheit«, brummelte die Angestellte und sah ihren Bildschirm an. »Das ist ihm sehr wichtig.«

»Verstehe. Wann ist er denn wegfahren, haben Sie das gesehen?« Wenn die Angestellte nur nicht misstrauisch wurde! Sie war jedoch viel zu abgelenkt von den Vorgängen auf ihrem Computerbildschirm.

»Er kam mit dieser Franziska hierher.«

Scharfer Seitenblick Ellens zu Berenike, sie schwieg.

»Ich hab mich noch gewundert, ob sie für ihn arbeiten will. Wir brauchen immer mal Guides, besonders im Sommer. Der Kurt hat hier nur den Schlüssel für den Bus geholt, dann sind die beiden weg.«

»Verstehe. Haben Sie seither von ihm gehört?«

»Nein. Ich probier es selbst mal unter seiner Nummer, warten'S kurz.« Die Angestellte ließ ihre langen, spitz gefeilten Fingernägel auf das Telefon trommeln, wartete. Stirnrunzeln. »Kurt? Ah, Georg, grüß dich. Du, wo ist denn der Kurt? – Ach so. – Aha. – Danke, tschau.« Kopfschüttelnd legte sie auf. »Der Georg hat kurzfristig die Fahrt nach München übernommen. Der Kurt wollt sich frei nehmen. Einen privaten Ausflug unternehmen. Komisch. Mit seiner neuen Frauenbekanntschaft, hat der Georg gesagt.« Heftiges Kopfschütteln. »Wo die Liebe hinfällt.«

Ellen und Berenike sahen sich an. »Ach«, machte Ellen.

»Ja. Eine seltsame Person, aber bitte.«

»Wer denn?«

»Na, die Franziska, wer sonst?« Damit wandte sich die Reisebüroangestellte ihrer Arbeit zu und tippte weiter eifrig auf ihrer Tastatur herum.

Berenike und Ellen verließen grüßend den Laden. Das Glöckchen bimmelte, die Tür schlug zu, ein Foto an der

Glasscheibe schwankte. Darauf zu sehen waren ein gelbes Schloss und eine Gruppe Asiaten. »Sound of Music Tour, 1980«, lautete eine handschriftliche Überschrift. Ein japanisches Pärchen bewunderte das Bild gerade, sah Ellen und Berenike ohne Regung an, als sie an ihnen vorbeigingen und den Brunnen des heiligen Wolfgang umrundeten. Dessen Denkmäler standen überall herum! Etwas in Berenikes Kopf ratterte, aber sie bekam es noch nicht zu fassen.

»Denken wir das Gleiche?«, rief Ellen.

»Dass Gefahr besteht?« Berenike riss die Autotür auf. »Los, wir müssen Franziska finden. Bevor es zu spät ist.«

»Hältst du Kurt für den Mörder?«

»Was weiß ich.« Berenike zuckte mit den Achseln. »Steig ein.«

*

Der Osterverkehr hatte eingesetzt, auch das noch. Sie kamen nur im Schritttempo voran. Busladungsweise Reisegruppen, die vor den großen Hotels abgesetzt wurden und die Fahrbahn verstellten, Kolonnen von PKW. Hupkonzerte. Spaziergänger, die zwischen Trachtenboutiquen und Souvenirläden flanierten. Der Lieferwagen einer Wäscherei parkte im Halteverbot, der Fahrer schob einen Wäschecontainer ohne Eile über die Fahrbahn.

Berenikes Hände krampften sich ums Lenkrad. Durchatmen! Loslassen!, sagte sie sich. Locker bleiben! Nur da war nichts mit locker. Irgendwas stimmte nicht an dieser Geschichte. War ihre Tarot-Theorie falsch? Hatte sie sich was ausgedacht, zurechtgeschoben, was nicht zusammengehörte? Wenn es stimmte, müssten sie Kurt am Falkenstein finden und überführen können. Oder er war tot. War er das nächste Opfer, das man dort finden würde?

Und wo war Jonas? Ihre Gedanken drehten sich im Kreis, wo er sein könnte, welche Erklärung es dafür gab, dass sie ihn nicht erreichte. Und dann fuhr ihr die Erkenntnis wie ein Messer ins Herz: Er will nicht mit mir reden. Schweigen ist auch eine Aussage. Der Schmerz lähmte sie. Dieser Herzschmerz!

Durchatmen! Weiter! Sie setzte sich gerader hin. Das ging nicht an. Was würde ihre Großmutter dazu sagen? Sich dermaßen gehen zu lassen! Mara schien sich keine Sorgen um ihren Kollegen Jonas zu machen. Mara kümmerte sich um alles, um diesen Fall.

Wieder der Schmerz.

Aber mehr – anders.

Da war etwas.

Gefahr.

Etwas blitzte auf. Sie hörte unverständliche Wortfetzen, unter Sohlen brechende Äste auf einem Weg, das Klappern von Absätzen.

Aber sie war allein mit Ellen, und sie saßen im Auto.

Trotzdem.

Jemand ist auf der Flucht.

»Jonas ist in Gefahr«, murmelte sie.

»Was?« Ellen runzelte die Stirn. »Wieso glaubst du das?«

»Ich weiß es. Frag mich nicht wieso.«

»Du und deine Intuition.«

»Mhm.« Grimmig nickte Berenike. »Viel zu oft hab ich nicht auf sie gehört. Dabei stimmt sie fast immer. Nur, was sollen wir tun? Bei Franziska anfangen? Mit ihr ist Jonas gestern weggegangen. Oder bei Kurt? Ist er am Ende bei ihr?«

»Und wo ist dann Jonas?«

»Ruf ihn an.«

»Damit der Mörder gewarnt wird? Nein.«

»Fahren wir zu ihr, Berenike.«

»Weißt du, wo ihr Elternhaus steht?«

»Irgendwo in Lupitsch …«

»Ich werd's rausfinden.« Sie fuhr an den Rand, hielt, griff nach dem Handy. »Helena? Kennst du die genaue Anschrift von Franziskas Familie?« Immerhin, Helena als Lieferantin wusste Bescheid. Berenike ließ sich den Anfahrtsweg beschreiben.

»Soll ich fahren?«, fragte Ellen.

»Geht schon.« Berenike startete. »Was habt ihr nur alle? Sehe ich aus, als hätte ich die Dinge nicht unter Kontrolle?«

»Wie du meinst, Berenike. Ich dachte nur …«

»Alle denken immer nur.« Berenike jagte den Wagen zurück nach Aussee und die Anhöhe Richtung Lupitsch hinauf. Ellen hielt sich übertrieben fest, wenn sie mit Schwung eine Kurve nahm. »Da vorne muss es sein, nach der Kehre, hat Helena gesagt.«

Und da war es schon, ein altes Holzhaus, gepflegt, mit einem großen, nicht eingezäunten Garten.

»Und jetzt?«, fragte Ellen, als Berenike am Straßenrand geparkt hatte. »Willst du reingehen und fragen, wo sich Franziska mit deinem Mann vergnügt?«

»Geh bitte, Ellen!« Ein Hieb aufs Lenkrad. »Vielleicht ist sie mit Kurt zugange. Und außerdem ist Jonas nicht mein Mann.«

Ellen hob schweigend eine Augenbraue.

»Egal«, fuhr Berenike fort. »Außerdem geht es um Kurt, der Franziska in seiner Gewalt haben könnte. Ich läute und frage nach Franziska. Basta.« Ohne abzuwarten, stieg Berenike aus. Ellen folgte ihr. »Ich wollte mir sowieso von Franziska ein Kleid machen lassen. Das hätt' ich fast vergessen. Guter Vorwand.« Berenike räusperte sich und läutete an der grün-weißen Haustür.

*

»Meine Tochter? Die ist nicht daheim.« Eine mollige Frau in Kittelschürze und mit freundlichem Lächeln öffnete ihnen. »Am Karfreitag ist sie immer bei ihrer Großmutter.«

»Ach so …«

»Was hätten'S denn braucht?«

»Oh, ich wollte mir von ihr ein Kleid machen lassen und …«

»Sie ist bei meiner Schwiegermutter in Sankt Gilgen drüben. Das Mädl hat ihrer Oma versprochen, sie zum Kreuzweg zu begleiten, heute ist ja Karfreitag.«

»Den Falkenstein rauf, richtig?«, mischte sich Ellen ein und schnaubte, um eine ihrer schwarzen Haarsträhnen aus dem Gesicht zu pusten.

»Genau. Die Kreuzwegprozession.«

»Könnten Sie mir die Adresse von der Großmutter geben? Es wär wirklich wichtig.« Berenike bemühte sich um einen beiläufigen Gesichtsausdruck. Gefahr! Hier herrschte Gefahr. Sie spürte es. Dachte an Jonas und unwillkürlich an jenen Sommer, in dem sie sich kennengelernt hatten. Wie sie am See gesessen waren und ihnen das Chili-Schokolade-Eis auf der Zunge zerging.

»Das Häuschen steht gleich vor der Abzweigung zum Kreuzweg.« Franziskas Mutter sah auf ihre Armbanduhr, deren ledernes Band ihr in den fleischigen Unterarm schnitt. »Aber da werden'S kein Glück haben, die Prozession beginnt gleich.«

»Danke!«, rief Berenike atemlos, rannte bereits los, zurück zu ihrem Wagen. Sah noch, wie Ellen entschuldigend die Hände hob und Berenike hinterherhetzte.

»Los, wir müssen Franziska finden. Ich kann die Gefahr direkt riechen.« Berenike konzentrierte sich auf die Straße bergab.

»Oder machst du dir um jemand anderen Sorgen?«

»Wenn ich das wüsste!« Berenike trat das Gaspedal durch. Die Straße schien sich endlos zu ziehen. Bad Aussee, Bad Ischl, Strobl. Den See entlang. Sankt Gilgen, endlich. »Weißt du, Ellen, da stinkt mehr als nur ein bisschen was zum Himmel. Kurt sagt seine Reise ab, Franziska ist bei ihrer Großmutter … Jonas verschwunden … Was soll man glauben?«

Ellen nickte. »Dafür, dass er nicht dein Mann ist, redest du ganz schön viel von ihm.«

»Geh, Ellen! Ich mach mir halt Sorgen. Das würde doch jede, oder?«

»Natürlich, Berenike.«

Endlich waren sie am Ortsrand von Sankt Gilgen angekommen. Berenike parkte, warf die Tür zu, lief los. Glocken läuteten. Am Himmel zogen sich schwarze Wolken zusammen.

»Fürberg 113a, das muss es sein.« Das kleine Häuschen duckte sich an den Waldrand, fast nicht zu sehen hinter all den verwilderten Büschen und einem alten, noch intakten Holzzaun. Das Tor war mit einer glänzenden Kette versperrt. Eine Glocke gab es nicht. Berenike rief »Hallo!«, mehrmals. Nichts regte sich.

»Sind schon alle unterwegs, schau.« Ellen zeigte auf den Weg. Eine Prozession näherte sich, kirchlicher Gesang erklang vielstimmig. »Wahrscheinlich ist Franziska mit der alten Großmutter längst losgegangen.«

»Mag sein.« Berenikes Blick wanderte über das Häuschen, die geschlossenen Fensterläden an der Mansarde, das hohe Gras hinter dem Zaun. Offenbar kam die alte Frau nicht mehr recht dazu, Garten und Haus in Schuss zu halten. Ein Schauder, ein Bild vor dem inneren Auge. Gefahr!, rief alles in Berenike.

Die Ministranten passierten die erste Kreuzwegstation. Ihnen folgte ein älterer Priester, dann die Gläubigen. Ein Vorbeter sprach etwas, die Menge antwortete.

»Niemand hier«, murmelte Ellen. »Weder Kurt noch Jonas. Und Franziska ist sicher mit ihrer Großmutter beim Umzug.«

»Dafür ist Paul da.«

Paul? Tatsächlich, er ging an der Seite der Prozession, fast nicht mehr auf dem Weg, und hob grüßend die linke Hand. Als er näher kam, konnte man dunkle Flecken am Ärmel seines Trachtenjankers erkennen.

Und hinter ihm ... »Da ist Franziska!«, ruft Ellen halblaut.

Franziska trägt heute ein schwarzes, hochgeschlossenes Kleid, das bis über die Knie reicht, dazu flache Schuhe. Sie wirkt unförmig, und man sieht den Buckel deutlich. Dazu hat sie eine Oma-Handtasche über den angewinkelten Arm gehängt. Ihre Haare sind mit einem Reifen streng aus dem Gesicht gerafft, das lässt es teigig aussehen. Als wäre sie eine völlig andere Person. Der Ausdruck auf Franziskas Gesicht wirkt hart, die Haut weiß wie die der Blutgräfin von anno dazumal. Berenikes Augen suchen Kurt, finden ihn nicht, noch immer nicht. Er müsste an Franzis Seite sein. Wenn sie wirklich verliebt sind. Wenn er dagegen tatsächlich der Mörder ist, lauert er auf sein nächstes Opfer. Jonas vielleicht. Oder er hat ihn schon …

Die Gläubigen passieren, einige nicken Berenike zu, merken nichts von ihrer Stimmung. Der Pfarrer intoniert einen Singsang, die Gläubigen antworten.

Franziska läuft hinter Paul her, der halb zwischen den Bäumen weitergeht, holt ihn ein, tupft ihn an. Der dreht sich um, grinst breit. Franziska neigt sich ihm zu, ein Lächeln im Gesicht, es wirkt wie eingegraben. Sie tritt aus der Menge, einen Schritt in den Wald, winkt Paul zu sich. Der sieht seine Nachbarn in der Prozession an, stiehlt sich zur Seite, hin zu Franziska. Hinter Franziska ein Schatten. Dann ein Lichtblitz. Aber die Sonne scheint gar nicht. Na gut, da drüben ein Stückchen blauer Himmel. Vielleicht eine Lichtreflexion in einem Fenster. Oder – ein geheimes Zeichen. Am Häuschen von Franziskas Oma rührt sich immer noch nichts. Ein leises Geräusch, sie fährt herum. Paul ist fast bei Franziska. Etwas glänzt, funkelt im ansonsten dunklen Wald. Wie düster der daliegt. Berenike starrt. Das Blinkende ist eine Waffe! Und hinter Franziska etwas Violettes. Jonas? Berenike schnappt nach Luft. Eine Faust umklammert ihr Herz. Kaum einer trägt Hemden in dieser Farbe, außer ihm. Sie weiß wieder, wie gut ihm das steht. Als wäre das jetzt nicht egal.

Ihr Herz krampft, krampft sich zusammen. Sie unterdrückt einen Schrei und rennt los.

*

Franziska ist bei Paul und neben seinem Kopf ist ein Messer. Franziska hält das Messer. An seine Gurgel hält sie es, wieso? War ihr Geständnis doch kein Scherz? Sie umklammert ihn mit dem anderen Arm, von hinten, hält seine Arme fest. Obwohl sie so klein ist, viel kleiner als er, rührt er sich nicht. Lächelt, lächelt immer noch, als hielte er alles für ein Spiel. Die Prozession ist längst singend den Berg hinangezogen, der Gesang wird immer leiser. Niemand hat etwas bemerkt. Niemandem gehen die beiden ab.

»Pass auf, Paul!«, schreit Berenike.

Franziska fährt herum. »Das ist jetzt äußerst ungünstig!«, zischt sie. Schief steht sie da, lacht. *Hexenkind*, meint Berenike zu hören. Sie sieht sich um, sonst ist niemand zu sehen. Ellen ist ihr nicht nachgekommen, sie ist allein mit Franziska, allein mit ihr und Paul, nur noch leise sind die Stimmen der Gläubigen zu hören.

Also ist Franziska ... tatsächlich die Mörderin, nach der man sucht. Oder Paul hat etwas getan, gegen das sich Franziska nun wehrt. Und wieso hat er sich nichts Sauberes zum Kreuzweg angezogen? Wieso trägt er was Violettes? Das passt nicht zu seiner Tracht.

»Nimm das Messer weg, Franzi, bitte.« Berenike spürt eine unglaubliche Ruhe, jetzt wo es so weit ist, wo die Konfrontation da ist. Sie war immer schon eine, die lieber Tacheles redet, die das Hintenherum nicht mag, die lieber aneckt mit der Wahrheit, als zu raten, was der andere meinen könnte. Sie mag Menschen nicht, die verschlagen grinsen, mag keine Leute, die sich heute noch erinnern, was ihr Gegenüber Weihnachten 1993 Gemeines gesagt oder getan hat. Dinge, die der andere längst vergessen hat, die nicht wichtig waren – für den anderen schon, nur hat er geschwiegen, jahre-, jahrzehntelang, und wenn es dann aus ihm herausbricht, dann umso wilder, brutaler.

»Franziska, bist du allein?«

»Was glaubst du denn?« Die junge Frau hat ein abfälliges Grinsen im Gesicht, das Berenikes Herz zerschneidet. »Dein … Lover schläft noch.«

Also doch.

»Tja, Berenike, es gibt keine Treue auf der Welt. Tut mir leid für dich.«

»Ich dachte, Kurt ist dein … – wie soll ich es nennen? – … Loverboy?«

»Kurt? Ha!« Das Lachen Fransiskas klingt schrill.

»Was ist mit ihm?« Eine Vorahnung … Etwas ist passiert. Die Stimmen, die Bilder in ihrem Kopf.

»Der … der ist nicht mehr da.« Franziskas Lachen steigert sich zu einem Kreischen. »Er hat seine Strafe verdient.«

Berenike runzelt die Stirn.

»Was ist geschehen?«

Franziska lacht nur weiter, hört gar nicht mehr auf.

»Wo ist deine Oma?«

Jetzt ist das Lachen Franziskas endgültig irr. Der Haarreifen rutscht ihr in die Stirn, sie zerrt ihn herunter, wirft ihn weg. Die roten Haare stehen ihr über der Stirn zu Berge. Paul will einen Schritt weg von ihr machen, Franziska gebietet ihm Einhalt.

»Schön ruhig bleiben«, sagt sie und dann: »Die Oma? Der geht's nicht gut.«

»Jemand muss Jonas rauslassen.«

»Sei unbesorgt!« Franziska hört sich wie die Hexe im Märchen an, bevor sie Hänsel und Gretel in ihr Häuschen lockt. »Alles geht seinen Gang. Wer sagt dir, dass Jonas im Haus meiner Oma ist? Na, was ist? Willst du ihn anrufen, deinen Süßen? Da hast du Pech, den erreichst du nicht.« Und sie schleudert etwas vor Berenikes Füße – sein Handy, unzählige Male gesehen und verflucht, wenn ein dienstlicher Anruf ihn ihr entrissen hat. Sein Handy … Die Tatsache sickert erst langsam in Berenikes Kopf. Franziska hat sein Handy. Er würde es nicht freiwillig aus der Hand legen. Nicht Jonas, der engagierte Polizist, der erreichbar sein will, immer.

Franziskas Blicke fliegen kurz in Richtung des kleinen, abgeschirmten Häuschens.

»Du hältst ihn gefangen!« schreit Berenike, weil sie Franziskas Ausdruck in den Augen zu deuten weiß. Sie macht einen Schritt auf das Haus zu.

»Bleib sofort stehen.« Franziska baut sich plötzlich vor ihr auf, wie auch immer sie das geschafft hat. Die Messerspitze blinkt in der Sonne. Berenike stoppt. Sie weiß von Jonas, wie gefährlich ein Messer werden kann, wie schwer so jemand zu entwaffnen ist. Wie leicht es schlimme Verletzungen setzt. Sie weiß viel von Jonas. Sie zieht die Nase hoch. »Franziska, lass das. Wir können über alles reden. Was ist geschehen?«

»Reden? Ich rede nicht mehr. Reden führt nie zu etwas.« Sie spuckt vor Paul aus. »Das weiß der da auch. Na, willst zu deinem Kadaver, oder was?«

Paul, starr vor Schreck, taumelt mit ungelenken Bewegungen auf sie zu. »Franzi!« Jetzt erst fällt ihm sein Lachen aus dem Gesicht. Mit Glück wird er mit dem Leben davonkommen. Nur was meint Franziska mit Kadaver?

»Mit welch hübschen Worten du mich überredet hast, mich für die Ausstattung des Narzissenfestes zu bewerben, weißt du noch?« Franziskas Stimme könnte Glas zerspringen lassen. »Dass du was für mich tun könntest, hast du gesagt. Und erst Monikas Kommentare dazu, und zu meiner Ablehnung. Was für Worte. Und dann die Toten! Wie komisch, nicht?« Sie fuchtelt mit dem Messer vor Pauls Gesicht herum, dann vor Berenike. Ein alter Hirschfänger. Hirschhorngriff, registriert etwas in Berenikes Kopf, das gern auf Details achtet. An dem Haus von Franziskas Oma klappert etwas.

»Und ganz besonders gut amüsiert haben wir uns mit einem Teil meiner Ideen, die von einem anderen Designer übernommen worden sind. Dafür, für all das, wirst du sterben, Paul. Jetzt spielen wir nach meinen Regeln. Es steht vier zu eins, Paul. Bis jetzt.«

»Was meinst du damit, Franziska?«, fragt Berenike und bekommt keine Antwort.

»Das werden wir noch sehen«, fängt Paul an.

Franziskas eisiger Blick bringt ihn zum Schweigen. »Gehen wir.« Franziska packt Berenikes Arm, hart und fest ist ihr Griff. Sie hebt das Messer, das im Tageslicht funkelt. »Du auch, na los, dalli! Tut mir leid, dass ich dich mit in den Tod nehmen muss.« Sie stößt Berenike vor sich auf den Weg, schiebt sie unsanft voran. »Gemma, marsch!« Dabei setzt sie Paul die Messerspitze an den Nacken.

Berenike spürt Franziskas harte Finger an ihrem Arm, die keine Sekunde nachlassen, versucht einen Blick auf das Häuschen zu erhaschen, hört ein Rumpeln aus dieser Richtung, meint den Elendszug zu sehen. Mit einer plötzlichen Bewegung lässt sie sich nach hinten fallen, dreht sich im Fallen, reißt sich los, rennt.

»Halt! Hier geblieben!«, schreit Franziska und für einen Moment weiß keiner, wie das ausgehen wird. Franziska muss sich entscheiden: Läuft sie Berenike nach, entkommt ihr Paul. Im Rennen wirft Berenike einen Blick über die Schulter – niemand folgt ihr. Schmerzen im Genick, sie achtet nicht drauf, nicht jetzt. Franziska schlägt mit Paul als Geisel die Richtung zum Falkenstein ein. In der Ferne hört man Fetzen eines kirchlichen Liedes.

*

Berenike stolperte auf das Häuschen zu. Still und kühl und abweisend stand es da. Sie horchte, doch jetzt war kein Geräusch mehr zu vernehmen. Ob sie vorhin Jonas gehört hatte? War er also doch mit Franziska mitgegangen! Sie krümmte sich vor Schmerz. Sie atmete und der Schmerz verging, ging in etwas Anderes über. Er war in Gefahr. Franziska hatte ihm etwas angetan. In welchem Zustand war er bloß? Berenike rüttelte wütend am Gartentor, doch das Schloss war neu und stabil, es gab kein bisschen nach. Es aufbrechen – nur womit? Sie sah sich um. Kein Werkzeug in Sicht, sie probierte es mit einem kleinen Ast – sinnlos, natürlich. Der Zaun war hoch, sie zog sich an einem Busch ein Stück hoch, versuchte, mit den Beinen oben auf den Zaun zu gelangen – sinnlos, die Holzpfosten waren zu hoch, sie rutschte ab, fiel, landete schmerzhaft auf der noch frostharten Erde, rappelte sich hoch, stand auf.

Mara anrufen! Zum Glück hatte Berenike ihr Handy griffbereit. Sie wählte und umrundete dabei das Häuschen. Dichte Hecken überall, kein Durchkommen.

»Mara? Berenike. Alarm. Wolfgangsee, beim Falkenstein. Franziska – eine junge Frau – sie hat eine Geisel. Bewaffnet, ein Messer. Sie sind in den Wald und …«

»Wir haben eine Streife in der Nähe, die schicke ich sofort zu dir, Berenike. Wohin genau?«

Berenike gab die Adresse durch. »Und Mara, ich mache mir Sorgen um Jonas. Er ist mit Franziska weggegangen neulich.«

»Was, sie hat Jonas als Geisel?«

»Ich weiß es nicht!« Ihr fiel tatsächlich nicht ein, wie lange der Tag im Salon her sein mochte, an dem Jonas Franziska getroffen hatte und mit ihr mitgegangen war.

»Ich schicke das große Aufgebot«, versprach Mara. »Bitte, beruhig dich, wir tun alle unser Bestes. Und sei vorsichtig.«

»Danke, Mara, vielen Dank.«

»Also doch ... Die letzte Leiche am Falkenstein «, seufzte Mara. »Du hast recht gehabt.«

»Verrückt. Mir wäre lieber, ich hätte mich geirrt.« Berenike schluckte, als plötzlich Geräusche aus dem Häuschen zu hören waren. »Dieser Kurt – habt ihr den?«

»Fehlanzeige.«

»Franziska sagt, er sei nicht bei ihr. Und dass sie ihn bestrafen musste. Ich weiß nicht, was ich davon halten soll – ob sie die Morde rächen will?«

»Oder sie ist die Täterin.«

»Ja, das ist die Frage ...«

»Mara, du gibst doch sofort Alarm?«

»Klar, ich schick die Wega und alles.«

Nachdem sie aufgelegt hatte, schlich Berenike noch einmal vorsichtig um das Haus. Sie schob Zweige auseinander, der Zaun stand selbst an der Hinterseite nahtlos, keine Lücke fand sich, um durchzuschlüpfen, drüberklettern war nicht möglich.

Verdammt.

Wieder Geräusche. Ein Poltern aus dem Inneren.

»Jonas?«

Eine undefinierbare Antwort kam. Seine Stimme ... sie war sich fast sicher. Spürte, dass er es war. Noch mehr spürte sie die Gefahr, in der Paul schwebte. Oder war es Franziska, die in Gefahr war? Weswegen sollte sie Paul töten wollen? Hielt sie Paul für den Mörder? Wer von den Ermordeten stand Franziska so nahe, dass sie ihn rächen wollen könnte? War sie in einen der Männer verknallt gewesen? Andererseits hatte sich Paul nie für Tarotkarten interessiert, soweit Berenike wusste. Und was sollte er gegen Monika haben – oder gegen Bernd, gegen alle anderen Mordopfer? Er brauchte sie fürs Narzissenfest. Dass er sich derart verstellen konnte, glaubte Berenike nicht.

Immer diese Intuitionen! Sie waren da, sie konnten ihr helfen, sie sollte darauf hören – bewahrheiteten sich diese Vorahnungen ja fast immer. Und dennoch hatte sie Skrupel davor, diesen Gefühlen zu trauen. Kam es doch einer Vorverurteilung vielleicht harmloser Menschen gleich.

Aber: Nie hatte sich jemand als harmlos herausgestellt, bei dem sie eine Vorahnung gehabt hatte!

Also Franziska nach! Sonst war keiner da, um Paul zu Hilfe zu kommen – oder umgekehrt Franziska, sollte Paul der Bösewicht sein. Und wer wusste schon, wie lange die Polizei brauchen würde …

Schweren Herzens rannte Berenike los, während hinter ihr ein erneutes Poltern erklang.

MÖRDERISCHES LOGBUCH – EINTRAG 6

Du beobachtest ihn, wie er den Rauch deiner Zigarette inhaliert, den du ihm ins Gesicht bläst. Ob er früher selbst geraucht hat? Wie leicht er zu fangen ist. Und wie er dich ansieht. Wie sehr er dich begehrt, auf dich abfährt! Jetzt könnte alles gut gehen … Doch du hast Blut geleckt. So viele dumme, durch und durch dumme Menschen. Sie kommen dir blöd, immer aufs Neue. Glauben, du lässt dir das alles gefallen, ziehst den Schwanz ein, steckst zurück. Das wirst du nicht tun, nie mehr. Tot, tot, tot sollen sie sein, die dich verletzt und abgelehnt haben. Tot. Und endlich so was wie Befriedigung. Für einen Moment. Als der Nächste da vor dir liegt, mit seinem lächerlichen Hütchen, erst winselt, dann nicht mehr. Tot. Und jetzt weißt du schon, wie es geht. Hast Routine. Im Töten, im Zusehen beim Sterben, im Entsorgen sowieso. Und da gibt es noch viele. Ewiggestrige.

Du wirst es wieder tun. Immer und immer wieder.

So lange, bis Ruhe ist.

19

Der steile Weg bergauf lag furchtbar einsam und düster vor Berenike. Mit sämtlichen Sinnen arbeitete sie sich bergauf. Von der Karfreitagsprozession keine Spur mehr. Sie passierte die erste steinerne Kreuzwegstation, die zweite. Niemand zu sehen. Franziska und Paul mussten einen großen Vorsprung haben. Sie wusste nicht, wie viel Zeit vergangen sein mochte.

Sie blieb stehen, lauschte. Nichts. Nichts außer dem Wind, der in die Blätter der Bäume fuhr, sie zum Rauschen brachte. Eine Maus bei den Wurzeln einer Eiche. Von ferne ein einzelner Glockenschlag. Das letzte Läuten der Kirchenglocken am Karfreitag – nach drei würden sie stumm sein bis zur Osternacht.

Da, ein Rascheln. Lauter jetzt. Es kam von weiter links. Hörte sich nach Schritten im feuchten Laub des Vorjahres an. Berenike duckte sich hinter die Kreuzwegstation, spähte vorsichtig in den Wald. Da, hinter einer mächtigen Fichte, kniete jemand im Gras. Paul. Hoch aufgerichtet stand Franziska hinter ihm.

Berenike hielt den Atem an und sah sich vorsichtig um – noch immer keine anderen Menschen zu sehen. Kein herannahendes Motorengeräusch, kein Hubschrauberlärm. Nur sie allein konnte etwas tun … Sie duckte sich tiefer in den Schatten des Bildstocks. Franziska bewegte den Kopf, redete auf Paul ein. Berenike musste näher an die beiden heran. Sie schätzte die Entfernung ab. Vielleicht 50 Meter, 70 bestenfalls.

Geduckt machte sie einen langsamen, vorsichtigen Schritt, den Blick nicht von Franziska lösend.

Da, etwas blitzte in Franziskas Hand auf. Das Messer. »Paul, du Narr!«, rief sie. Paul schrie auf. Etwas fiel zu Boden. Ein kleines, buntes Rechteck. Eine Tarotkarte.

Berenike rannte los, ohne nachzudenken. Muskeln spannten sich an, Bewegungen liefen automatisch ab. Das Bild ihres Karate-Lehrers flog durch ihren Kopf, verschwand wieder. Er hatte sie gelehrt, auf ihre Kraft zu vertrauen, auf ihre Wahrnehmung zu achten. Hatte sie darin geschult, ihre Möglichkeiten einzusetzen. Ganz bei sich zu bleiben, wach zu sein. Hatte ihr prophezeit, dass sie im Ernstfall tun würde, was nötig war. Dass ihr Körper das konnte, dass sie gut war. Ein kleiner Teil bewunderte, dass es stimmte, dass ihr Körper tatsächlich funktionierte.

Sie hastete über den weichen Waldboden, der das Geräusch ihrer Schritte schluckte. Trotzdem fuhr Franziska herum. »Du schon wieder! Du störst! Hat dir das noch keiner gesagt? Was willst du hier? Das ist eine Sache unter uns! Du gehörst nicht hierher!«

Berenike sprang, sprang einfach los, auf die Frau, auf Franziska, warf sie tatsächlich um, der kleine Körper stürzte zu Boden. Franziska fiel auf den Rücken. Paul versuchte, aufzustehen, taumelte. Auf Franziska, sie fixieren, schnell! Die roten Haare hoben sich von den braunen Tannennadeln ab. Ein höhnisches Grinsen im teigigen Gesicht. Das Messer. Franziskas Faust umklammerte es immer noch. Sie fuchtelte vor Berenikes Nase damit herum, vor ihren Wangen. Obwohl sie auswich, erwischte Franziska sie am Kinn. Sie schlug zu, mitten in Franziskas Gesicht hinein, mit der Handkante gegen die Schläfe. Franziska zuckte zusammen, riss überrascht die Augen auf, für einen Moment in der Bewegung erstarrt. Berenike nutzte den Moment, bog ihr den Arm mit dem Messer zur Seite. Drückte, bis Franziskas Finger das Messer endlich ausließen.

Franziska spuckte. Paul taumelte bergab, Richtung Kapelle. Blaulicht. Polizeisirenen. Heranrasende Streifenwagen, Schotter spritzte, sie bremsten sich hastig vor dem Häuschen von Franziskas Oma ein. Türen wurden aufgebrochen, Fenster gingen zu Bruch.

Jetzt nicht nachlassen! Nicht dass sie unaufmerksam wurde und Franziska noch einmal nach dem Messer greifen konnte, sich womöglich gar befreien konnte. Das Messer lag nahe, jedoch außerhalb der Reichweite von Franziska – solange sie sie festhalten konnte. Sie bräuchte eine Fessel … Berenikes Blick wanderte über den Boden, fiel auf das bunte Kärtchen am Boden. Der Narr aus dem Crowley Tarot.

»Mara!«, rief Berenike, »ich bin hier!« Paul kam gerade unten an. Mara sah ihn an, sah zu Berenike hoch, schickte Beamte zu ihr und Franziska, Männer in voller Kampfmontur, bis an die Zähne bewaffnet. Die WEGA-Leute. Der erste, ein Riese in Schwarz, legte die Maschinenpistole auf Franziskas Kopf an, befahl schnarrend: »Keine Bewegung!« Deutete Berenike, die andere loszulassen. Sie tat es vorsichtig, die Kollegen des Riesen legten ebenfalls auf Franziska an. Diese war klug genug, aufzugeben, nicht mehr anzugreifen.

Berenikes Knie gaben nach, ganz plötzlich. Das Adrenalin. Es ließ nach, jetzt, wo alles vorbei war. Vorsichtig tapste sie über den Waldboden bergab.

Unten trat ein uniformierter Polizist aus der Tür des Häuschens, jemand anderer folgte ihm. Jonas! Sein Gesicht mit den Bartstoppeln sah blass, eingefallen aus. In seinem

Blick lag Grauen. Mara legte ihm den Arm um die Schultern, stützte ihn, sprach auf ihn ein.

Einen zeitlosen Moment lang möchte Berenike die Hand nach ihm ausstrecken, gleichzeitig ist da keine Kraft mehr übrig. Jetzt, wo es vorbei ist, wo alles vorbei ist, ist keine Kraft mehr da.

Er sieht sie stumm an. Fast vermisst sie seine Vorwürfe, die sonst immer kommen. Dass sie sich eingemischt hat, gegen seinen Willen. Dass sie sich in Gefahr begeben hat. Statt die Polizei machen zu lassen, die werde schon mit allem fertig. Und so weiter. Sie schenkt ihm einen langen Blick, findet keine Worte, findet gar nichts.

Dann ist der Moment vorbei.

Jonas hustete. »Wir brauchen Reinhard. Da drinnen sind zwei Leichen. Mindestens.«

MÖRDERISCHES LOGBUCH – EINTRAG 7

Es ist vorbei.

20

Es ist vorbei.

Ist es vorbei?

Wie viel Zeit ist vergangen?

Berenike hatte jedes Gefühl dafür verloren, als befände sie sich in einer Welt, in der keine Uhr tickt, immer derselbe Augenblick herrscht. Franziska wurde in Handschellen vorbeigeführt, von zwei Uniformierten begleitet. Sie spuckte vor Berenike aus. Jonas sah ihr lange nach. Schüttelte den Kopf, hockte sich auf einen Mauervorsprung neben der Haustür. Am Himmel wallten dunkle Wolken. Es hatte sich zugezogen. Schwere, harte Tropfen klatschten ihr unversehens auf den Kopf, trommelten auf die Autodächer. Beamte liefen unters Vordach, um sich vor dem Regen zu schützen, andere stellten sich unter die hohen Bäume.

Seltsam distanziert beobachtete Berenike die eifrige Betriebsamkeit ringsumher. Rührte sich als Einzige überhaupt nicht, stand immer noch an derselben Stelle.

Mara führte Telefonate, der Leichenwagen traf ein, die Spurensicherung, dann Reinhard auf seinem Motorrad. Er nahm den Helm ab und grüßte Berenike mit einem Augenzwinkern. Reinhard beugte sich zu Jonas, sagte irgendwas, Jonas winkte ab. Reinhard streckte ihm eine Hand entgegen, wie um ihm beim Aufstehen zu helfen. Jonas schob sie weg, erhob sich, stolperte, torkelte fast, als er mit Reinhard in das Häuschen ging. Die Sargträger wollten folgen, wurden zurückgehalten.

Der Regen hörte auf, Jonas und Reinhard kamen aus dem Häuschen wieder nach draußen. Reinhard blieb stehen. Jonas ebenfalls, er hatte etwas Kleines, Violettes in der Hand, das er Mara gab. Das Ding kam Berenike bekannt vor.

»Das ist ja …«, fing sie an und ging auf Mara zu.

»Ein Täschchen. Kennst du es?«, fragte Mara.

»Sieht aus wie das von meinen Tarotkarten, darf ich sehen?«

»Ja, aber nicht berühren, bitte«, antwortete ihr Mara, deren Hände bereits in Einweghandschuhen steckten.

»Tatsächlich, das ist mein Beutel.« Sie betrachtete den Gegenstand in Maras Händen, die darauf geklebten Schmucksteinchen. »Bekomme ich ihn irgendwann zurück? Er ist ein Erinnerungsstück, weißt du.«

»Mal sehen, Berenike.«

»Und die Karten? Sind sie drin?«

»Ja, ein ganzer Packen.«

»Dann fehlen wohl nur die, die bei den Toten gefunden wurden.«

»Wahrscheinlich, das müssen wir später noch überprüfen.«

Jonas rieb sich mit beiden Handflächen übers Gesicht. Feuchter, erdiger Geruch tränkte die Luft. Jonas winkte die Bestatter näher. Sie nahmen einen Sarg aus dem Wagen, trugen ihn zum Haus, traten durch die Tür, kehrten wieder um. »Kein Durchkommen damit«, murrte der eine. »Zu verwinkelt.« Also stellten sie den Sarg vor der Tür ab, öffneten den Deckel und traten ein.

Kurz darauf kamen sie mit einem toten Körper zurück, den sie an Schultern und Beinen trugen. Legten ihn in den offenen Sarg. Berenike ging langsam und mit immer noch weichen Knien näher. Es war ein alter Frauenkörper, ein eingefallenes, runzeliges Gesicht, längere weiße Haare.

Reinhard kramte in seiner Tasche und holte einen Block und einen Stift heraus. »Es handelt sich um die Eigentümerin dieses Hauses?«

»Elvira Liszt. Sie ist – war Franziskas Großmutter.«

»Wie seltsam«, warf Berenike ein, »man sagte mir, Franziska sei mit ihrer Großmutter unterwegs zu der Kreuzwegprozession.«

»Wer hat dir das gesagt?«, fragte Jonas.

»Franziskas Mutter.«

»Das ist wirklich merkwürdig. Wahrscheinlich hat die Großmutter wenig Kontakt zum Rest der Familie gehabt.«

»Das sagte mir Franziska auch.« Über das Gesicht von Jonas huschte ein Hauch von Traurigkeit. Er fuhr sich über die Augen, sah wieder sachlich drein. »Die Großmutter ist wohl tatsächlich eines natürlichen Todes gestorben, das wird Reinhard dann ja noch feststellen. Franziska hat das nicht wahrhaben wollen. Deshalb wohl die Idee, ihren Körper zu … ähm … konservieren.«

»Und ihr habt die Mörderin schon, sagst du, Jonas?«, fragte Reinhard.

»Schon? Erst.« Jonas strich sich mit müder Geste die dunklen Locken aus der Stirn.

Die Bestatter hatten einen zweiten Sarg bereitgestellt, waren wieder ins Haus verschwunden, kamen mit einer weiteren Leiche. Ein männlicher Toter, erschlagen, eine große rote Wunde an seiner Schläfe. Darin irgendetwas Weißes – Papier? Ja, sah so aus. Berenike rümpfte die Nase. Der Fäulnisgestank war nichts für schwache Nerven.

»Das hier sind die Toten Nummer fünf und sechs«, sagte Jonas. »Und wenn Berenike nicht eingegriffen hätte …« Sein Blick traf ihren, nur kurz, ehe er Reinhard ansah. »Wenn sie nicht hier gewesen wäre, könntest du noch mehr Leichen begutachten.«

»Ach!«

»Du hast das Finale nicht mitbekommen. Berenike hat die Täterin überwältigt und ein weiteres mögliches Opfer gerettet.« Sein Kinn wies auf den Wagen, in dem Franziska saß, das Gesicht zornig verzerrt. Paul stand an ein anderes Auto gelehnt da und kotzte.

Reinhard deutete eine Verbeugung vor Berenike an. »Alle Achtung.«

»Der Ehre zu viel, Reinhard. Ich habe eingegriffen, weil sonst niemand da war.«

»Ich habe dir zu danken, Berenike!«, stammelte Paul und wischte über seine Jacke, die noch dreckiger als zuvor war.

»Schon gut.« Berenike winkte ab.

Mara kam herbei, eine durchsichtige Plastiktüte mit einem Messer in der Hand. »Franziskas Tatwaffe«, sagte sie, »oder zumindest eine davon.«

Paul stolperte plötzlich näher. »Das ist ja … Der gehört doch …«

Jonas trat näher an ihn heran. »Was meinst du?«

»Es ist eines meiner Jagdmesser, der Hirschfänger. Ein Erbstück, ich verwend es nicht, geh selber kaum jagen.« Paul leckte sich über die trockenen Lippen. »Ich kann das alles nicht glauben. Dass ausgerechnet Franziska … Dass die auf mich losgeht! Wir waren in derselben Schule, wisst ihr. Sie war zwei oder drei Klassen unter mir. Wir haben noch geblödelt, als wir uns beim Max gesehen haben …«

Sein Grinsen wirkte seltsam verloren. Er richtete sich auf, machte ein paar Schritte auf die zweite Leiche zu. »Das ... das ist ja Kurt!«

Also doch. Berenike hatte es befürchtet. Sie stützte sich mit beiden Händen auf den Knien ab, schnaufte. Paul kotzte, diesmal traf er seine Schuhe.

»Warum hat Kurt auf Jonas geschossen?«, fragte Berenike, »wenn er gar nicht der Mörder war?«

Jonas zuckte die Achseln, ein böses Grinsen stahl sich in Franziskas Gesicht.

»Was weißt du darüber, Franziska?« Berenike trat näher an das offene Autofenster, hinter dem die junge Frau saß. Mara hielt sie zurück.

»Ich? Ich weiß alles. Um Kurt war kein schad'. Er hat Kinder auf dem Gewissen. Hat sie entführt und bei schwarzen Messen geopfert. Er ist ein Satansjünger. Ein Wahnsinniger! Deshalb hat er Angst gehabt. Dass ihm Jonas da draufkommt. Weil er schon einmal im Knast war wegen Freiheitsberaubung. War ein Kind hier von Bad Aussee, das sich befreien und weglaufen hat können. Nur gut, dass er aus dem Verkehr gezogen ist.« Sie warf ihnen einen Blick von unten herauf zu. »Und den da«, sie spuckte auf den Boden und ihr Kinn zeigte auf Paul, als sie es hochreckte, »den könnt ihr mit einkassieren! Er hat jede Menge Dreck am Stecken!«

»Franziska«, versuchte Berenike zu beschwichtigen, »deine persönlichem Gefühle für Paul ...«

»Nix da, persönliche Gefühle. Ich hab ihn selbst beobachtet, wie er ...« Sie lachte siegesgewiss auf. Paul runzelte die Stirn und wischte mit einem Taschentuch über seine Schuhe.

»Wobei hast du ihn gesehen, Franziska?«

»Ja, wobei haben Sie ihn beobachtet?«, fragte Mara.

»Wobei? Schaut ihn euch an. Sieht so nicht ein Mörder aus? Ein schuldbewusster Mörder?«

»Was? Wieso das …?«

»Was meinen Sie, Frau Liszt?«

»Geht euch nicht noch jemand ab?« Franziskas Kichern bescherte Berenike Gänsehaut.

»Noch jemand? Eine weitere Leiche?«, fragte Mara an Jonas gewandt. »Ist noch jemand abgängig?«

»Sylvie!«, rief Berenike. Sie hat recht, Franziska hat vermutlich recht. Sylvie wurde zuletzt mit Paul gesehen.

»Das war ein Unfall.« Alle Augen wandten sich Paul zu, der das gesagt hatte.

»Paul?«

»Ich …«

»Fragt ihn doch, wo er die Tote vergraben hat. Fragt ihn. Ich habe es genau gesehen.«

»Franziska«, murmelte Paul. »Franzi …«

»Ihr braucht nur hinter dem zweiten Kreuzweg-Bild zu suchen.«

Mara schickte ein paar Uniformierte los. Alle warteten. Eine eingefrorene Szene, Dornröschen-Minutenschlaf. Reinhard, Jonas, Berenike. Franziska im Auto, Paul stand da und starrte abwechselnd die junge Frau und den Waldboden an.

Stille. Irgendwann kamen die Männer zurück. Ernst. Schweigsam.

»Und?«, fragte Mara.

Ein Nicken. »Eine weibliche Leiche. In einem blauen Kleid. Mit Laub zugedeckt, halb vergraben.« Der blaue Kaftan wahrscheinlich, den sie am Abend ihrer Buchpräsentation getragen hatte.

»Der Täter wurde bei seinem Vorhaben offenbar gestört.«

»Sie sind vorläufig festgenommen«, sagte Mara zu Paul.

»Ich …«, fing Paul an.

»Ihre Einwände können Sie alle später zu Protokoll geben. Wir haben eine Zeugin für Ihren Versuch, eine Leiche zu vergraben. Das genügt.«

Mara sprach ins Funkgerät. Ein zusätzlicher Streifenwagen kam, nahm Paul mit. Der mit Franziska fuhr ebenfalls ab.

Die Wagen entfernten sich, der Motorenlärm wurde leiser. Wie still es jetzt war. Unerträglich still. Ungewohnt.

»Und du, Jonas? Warst du zufällig hier?« Reinhard hatte sich als Erster aus der Erstarrung gelöst. Er deutete auf das Häuschen.

»Wie man's nimmt, Reinhard.«

»Ist ein fesches Mädl, unsere Franzi«, meinte Reinhard.

»Mir ist sie zu düster. Wenn ich denk', dass ich fast mit ihr …« Jonas schüttelte den Kopf, vergrub ihn in einer Hand. Die steckte immer noch in einem Verband, einem ziemlich dreckigen mittlerweile. »Wie sie mich um den Finger gewickelt hat … betört direkt. Dabei hatte ich gleich den Verdacht, nur deshalb bin ich auf ihre Flirterei eingestiegen.«

Berenike wollte sich die Ohren zuhalten. Wollte kein Wort darüber hören, was Jonas mit Franziska zu schaffen gehabt hatte. Wollte seine Faszination für diese düstere Erscheinung nicht mehr sehen, die schon bei dem Ausflug zum Falkenstein zu spüren gewesen war. Erinnerte sich an ihre eigene Faszination …

»Ich hatte eine Ahnung, dass irgendwas mit ihr nicht stimmt. Von Anfang an, als wir sie gesehen haben, erinnerst du dich, Berenike?« Jonas schluckte. »Und dann hab ich ihre Großmutter in der alten Rauchkuchl gefunden, das musst du dir erst einmal ausdenken!« Jonas schluckte erneut. Selbst der langjährige Kriminalpolizist wirkte erschüttert. »Ich habe den Körper ihrer Oma erst entdeckt, nachdem ich mich befreit habe. Und ihn da ebenso.« Er zeigte mit dem Kinn auf Kurt. »Das Satansweib hat mich glatt eingesperrt, ohne dass ich es bemerkt hab.«

»Peinlich, peinlich, Herr Inspektor«, grinste Reinhard. »Und so was mit deiner Erfahrung. Na ja, wenn die Hormone die Logik lahmlegen …«

»Blödsinn! Es war spät, wir haben geredet, ich wollte nicht mehr fahren. Etwas zu viel Alkohol …« Seine Stimme wurde leiser. »Die Sache hat sich ergeben, und ich dachte, es nützt der Wahrheit, der Aufklärung des Falles. Ich konnte ja nicht ahnen, auf welche Weise. Also hat mir Franziska ein Bett angeboten. Im Gästezimmer. Ich konnte nicht wissen, dass sie von außen zusperrt.«

Berenike sehnt sich nach Berührung, nach Leben, einem Körper, in dem ein Herz schlägt, heftig, schmerzhaft, lebendig. Aber sie hat keine Kraft, die Hand auszustrecken, und Jonas ist ein Universum weit weg, sieht sie gar nicht an.

»Also dann, auf geht's«, sagte Mara. »Kommst du, Jonas? Wir müssen.«

Er nickte müde. Wie er über die Bartstoppeln strich, wirkte so schmerzhaft vertraut auf Berenike, dass sie sich abwenden musste.

»Soll ich dich heimbringen, Berenike? Du bist ja ganz aufgelöst.« Reinhard war an ihrer Seite aufgetaucht.

»Das ... das wäre nett.« Ihre Stimme hörte sich rau an. Offenbar wirkte das ziemlich anziehend, denn Reinhard zwinkerte ihr zu. »Du hast keine Familie hier, oder?«

»Nein, hab ich nicht.« Auch ein Thema, diese alten, ungelösten Geschichten. »Meine Verwandten leben alle in Wien.«

»Also komm. Übrigens, wir wollten doch mal gemeinsam mit dem Motorrad los, Berenike. Jetzt, wo dieser Fall abgeschlossen ist ...«

»Das wollten wir, stimmt.« Sie lächelte schwach. »Machen wir.«

»Wenn du dich erholt hast, natürlich.« Er sah sie an, dann Jonas. Der verabschiedete sich mit einem müden Winken und ging hinter Mara zum Wagen.

Berenike schluckte krampfhaft und sah ihm lange nach.

»Kommst du, Berenike?« Reinhard ließ das Schloss seiner Tasche einschnappen.

»Ja.«

ENDE

DANKSAGUNG

Dieses Buch ist ein Roman. Wie immer sind alle Zufälle dem Leben geschuldet, das bekanntlich die besten Geschichten schreibt, auch im Ausseerland. Deshalb werden Sie Berenikes Teesalon in dieser schönen Gegend vergeblich suchen.

Wenn man ein Kind der 70er-Jahre ist, ist Tradition so eine Sache. Patriotismus hat spätestens seit der Nazizeit einen bestimmten Mief, ebenso das Wörtchen Heimat. Die 70er-Jahre brachten endlich ein Durchlüften. Dennoch haben Dirndl und Lederhose in den Bergen Tradition, davon lebt der Tourismus recht gut und mitunter wird übertrieben. Im Ausseerland tragt man das ›G'wand‹ jedoch auch im Alltag, nicht nur am Kiritag oder beim Narzissenfest. Und manche Wagemutigen springen damit am Dirndlflugtag in den See …

Wer sonst als eine Münchnerin konnte mich bei einer Geschichte unterstützen, in der es – auch – um Tracht geht? Tausend Dank an meine liebe Autorenfreundin Nicole Neubauer für ihre Aufmunterungen und ihre Tipps zu Berenikes viertem Fall.

Ein Kaffeeplausch mit der lieben Autorenfreundin Klaudia Zotzmann-Koch bringt immer neue Inspiration – auch wenn dabei mitunter gestrickt wird.

Nikolaus Klupp weiß als Gerichtsmediziner immer, welche Todesarten funktionieren – und welche nicht. Vielen

Dank fürs Konspirieren, ebenso an Chefinspektor Richard Benda für Details zur Polizeiarbeit.

Die Recherche bei Gabriela Urabl von Dirndlherz zwischen originellen Dirndl-Modellen war sehr witzig (in Wien in der Lerchenfelderstraße zu bestaunen). Vielen Dank dafür.

Ohne die Mordskatze vor dem Bildschirm wäre die Geschichte nicht das geworden, was sie ist – aber das ist ihr vermutlich egal. Ich freu mich trotzdem (außer wenn sie den ganzen PC beansprucht …)

René Stein vom Gmeiner-Verlag hat dankenswerterweise mit mir um den Text gerungen. Ich glaube, er hat gewonnen – der Text, meine ich, das Resultat von Lektor gegen Autorin ist Berufsgeheimnis.

Und am allermeisten danke ich Ihnen, all meinen Leserinnen und Lesern, die mir bisher die Treue gehalten haben!

Unsere Lesermagazine

2 x jährlich das Neueste aus der Gmeiner-Bibliothek

24 x 35 cm, 32 S., farbig; inkl. Büchermagazin »nicht nur« für Frauen

10 x 18 cm, 16 S., farbig

Alle Lesermagazine erhalten Sie in Ihrer Buchhandlung oder unter www.gmeiner-verlag.de.

GmeinerNewsletter

Neues aus der Welt der Gmeiner-Romane

Haben Sie schon unsere GmeinerNewsletter abonniert?

Monatlich erhalten Sie per E-Mail aktuelle Informationen aus der Welt der Krimis, der historischen Romane und der Frauenromane: Buchtipps, Berichte über Autoren und ihre Arbeit, Veranstaltungshinweise, neue Literaturseiten im Internet und interessante Neuigkeiten.

Die Anmeldung zu den GmeinerNewslettern ist ganz einfach. Direkt auf der Homepage des Gmeiner-Verlags (www.gmeiner-verlag.de) finden Sie das entsprechende Anmeldeformular.

Ihre Meinung ist gefragt!

Mitmachen und gewinnen

Wir möchten Ihnen mit unseren Romanen immer beste Unterhaltung bieten. Sie können uns dabei unterstützen, indem Sie uns Ihre Meinung zu den Gmeiner-Romanen sagen! Senden Sie eine E-Mail an gewinnspiel@gmeiner-verlag.de und teilen Sie uns mit, welches Buch Sie gelesen haben und wie es Ihnen gefallen hat. Alle Einsendungen nehmen automatisch am großen Jahresgewinnspiel mit attraktiven Buchpreisen teil.

GMEINER

Wir machen's spannend